三曹醇疵

董家平 著

中国社会科学出版社

图书在版编目（CIP）数据

三曹醇疵／董家平著 . —北京：中国社会科学出版社，2015.8
ISBN 978 - 7 - 5161 - 6501 - 0

Ⅰ . ①三…　Ⅱ . ①董…　Ⅲ . ①曹操（155~220）—文学研究
②曹丕（187~226）—文学研究　③曹植（192~232）—文学研究
Ⅳ . ①I206. 2

中国版本图书馆 CIP 数据核字（2015）第 152649 号

出 版 人	赵剑英
责任编辑	田　文
特约编辑	赵梅芳
责任校对	董晓月
责任印制	李寡寡

出　　版	中国社会科学出版社
社　　址	北京鼓楼西大街甲 158 号
邮　　编	100720
网　　址	http://www.csspw.cn
发 行 部	010 - 84083685
门 市 部	010 - 84029450
经　　销	新华书店及其他书店

印刷装订	三河市君旺印务有限公司
版　　次	2015 年 8 月第 1 版
印　　次	2015 年 8 月第 1 次印刷

开　　本	710×1000　1/16
印　　张	13.5
插　　页	2
字　　数	208 千字
定　　价	45.00 元

凡购买中国社会科学出版社图书，如有质量问题请与本社营销中心联系调换
电话 :010 - 84083683

目　　录

曹丕篇

曹植篇

自　序

余曾作一首小诗，题为《我的治学生涯》，诗曰："勤奋治学湟水畔，春观急流秋送雁。潜心《雕龙》逾两纪，神游建安三十年。咏史吟物不离口，花海书丛觅素材。人生短暂且留言，唯待他人去评点。"诗虽写得拙陋，但中间两联却精确地归纳出了我青壮年时的所作所为。长期研究《文心雕龙》和建安文学，兼搞文学创作。关于《文心雕龙》，我和学术助手安君海民以及方丽萍、甘生统诸研究生弟子独著或合著出版《文心雕龙名篇探赜》、《文心雕龙咏惟》、《文心雕龙注译》、《文心雕龙理论体系研究》凡4本书，可谓系统矣。关于建安文学，至今却只有独著《建安七子诗译注》一书问世，而三曹（曹操、曹丕、曹植）的研究方才杀青，言之赧颜。另外，我还创作了长篇地方史诗《西海沧桑》和《咏物小诗白首》两本诗集，那是业余爱好，不值一提。

我对建安文学的痴迷是从20世纪80年代初开始的，那时，我还是个负笈求学的研究生。读书中，我发现三曹在中国历史上实属罕见，其一门三杰，开创伟业的开创伟业，整日忙着辅政御军；做皇帝的做皇帝，即位不久就以魏代汉；骨肉相残的骨肉相残，绝不顾手足之情。无论如何，他们都沉溺于"五言腾跃"（刘勰《文心雕龙·明诗》）的建安时代，或用诗叙写史实，或用诗慷慨言志，或用诗倾吐情怀，皆留下了许多各具特色的诗篇。所谓"魏武帝如幽燕老将，气韵沉雄"（敖陶孙《诗评》），所谓"文帝诗便娟细秀，有公子气，有文士气"（钟惺《古诗归》），所谓"魏陈思王植，骨气奇高，词彩华茂"（钟嵘《诗品》），这些评价颇为中肯。再加上建安七子为其羽翼，在邺下这个冠盖辐辏的地方，围绕着三曹，诗酒唱和，形成了中国文学史上的又一个黄金时代。奇哉壮哉，他们"人人自谓握灵蛇之珠，家家自谓抱荆山之玉"（曹植《与杨德祖书》），实乃奇观。在我的恩师已故聂文郁先生鼓励下，自觉三曹有高山仰止之感，于是，以鲁钝之姿涉足于七子的研究也。历时三载，五易其稿，《建安七子诗译注》一书终于杀青、付梓。

言之惭愧，自此后，我虽有研究建安文学的学术论文发表，然进展不大，一拖中间已是几十年。究其原因，一是其中兴趣有变，将主要精力放于《文心雕龙》之研究也。二是做了管理人员，主要从事高校之管理，有颇多牺牲之感。如今，卸任赋闲，重操旧业，又增雅兴矣。

本书定名为《三曹醇疵》，是借用了唐代韩愈《韩昌黎文集·读荀》一文中对孟子、荀况、扬雄的评价，其文曰："孟氏，醇乎醇者也，荀与杨，大醇而小疵。"醇者，纯正，完善也。疵者，小毛病也。意思是说，孟子的文章是纯正完善的。荀子与扬雄的文章，大部分纯正，但有小毛病。这评语，用之三曹极为恰当，故借用之。

既名《三曹醇疵》，就要评价三曹之优劣。先言曹操，其一生行藏，颇为精彩，辅政御军，三十余年，用诗叙写汉末史实与抒情述怀，用文来处理政事军务，历史罕见，前代唯一也。次言曹丕，其以"自固之术"（陈寿《三国志·魏书·荀彧荀攸贾诩传》）夺得魏国太子冠冕，又在即位极短的时间内"以魏代汉"，执政颇有作为，又有大量诗文传世，不愧为一代英主。而所作之残缺，乃研究之一大遗憾。再言曹植，其慷慨言志，颇多忧生之嗟，叙写骨肉相残，各体俱佳。其"文采富艳，足以自通后叶"（陈寿《三国志·魏书·任城陈萧王传》）。然其志在于建功立业，涉足政坛，与其之抱负产生矛盾矣。这些，我于书中都有详细之论述，不再赘言。

此书出版，我已年逾花甲，大有"子在川上曰：逝者如斯夫"，叹息岁月过往实在太快之感。呜呼！吾复何求？唯了却研究建安文学之心愿，翘首以待各位方家之斧正矣。

是为序。

董家平

2013 年 10 月

曹操篇

第一章　曹操笔下的自我形象及一生行藏

在中国文学史上，曹操是位用笔塑造自我形象彰显一生的罕见者。在这之前，虽有诸子百家的著书之说，那也不过是自立门户，辩理论道而已，亦有司马迁首创《史记·太史公自序》之自传体，而后颇多仿效，但毕竟是善于写实的史家之笔。至于《诗经》、《楚辞》、《汉乐府》更是抒情言志，人物形象依稀。历史散文《左传》、《国语》、《战国策》，或编年，或国别，记写他人且支离破碎。汉大赋更是铺采摛文，丽辞华藻掩埋了人物面貌。探求曹操笔下塑造的自我形象及彰显的一生行藏，有助于我们更加客观地了解曹操这个颇具争议的历史人物，从而获得建安文学研究中的新识。

一　诗篇文稿所塑造的自我形象

曹操一生著述颇丰。胡应麟《诗薮·杂编》卷三言："自汉而下，文章之富，无出魏武者。"① 他总是用笔将自己塑造成一位仁人志士、贤士良臣、孝子严父这三美融于一体者，以此凸显其卓越。

1. 仁人志士：史载"汉末，天下大乱，群豪并起"，连年的军阀混战，搞得天下哀鸿遍野，民不聊生。所谓"白骨露于野，千里无鸡鸣"②、"出门无所见，白骨蔽平原"③，就是当时社会的真实写照。而

---

① 胡应麟：《诗薮·杂编》，上海古籍出版社1979年版，第261页。
② 中华书局编辑部：《曹操集·蒿里》，中华书局1959年版，第4页。
③ 吴云、唐绍忠：《王粲集注：七哀诗》其一，中州书画社1984年版，第15页。

曹操生于汉末，汉武帝"罢黜百家，独尊儒术"以来，那种社会公认的道德标准和价值观念，势必成为他安身立命、挥指天下的根本要术。如他在建安八年（公元203年）所颁《修学令》里说：

> 丧乱以来，十有五年，后生者不见仁义礼让之风，吾甚伤之。其令郡国各修文学，县满五百户置校官，选其乡之俊造而教之，庶几先王之道不废。而有以益于天下。

可见，他不但为不见仁义礼让之风而痛伤，更是采取措施要用教育大行此风，并希望这种儒学风尚有益于天下。这就注定曹操要尊奉或是表面上尊奉孔子那种"仁者爱人"①、"求仁得仁"②、"仁者安仁"③ 等儒家价值观并以此来塑造自己的形象，且不论这种信奉真假如何，其精心塑造自己仁人志士的形象确实毋庸置疑。首先，他在《度关山》一诗中倡导了"天地间，人为贵"的思想，并认为，君主制定法律准则、巡视四方、罢斥邪恶、擢拔忠良都是为了百姓的繁衍生息。其次，他关注民病民瘼、《薤露》篇痛恨董卓焚烧洛阳，胁迫天子百官及黎民百万西迁长安，发出了"微子为哀伤"般的哭号；《蒿里》揭露了军阀混战搞得民不聊生的罪恶，倾吐了"念之断人肠"的悲愤。可以这样说，曹操那几首堪称"诗史"和"东汉实录"的诗，无不体现出他的仁者情怀，且在极力地为民请命了。最后，是他胸有大志。《秋胡行》二首虽为游仙诗，却也叙说了"不戚年往，忧世不治"的哀伤。《善哉行》极力赞美了古公亶父、太伯仲雍、伯夷、叔齐以及晏平仲等贤臣，以示仿效。《步出夏门行·神龟虽寿》更是抒发了"老骥伏枥，志在千里。烈士暮年，壮心不已"的志向。总之，曹操自许他的一生之志在于天下大治，为此，他直至暮年亦自强不息。

2. 贤士良臣：朱乾《乐府正义》卷五曰："魏武乐府好为有道之

---

① 杨伯峻：《论语译注》，中华书局1980年版，第131页。
② 杨伯峻：《论语译注》，中华书局1980年版，第70页。
③ 杨伯峻：《论语译注》，中华书局1980年版，第35页。

言，观其所云，不言文王、周公，便言齐桓、晋文；不言唐尧、虞舜，便言许由、陶夷"。① 的确，曹操在诗中好讲些有道的话，如在《短歌行》其二中极力赞美周伯昌"三分天下，而有其二"仍然"臣节不坠"的品德。称颂齐桓公"九合诸侯，一匡天下"依旧"正而不谲"的人格。推崇晋文公"威服诸侯"、"受赐珪瓒"照常"躬奉天王"的操行。而这几位历史人物，都是儒家所肯定所仿效的贤士良臣，他们是自身势力超越了天子却又奉主如一的典范，曹操反复歌咏之，是否在表露自己也要像这些贤士良臣一样"以大事小"的辅佐汉室的忠心呢？如《短歌行》其一，抒发"周公吐哺，天下归心"般思贤如渴的情怀。《善哉行》其二，倾诉"慊慊下白屋，吐握不可失"般纳贤未尽的忧愁。《步出夏门行》二、三章描写北方"天气肃清，繁霜菲菲"，"水竭不流，冰坚可蹈"的荒寒，表露"心常叹怨，戚戚多悲"的同情。其余，如上所说《薤露》、《蒿里》、《谣俗词》等，无不浸透着他表白自己是贤士良臣的三点品格：一是对汉室的耿耿忠心，二是思贤敬贤的襟怀，三是关心和同情民病民瘼。

3. 孝子严父。孝道一贯是儒家提倡的行仁之根本，也是立仁之根本，《论语》第一章第二节就写道：

> 其为人也孝悌，而多犯上者，鲜矣；不好犯上，而好作乱者，未之有也。君子务本，本立而道生，孝悌也者。其为仁之本欤！

这"孝"字，据杨伯峻先生统计，在《论语》中总共出现了19次，其后在《礼记》等书中又提出了许多敬爱父母的繁文缛节，成为一种道德规范，甚至成为选拔官吏的科目之一。汉代就流行"举孝廉"，以保障这一方法规范的实行。曹操本人也是"举孝廉"出身。他在汉灵帝熹平三年（公元174年），是年20岁，经尚书右丞司马建公所举荐，为郎，任洛阳北部尉。因此，他极力要保持或粉饰孝子的

---

① 河北师范学院中文系古典文学教研组：《三曹资料汇编》，中华书局1980年版，第35页。

形象，以迎合汉代以来"以孝治天下"的政治主张。他在《善哉行》第二首中，自叙"既无三徙教，不闻过庭语"和"虽怀一介志，是时其能与"的身世和遭遇，抒发了"琅邪倾侧左"和"我愿何时随"般父亡而自己大仇未报的忧愤。其中悼念亡父之词，可见孝心。史载，董卓之乱时，曹操之父曹嵩避乱琅邪，被徐州刺史陶谦部下所杀，故曹操痛伤之，初平四年（公元193年），屡攻陶谦并击败之，以示其孝心。至于严父，那在曹操教子或者说管束诸子的过程中事迹最多了。首先是管束曹丕。建安十六年（公元211年）他选拔"名高德大"①的邴原为五官长史令，并亲自手书命令道："子弱不才，惧其难正。贪欲相屈，以匡励之。"② 在这三年前，即建安十三年（公元208年），曹丕凭借父王的声望被选拔为椽（古代属官的通称），惹怒了曹操，将司徒赵温罢职免官（事见《后汉书·赵温传卷二十七》）。其次是曹植。曹植是位"性简易，不治威仪"③的贵公子，故所犯错误较多，而曹操对他的管束也最多。建安十九年（公元214年）曹操作《戒子植》，言"吾者为顿丘令，年二十三，思此时所行，无悔于今。今汝年亦二十三，可不勉欤"。其意在严格要求留守邺城的曹植效法自己，创造一个良好的政治开端。建安二十二年（公元217年）曹植"私开司马门"，使曹操十分恼怒，他接连下了两道命令。直言"始者谓子建，儿中最可定大事。自临淄侯植私出，开司马门至金门，令吾异目视此儿矣"④。又曰："从子建私开司马门以来，吾都不复信诸侯也。"⑤ 对曹植的所作所为公然表示失望，其严厉程度可想而知。更有甚者，建安二十二年（公元217年）曹植妻穿衣违制，被曹操赐死，这未免过于严厉。最后是各位子嗣。建安二十一年（公元216年），曹操攻取汉中，欲派一儿镇守，以历练之。故颁《诸儿令》道：

① 中华书局编辑部：《曹操集·为张范下令》，中华书局1959年版，第39页。
② 中华书局编辑部：《曹操集·转邴原五官长史令》，中华书局1959年版，第43页。
③ 陈寿：《三国志·魏书·任城陈萧王传》，中华书局1959年版，第557页。
④ 中华书局编辑部：《曹操集·曹植私出开司马门下令》，中华书局1959年版，第49页。
⑤ 中华书局编辑部：《曹操集·又下诸侯长史令》，中华书局1959年版，第48页。

今寿春、汉中、长安，先欲使一儿各往督领之，欲择慈孝不违吾令，亦未知用谁也。儿虽小时见爱，而长大能善，必用之。吾非有二言也，不但不私臣吏，儿子亦不欲有所私。

他明确宣称对臣吏尤其对儿子自己不会有所偏心，而选人的标准是慈善、孝顺、服从命令、德才兼备。

在曹操的严格要求和教育培养下，曹氏一门真是人才辈出，如魏文帝曹丕、大文人曹植、猛将军曹彰等。其中二十五位子男中，那位刘夫人所生的，在黄初二年（公元222年）追封为丰愍王的曹昂，还有为了保护被张绣击败的曹操而遇害者，显现曹操教子之有方。

二　笔迹墨痕所彰显的一生行藏

曹操一生多才多艺，且阅历甚广。故其子曹丕在《典论·自叙》里说："上雅好诗书文籍，虽在军旅，手不释卷。"① 曹植又在《武帝诔》里说："既总庶政，兼览儒林，躬著雅颂，被之琴瑟。"这是有血缘关系的人对他理政、治军、读书、创作等才能和阅历的肯定。王沈也说他"御军三十余年，手不舍书，昼则讲武策，夜则思经传，登高必赋，及造新诗，被之管弦，皆成乐章"。② 另有张华说他书法颇精，仅次于崔瑗、崔寔、张芝、张旭等。有《孙子注》传世，可见他对兵法研阅之深。这样一位人物，堪称"超世之杰矣"③。

总览曹操所遗留的诗文，他主要做了四件大事。

1. 东征西讨：曹操自中平六年（公元189年）35岁时拥兵自重，逐鹿中原，到初平三年（公元192年）曹操38岁时，收黄巾降卒三十余万，组成青州兵，始告强大，开始了他东征西讨的军事生涯。初平四年（公元193年）曹操击败陶谦于徐州，陈寿《三国志·魏书·武帝纪》里说："初，太祖父嵩，去官后还谯，董卓之乱，避乱

---

① 严可均：《全上古三代秦汉三国六朝文》，中华局书1958年版，第1097页。
② 陈寿：《三国志·魏书·武帝纪》，中华书局1959年版，第54页。
③ 陈寿：《三国志·魏书·武帝纪》，中华书局1959年版，第55页。

琅邪，为陶谦所害，故太祖志在复仇东伐"，可知这是场复仇的战争。建安三年（公元198年）曹操击败吕布并擒杀之。建安五年（公元200年），曹操与袁绍战于官渡，大破之，而"冀州诸郡多降操"。建安八年（公元203年）曹操追剿残敌袁谭、袁尚，后诛之。建安十一年（公元206年），曹操征高干。建安十二年（公元207年）曹操攻乌桓。建安十三年（公元208年），曹操南征刘表，表卒。十二月，曹操与孙刘战于赤壁，兵败还朝。而这些战争或略或详地记载在曹操所作的诗文里，如《苦寒行》描述的就是征高干途经太行山等处的艰辛，抒发了周公东征般的心情。《步出夏门行》叙述的就是征乌桓班师途中所见到的壮观景色，倾吐的是忧世不治的豪迈情怀。又如《上言破袁绍》就是向汉献帝刘协递交的获胜官渡，"斩绍大将淳于琼等八人首"的奏捷报告。《破袁尚上事》就是消除袁氏残余势力后向汉献帝刘协陈说战况的奏章。《下荆州书》就是荆州归附，喜得蒯越后写给谋臣荀彧的信。诸如此类，其所作诗文许多都是和征战有关，皆彰显他行藏之一。

2. 御军治国：初平三年（公元192年）曹操始告强大。建安元年（公元196年）他派遣曹洪西迎汉献帝刘协至洛阳，同年八月，迁都许昌，从此开始了"挟天子而令诸侯"①的生涯。他除了东征西讨，在赤壁之战前统一中国北方外，要做的第二件大事就是御军治国。首先是御军。建安元年（公元196年），曹操颁《置屯田令》，认为军队要"强兵足食"。建安五年（公元200年），曹操颁《造发石车令》以改进军队的武器。建安八年（公元203年）曹操颁《败军令》明确"败军者抵罪，失利者免官爵"。同年，曹操又颁布《论吏上行能令》，公然提出"明君不官无功之臣，不赏不战之士"的选官原则，以驳斥"军吏虽有功能，德行不足堪任郡国之选"的论点。建安十一年（公元206年）呈《表称乐进于禁张辽》，赞扬了三位将军"武力既弘，计略周备，质忠性一，守执节义。每临战功，常为督率。奋强突固，无坚不陷"的品质与战功。其余如《表论张辽功》《封功臣令》、《下田畴令》、《表论田畴功》、《存恤从军吏士家室令》等

①　中华书局编辑部：《诸葛亮集·草庐对》，中华书局1960年版，第1页。

无不与御军有关。或设法强兵，或严明军纪，或褒奖良将，或选拔士卒，或体恤亡属，或宣扬军威，显见他御军办法之多且善。其次是治国。治国先要遵礼，曹操在各个时期均做过辞让官爵的表章，如《领兖州牧表》、《上书让增封》、《上书让费亭侯》、《让九锡表》、《上书谢策命魏公》等，以谦称"功小德薄，忝宠已过，进爵益土，非臣所宜"① 和"丰大弘厚，生平之愿，实不望也"② 般感恩的心情。治国还要求贤，除《短歌行》其一，《善哉行》其二等诗抒发了他求贤若渴的情怀外，建安十五年（公元 210 年）曹操颁《求贤令》，公然提出了"唯才是举"的用人之术。建安十九年（公元 214 年），曹操颁《敕有司取士勿废偏短令》，明确要求主管部门要选拔"进取之士"，只要有所作为，别顾及他们品德上的缺点。建安二十二年（公元 217 年）曹操颁《举贤勿拘品行令》直接宣称："今天下得无有至德之人放在民间，及果勇不顾，临敌力战；若文俗之吏，高才异质，或堪为将守；负污辱之名，见笑之行，或不仁不孝，而有治国用兵之术：其各举所知，勿有所遗。"这三道求贤令，显出曹操在用人方面的良苦用心。治国更要赏罚分明，建安六年（公元 201 年），曹操颁《加枣祗子处中封爵并祀祗令》，充分肯定了枣祗"天性忠能"、"共举义兵"、"领东阿令"、"兴立屯田"等德行和功绩，并命其子世袭封爵，祭祀乃父。同年，曹操颁《举泰山太守吕虔茂才令》，令中称赞吕虔在泰山地区"禽奸讨暴，百姓获安，躬蹈矢石，所征辄克"的政绩，又推举他为茂才，还加了一个骑都尉的官衔。建安八年（公元 203 年）曹操向汉献帝上了《请爵荀彧表》，认为荀彧作为军中谋士"发言授策，无施不效"，因此，"宜享高爵，以彰元勋"。其余如《请封荀攸表》、《封功臣令》、《下令大论功行封》、《请增封荀彧表》、《请追增郭嘉封邑表》、《爵封田畴令》等。无不体现着曹操论功行赏的思想，这才能使臣属们对他忠心不贰。谈到罚，曹操的手段相当严厉。建安十三年（公元 208 年）曹操杀孔融，颁《宣示孔融罪状令》，公然宣称孔融"违天反道，败伦乱理"的罪行。建安二十

---

① 中华书局编辑部：《曹操集·让九锡表》，中华书局 1959 年版，第 20 页。
② 《曹操集·上书谢策命魏公》，第 25—26 页。

一年（公元216年）曹操颁《赐死崔琰令》以惩治他举荐不当的错误。诸如此类，曹操赞赏并嘉奖有功之臣的文章多于治罪类文章，这也显示出他以鼓励为主的执政理念。治国还需体恤民情，连年的战争，带给社会最大的弊端是废耕弃织，而曹操最主要的拯救方法是减租济困。如建安九年（公元204年）他认为"河北罹袁氏之难"，豪强兼并，残酷剥夺，使农业生产遭到极大的破坏，故颁《蠲河北租赋令》，免除其田赋和赋税。又建安二十三年（公元218年），所辖北方地区忽然流行病大发，百姓死亡甚多，耕田面积减少，曹操颁《赡给灾民令》对此表示"甚忧之"，并且提出了济困的具体办法。加之《置屯田令》、《蒿里》等诗文，显示出曹操对百姓疾苦的关心，彰显他行藏之二。

3. 端正世风：连年的战争，严重地破坏了社会秩序，结党营私，颠倒黑白，豪强兼并，废弃礼仪等恶习一时横行，故曹操于建安十年（公元205年）颁《整齐风俗令》，指出"阿党比周"、"父子异部"、"以白为黑"、"欺天罔君"是几种恶习，宣称"吾欲整齐风俗，四者不除，吾以为羞"。又建安九年（公元204年），曹操颁《收田租令》，重申"有国有家者，不患寡而患不均，不患贫而患不安"的观点，并表示对袁绍等豪强的任意横行恨之入骨，明言今后"无令强民有所隐藏，而弱民兼赋也"。建安八年（公元203年）曹操颁《修学令》，痛伤"丧乱以来，十有五年，后生者不见仁义礼让之风"，倡导"郡国各修文学"。还具体规定了各县多少户置校官选乡俊来教学的条款，这些，均可以看出他端正世风的意志和决心，彰显他行藏之三。

4. 研文赋诗：曹丕在《典论·自叙》里说："上雅好诗书文籍，虽在军旅，手不释卷。"[①] 曹植在《武帝诔》里写道："既总庶政，兼览儒林，躬著雅、颂，被之琴瑟。"《三国志·魏书·武帝纪》裴注引《魏书》里亦云："御军三十余年，手不舍书，昼则讲武策，夜则思经传，登高必赋，及造新诗，被之管弦，皆成乐章。"[②] 话语里都

---

① 严可均：《全上古三代秦汉三国六朝文》，中华书局1958年版，第109页。

② 陈寿：《三国志·魏书·武帝纪》，中华书局1959年版，第54页。

透露出一个信息，即曹操除治理朝政和运筹帷幄之外，另有研文赋诗的雅好。就研文看，据中华书局 1959 版《曹操集》统计，他有文 151 篇，另有《孙子注》13 篇和《隋书·经籍志》所录《兵法接要》三卷，这些文章体裁多样，有赋、策、表、奏、书、教、令等，均写得鞭辟入里，言简意赅，显出他深厚的功底和驾驭各体的娴熟。就赋诗看，曹操存诗 16 题 22 首，其中《气出唱》3 首，《短歌行》2 首，《秋胡行》2 首，《善哉行》3 首，《薤露》、《蒿里》等 12 首，另有补遗 2 首。鲁迅先生在《魏晋风度及文章与药及酒之关系》里说曹操是"改造文章的祖师"①，他是否是"改造文章的祖师"值得商榷，但毋庸置疑，鲁迅先生主要讲的是他对乐府诗的改造。曹操现存 22 首诗全是乐府诗，被学界所称道。改造最好的是《薤露》和《蒿里》，二者原本为送葬的挽歌，却被曹操用来写董卓之乱与讨卓后的军阀混战，堪称"诗史"。其他如《步出夏门行》、《短歌行》、《苦寒行》等无不是他在御军治国之暇或东征西讨途中的挥毫泼墨，这应该是他人生的一大雅事吧，彰显他行藏之四。

三　史书所记之差异及原因

曹操诗句文稿或曰笔迹墨痕中的自我形象及一生行藏如此，那么，史家又如何评价和描述这个人物呢？最值得翻阅对照的是陈寿的《三国志·魏书·武帝纪》。

1. 形象迥异：陈寿在《三国志·魏书·武帝纪》里评价曹操道："揽申、商之法术，该韩、白之奇策。"② 揽，执也。该，兼也，同赅。这就是说，曹操是持有和兼用申不害、商鞅、韩非、白起等人一样的思想和谋略的。这四位在司马迁《史记》中均有记载，《老子韩非列传》："申子之学本于黄老而主刑名。"③《商君列传》："鞅少好

① 人民文学出版社编辑部：《鲁迅全集·魏晋风度及文章与药及酒之关系》，人民文学出版社 1981 年版，第 501 页。
② 陈寿：《三国志·魏书·武帝纪》，中华书局 1959 年版，第 55 页。
③ 司马迁：《史记·老子韩非列传》，中华书局 1959 年版，第 2146 页。

刑名之学。"①《老子韩非列传》:"韩非者,韩之诸公子也。喜刑名法术之学,而其归本于黄老。"②《白起王翦列传》:"白起料敌合变,出奇无穷,声震天下。"③ 所记四人,除言白起善于用兵之外,其他三者均点明娴于刑名之学。刑名之学是战国时期法家的一派,强调循名责实,以强化上下关系,巩固统治。这就出现了问题,曹操不是自诩是位儒家人物吗?而史家又为何认定他是位法家人物?如何理解这其中的差异?实际上,曹操的确是位法家人物,娴熟刑名之学。他抑制豪强,为统一而东征西讨,推行屯田,发展农业生产,唯才是举,主张"举贤勿拘品行"④ 和"取士勿费偏短"⑤,即使是"不仁、不孝"⑥,只要有"治国用兵之术"⑦ 的人就大胆起用等,这和儒家以推行仁政、倡导孝悌等有很大的不同,特别是在用人方略上更是大相径庭。他的《宣示孔融罪状令》和《赐死崔琰令》,乍看在指斥孔融"败伦乱理"和贬责崔琰服刑期间仍然"门若市人",实则是两人不满曹操而被操所杀;又如《收田租令》、《整齐风俗令》、《明罚令》、《复肉刑令》,等等,无不是他为了更好地维护朝纲和社会秩序所颁发。这确实证明了曹操是位擅长刑名之学的法家人物,他注重上下关系,注重权术等,亦早已被学术界已公认。至于他推崇并效法白起,主要在东征西讨之时,陈寿《三国志·魏书·武帝纪》说他"运筹演谋,鞭挞宇内"⑧,即言此也。

2. 可觅行踪:至于他的一生行藏,笔者在上文为其总结了四点,即东征西讨、御军治国、端正世风、研文赋诗。这四点还难以概括曹操的一生行藏,如曹操"雅兴节俭",又多才多艺,爱宝刀,会酿酒,长于书法等,至今陕西汉中褒河山崖上还留有其手书"衮雪"二字,字体苍劲有力,乃书法中的精品。而就这四点看,陈寿《三国

---

①　司马迁:《史记·商君列传》,中华书局1959年版,第2227页。

②　司马迁:《史记·老子韩非列传》,中华书局1959年版,第2146页。

③　司马迁:《史记·白起王翦列传》,中华书局1959年版,第2342页。

④　中华书局编辑部:《曹操集·举贤勿拘品行令》,中华书局1959年版,第48页。

⑤　中华书局编辑部:《曹操集·敕有司取士毋废偏短令》,第46页。

⑥　中华书局编辑部:《曹操集·举贤勿拘品行令》,第49页。

⑦　中华书局编辑部:《曹操集·举贤勿拘品行令》,第49页。

⑧　陈寿:《三国志·魏书·武帝纪》,中华书局1959年版,第55页。

志·魏书·武帝纪》记之有略有详，描绘了曹操的真实面目。言太祖自幼机警，初仕年二十，以孝廉为郎，任洛阳北部尉，迁顿丘令。后讨颍川黄巾军有功，迁为济南相，其间奏免八人，郡内肃然，又迁东郡太守，不就，称病归故里。灵帝时，又被征为典军校尉，遇董卓之乱，太祖至陈留，合义兵，冬十二月起兵于己吾，初平元年（公元190年）春正月，以行奋武将军之身份随袁绍等讨卓，初平三年（公元192年）冬，"受降卒三十余万，男女百余万口，收其精锐者，号为青州兵"①，始告强大，从此开始东征西讨的生涯。建安三年（公元198年）破张绣，同年冬十二月获吕布并擒杀之。建安五年（公元200年）攻袁绍，建安十三年（公元208年）南征刘表，同年十二月，曹操兵败赤壁，天下三分。史书所记和曹操所撰《上言破袁绍》、《告涿郡太守令》、《步出夏门行》、《表刘琮令》、《下荆州书》、《与孙权书》等诗文极为一致，故曹操东征西讨之行藏丝毫无疑也。又陈寿《三国志·魏书·武帝纪》载：建安元年（公元196年），曹操"乃遣曹洪将兵西迎"汉献帝刘协，都许，"天子封操为大将军、武平侯"②。在多年御军，东征西讨的生涯中，曹操统一了中国北方，把持了朝政，建安十三年（公元208年）六月，天子"以公为丞相"③。又在建安十六年（公元211年）春正月，天子命公世子丕为五官中郎将，置官署，为丞相副。建安十七年（公元212年）春正月，天子命曹操"赞拜不名，入朝不趋，剑履上殿"④。建安十八年（公元213年）七月，"始建魏社稷宗庙"⑤，同年五月，天子使御使大夫郗虑持节策命公为"魏公"⑥。建安十九年（公元214年）三月使魏公位在诸侯王上，改授"金玺、赤绂、远游冠"。建安二十一年（公元216年）五月，"天子进公爵为魏王"⑦。建安二十二年（公元

---

① 陈寿：《三国志·魏书·武帝纪》，中华书局1959年版，第9页。
② 陈寿：《三国志·魏书·武帝记》，中华书局1959年版，第13页。
③ 陈寿：《三国志·魏书·武帝记》，中华书局1959年版，第30页。
④ 陈寿：《三国志·魏书·武帝记》，中华书局1959年版，第36页。
⑤ 陈寿：《三国志·魏书·武帝记》，中华书局1959年版，第42页。
⑥ 陈寿：《三国志·魏书·武帝记》，中华书局1959年版，第43页。
⑦ 陈寿：《三国志·魏书·武帝纪》，中华书局1959年版，第47页。

217 年）夏四月，"天子命王设天子旌旗，出入称警跸"①。冬十月，
"天子命王冕十有二旒，乘金根车，驾六马，设五时副车，以五官中
郎丕为魏太子"②。这就是曹操"挟天子而令诸侯"③ 的较为详细的过
程，也是他不断扩大自身及家族势力或曰不断僭越的过程。这些史实
和曹操笔下所写自我形象差距很大，至于他如何端正世风，研文赋诗
在史书记载中较少提及，这就给后世留下了一定的疑惑。

3. 几点拙见：究其原因，笔者认为：其一，文体不同便取舍不
同，史书和创作诗文自然不同。史书是用来"弥纶一代"④ 的，故要
写得准确精练，诗文或抒情或叙事，是表露情怀和记述行藏的，故曹
操临朝辅政，东讨西征，政治军事行动可入史，而自撰诗文若入史就
显得繁杂而冲乱主题，只能在史书之《经籍志》这类的史志中占有
一席之地了。其二，政治需要、《史书》虽称曹操少机警，但也讲他
"有权数，而任侠放荡"⑤，看出了他为人既聪明善变又不循规蹈矩。
他尽力自诩是仁人志士、贤士良臣、孝子严父，这主要和汉武帝以来
的社会道德观有关。他在国家还未统一、百姓还未安定的情况下，要
"挟天子而令诸侯"，在政治上取得诸侯的信从，不管信奉什么，亦
要扮得道貌岸然，只好以仁者自居也。其三，难同军国大事相提并
论。至于他一生行藏中的后两项，即端正世风和研文赋诗，与其之赫
赫战功煌煌政迹相比，自然显得微薄而不值一提，故难入史。何况，
后世还可以通过他的遗墨了解到这两方面呢。

---

① 陈寿：《三国志·魏书·武帝纪》，中华书局 1959 年版，第 49 页。
② 陈寿：《三国志·魏书·武帝纪》，中华书局 1959 年版，第 49 页。
③ 中华书局编辑部：《诸葛亮集》，中华书局 1960 年版，第 1 页。
④ 郭晋稀：《文心雕龙注译·史传》，甘肃人民出版社 1982 年版，第 192 页。
⑤ 陈寿：《三国志·魏书·武帝纪》，中华书局 1959 年版，第 2 页。

第二章 从《让县自明本志令》窥曹操之志

建安十五年（公元210年）曹操作《让县自明本志令》。顾名思义，这是篇辞让封邑并表明心志的文章。令，《辞海》解释这个字时引用了《尚书·囧命》道："发号施令，罔有不臧"，又引用《诗经·齐风·东方未明》道："倒之颠之，自公命之"，显见令这种文体，是上级用来命令下级的。曹操用来辞让封邑并表明心志，未免显得有些牵强和霸气。更为奇怪的是，曹操此时已统一中国北方，贵为汉室丞相，兵锋所指，所向披靡，又总揽朝政，百官臣服，却为什么要写这样一篇文章来表明心志呢？而其所表心志与他今后言行甚至与他子嗣的言行是否相符，这很值得去做一番思考与探索。

一 撰文之缘由

曹操之志，历代颇多争议。朱熹《朱子语类》，在评论曹操《短歌行》和《苦寒行》两诗时说他"不惟窃国之柄，和圣人之法也窃了"，而钟惺《古诗归》在评论曹操《秋胡行》一诗时说："老瞒生汉末，无坐而臣人之理。然其发念起手，亦自以仁人忠臣自负，不肯便认作奸雄。"[1] 前者认为曹操窃国窃法，后者认为曹操以仁人忠臣自居。然而后世的评价毕竟在曹丕"以魏汉代"既成事实之后，所以说曹操窃取汉鼎也好，粉饰自身也好，都说得过去，但是在当时，在建安十五年（公元210年），离曹操之子曹丕位登大宝（公元220

---

[1] 钟惺、谭元春：《古诗归》，明·闵振业三色套印本，第426页。

年）还有十年时间，甚至离曹操为魏王，即建安二十一年（公元216年）五月还有六年时间，曹操仅为汉丞相之时，他为什么要作这样一篇文章来表明心志呢？

1. 拥兵自重：查史，曹操于中平六年（公元189年），35岁时起兵，自初平三年（公元192年）在济北收黄巾精锐三十余万始告强大，至建安十三年（公元208年）赤壁之战，天下三分。他至少有精兵八十余万，并且一路追亡逐北，取得统一中国北方的巨大战绩。在赤壁之战前，他曾写《与孙权书》，书中言："今治水军八十万众，方与将军会猎于吴"所透露出的数据，已显出其军队之庞大。另外，他在建安五年（公元200年）大破袁绍，随后又扫除袁尚、袁谭等残余势力，建安十一年（公元206年）征高干，次年征乌桓，建安十三年（公元208年）征刘表，这之前，他于建安三年（公元198年）擒杀吕布，建安二年（公元197年）击破张绣，同年战败袁术，可谓兵锋指处，所向披靡。应该说，此时的曹操的确是谭元春在《古诗归》里所说的"大英雄"，维系着汉室的命运矣。

2. 总揽朝政：曹操总揽朝政是他凭借军事实力，不断控制汉献帝刘协的结果。董卓被杀后，其部将李催和郭汜轮番劫持汉献帝，并互相攻伐。建安元年（公元196年）曹操遣曹洪西迎汉献帝至洛阳，在董昭、丁冲等人"将军兴义兵以诛暴乱，入朝天子，辅翼王室，此五伯之功也。此下诸将，人殊意异，未必服从，今留匡弼，事势不便，惟有移驾幸许耳"①的劝说下，迁都于许。此后，曹操为大将军、武平侯，罢免杨彪、诛杀赵彦，控制了朝政。又于建安二年（公元197年）东征袁术等，加之上文所引诸多战例，曹操军事实力之强大不言而喻。建安十三年（公元208年），为丞相，同年杀孔融，征刘表，在赤壁被孙刘联盟击败。这期间，除战事外，曹操于建安五年（公元200年）粉碎了车骑将军董承、偏将军王服等受密诏杀操事件，将他们"皆伏诛"②，又奏请献帝为荀攸、荀彧等封官进爵，并下令嘉奖抚恤有功或阵亡的将士，择地屯田，兴教办学，封赏属下，多方

---

① 陈寿：《三国志·魏书·程郭董刘蒋刘传》，中华书局1959年版，第437—438页。
② 陈寿：《三国志·魏书·武帝纪》，中华书局1959年版，第18页。

求贤，甚至顾及琐碎之事，如遣周近持玉璧从匈奴处赎回故友蔡邕之女蔡文姬，将其重嫁于屯田都尉董祀。这样做的结果原本有益于曹操伟业，但曹操毕竟是汉臣，所为颇有些僭越的味道，于是引来了同僚不少的非议。

3. 内外猜疑：曹操在《让县自明本志令》里云："恐私心相评，言有不逊之志，妄相忖度，每用耿耿。"意思是说恐怕有人私下里评论，说我有称帝的野心，胡乱地推测，使我常常感到不安。其实，这种私下评论，胡乱推测早就存在，只是在曹操拥兵自重和总揽朝政的情况下不敢出面直言，以免引来杀身之祸。天性"机敏"的曹操自然清楚，故自己将其挑明。明说暗指对曹操甚为不满的有几部分人，一是汉室的老臣，杨彪是汉室太尉，据《后汉书·杨震列传》记载，献帝迁都于许不久，时天子大会公卿，杨彪见到曹操，颜色很是"不悦"。二是当朝名士，最为著名的是孔融，其被汉献帝征为将作大将，最敢抗拒与讽刺曹操。曹操以杨彪与袁术有儿女的姻缘关系为由，诬奏杨彪"欲图废置"，想借机将他投狱并杀之。孔融不及朝服，往见曹操说："杨公四世清德，海内所瞻。……今横杀无辜，则海内视听，谁不解体！孔融鲁国男子，明日便当拂衣而去，不复朝矣。"[1] 说得曹操无言可答，只好将杨彪送还。曹操破邺城，将袁绍中子袁熙之妻甄氏纳为曹丕之妻，孔融作书与曹操道："武王伐纣，以妲己赐周公"[2]，曹操问出自何经典，他对答说："以今度之，想当然耳"[3]，显见是公然的嘲讽。曹操北征乌桓，孔融云"大将军远征萧条海外，昔肃慎不贡楛矢，丁零盗苏武牛羊，可并案也"[4]，又在讽刺曹操小题大做。曹操表制酒禁，孔融频书争之，并且"多侮慢之辞"[5]，结果，建安十三年（公元208年），他彻底惹怒了曹操，曹操命郗虑先奏免了孔融，后于同年杀了孔融。并作了篇《宣示孔融罪状令》，说孔融"违天反道，败伦乱理"以平息舆论。而孔融被杀的真正原因据《后

① 王先谦：《后汉书集解·杨震列传》，中华书局1984年版，第624页。
② 王先谦：《后汉书集解·郑孔荀列传》，中华书局1984年版，第798页。
③ 王先谦：《后汉书集解·郑孔荀列传》，中华书局1984年版，第798页。
④ 王先谦：《后汉书集解·郑孔荀列传》，中华书局1984年版，第798页。
⑤ 王先谦：《后汉书集解·郑孔荀列传》，中华书局1984年版，第798页。

汉书·孔融传》记载，是他和曹操"积嫌忌"，这嫌忌，除了孔融公开地讥讽曹操外，恐怕他还是曹操总揽朝政的一个障碍吧。三是违拗谋臣，有名的是荀彧。荀彧是位有"王佐才也"① 的人物，在董卓之乱时，就预言董卓必以乱终，可见其政治眼光之敏锐。初平二年（公元191年）二十九岁时去绍投操，被曹操誉为"吾之子房也"②。后曹操破袁绍，征张绣，伐刘表等多用其谋，曹操甚至将自己的女儿嫁给其子荀恽，与荀彧做了儿女亲家。再查中华书局1959年以丁福保《汉魏六朝名家集·魏武帝集》为底本编辑出版的《曹操集》，曹操的151篇文章中就有7篇和荀彧直接有关，这些文章有的是奏请献帝给荀彧加官晋爵，如《请爵荀彧表》、《请增封荀彧表》。有的是两人一道追伤谋士良臣，如《与荀彧书追伤郭嘉》。而更多的是相互交换意见，如一封《与荀彧书》、两封《报荀彧》、一封《留荀彧表》，可见两人关系之密切，而就是这样一位曹操最为信任的臣僚加友人，也反对曹操有"不逊之志"。据陈寿《三国志·魏书·荀彧荀攸贾诩传》注引《彧别传》载：荀彧反对董昭等人明法术，定其基，建立藩国的建议，要曹操效法姬旦宰周"外定武功，内兴文学，使干戈戢睦，大道流行，国难方弭，六礼俱治"③，这显然不合曹操的心意。又陈寿《三国志·魏书·荀彧荀攸贾诩传》注引《献帝春秋》载：伏后与父完书，说司空曹操杀了董承，献帝要为董承等出这口怨气。伏完得书给荀彧看，荀彧竟然对曹操"久隐而不言"。这使得曹操十分恼怒，直接责问他"卿昔何不道也"，并以此恨彧，这实际是荀彧对被杀者董承等人的同情。建安十七年（公元212年），曹操在寿春（今安徽寿具）扣留前来犒军的荀彧，使他病情加重，忧郁而卒。四是敌国帝王，最了解曹操的还属吴主孙权，他于建安二十四年（公元219年）"上书称臣，称说天命"④，这显然是故意认曹操做皇帝，言

① 陈寿：《三国志·魏书·荀彧荀攸贾诩传》，中华书局1959年版，第307页。
② 陈寿：《三国志·魏书·荀彧荀攸贾诩传》，中华书局1959年版，第308页。
③ 陈寿：《三国志·魏书·荀彧荀攸贾诩传》引《彧别传》，中华书局1959年版，第317页。
④ 陈寿：《三国志·魏书·武帝纪》引《魏略》，中华书局1959年版，第52页。

其顺天承命矣。所以逼得曹操"以书示外曰:"是儿欲踞吾著炉火上邪"①。这件事虽然晚于曹操作《让县自明本志令》九年,但曹操之志,恐怕早已被敌方看清,并加以忖惴了。

二 心志之表露

志,段玉裁《说文解字注》曰: "今人分志向一字,识记一字"②,并引用《诗序》道: "在心为志,发言为诗",引用《左传》道:"以志吾过"③。曹操心志的"志",便是用的前一个意思,即曹操的志向。一个人的志向绝不是静止的,而是动态的,会随着环境、地位、顺逆等的变化而变化,曹操也不例外。

1. 心路历程:在作《让县自明本志令》之前,或曰曹操为汉室丞相之前,他已经经历了三仕三隐。熹平三年(公元 174 年),尚书右丞司马建公举荐他为孝廉,任洛阳北都尉。据陈寿《三国志·魏书·武帝纪》注引《曹瞒传》记载:"太祖初入尉廨,缮治四门,造五色棒,县门左右各十余枚,有犯禁者,不避豪强,皆棒杀之"④。故此朝中许多近臣忌恨曹操,于是设法支开他,让他做了顿丘令。在任仅一年,到光和元年(公元 178 年),因其从妹夫濦游强侯宋奇被诛从坐免官,此为一仕一隐。光和三年(公元 180 年),曹操以"能明古学,复征拜议郎",四年后(公元 184 年),拜骑都尉,不久迁济南相,陈寿《三国志·魏书·武帝纪》载: "拜骑都尉,讨颍川贼。迁为济南相,国有十余县,长吏多阿附贵戚,赃污狼藉,于是奏免其八,禁断淫祀,奸宄逃窜,郡界肃然"⑤。年底,曹操托词有病辞去济南相,遂返乡,此为二仕二隐。中平三年(公元 186 年),朝廷又征曹操为都尉,后迁典军校尉,中平六年(公元 189 年),逢董卓之乱,曹操拒绝做骁骑校尉,东归,此为三仕三隐。期间,他杀吕

---

① 陈寿:《三国志·魏书·武帝纪注》引《魏略》,中华书局 1959 年版,第 52 页。
② 许慎著,段玉裁注:《说文解字注》,上海古籍出版社 1981 年版,第 502 页。
③ 杜预:《春秋左传集解》,上海人民出版社 1977 年版,第 341 页。
④ 陈寿:《三国志·魏书·武帝纪》引《曹瞒传》,中华书局 1959 年版,第 3 页。
⑤ 陈寿:《三国志·魏书·武帝纪》,中华书局 1959 年版,第 3—4 页。

伯奢子，过中牟，被亭长所执，后赦还，至陈留、襄邑，"散家财，合义兵，将以诛卓"①，从此开始了他东征西讨的政治生涯。这段历史，从熹平三年（公元174年）至中平六年（公元189年），曹操20岁至35岁，是他的青壮年时期，这个时期曹操的志向有三点：先要力争做一个清明的地方官，次要"于谯东五十里筑精舍，欲秋夏读书、冬春射猎、求底下之地，欲以泥水自蔽，绝宾客往来之望"②，他要舒舒服服清清静静地做一位隐士，读书、射猎、宅居而已。后要"欲为国家讨贼立功，欲望封侯作征西将军"③，可见被征为都尉后他雄心勃起，但志向还停留在讨贼立功、封侯拜相上，还没有总揽朝政僭越之心。此后，他兵败汴水，募卒扬州（后汉时治所历阳，今安徽和县），收降黄巾、攻破袁术、击败袁绍、南征刘表，战功赫赫，世人皆知。这段历史，即从中平六年（公元189年）曹操35岁到建安十五年（公元210年）曹操56岁，是他的中晚年时期。这时候，他位至宰相，所谓"人臣之贵已极"④，认为国家假设没有他，"不知当几人称帝，几人称王"⑤，所以，他面对人们的非议，感到三世蒙受皇恩，表明不愿交出兵权的原因。如此，观曹操所说所为，知曹操志向的发展脉络或曰其志向的变化轨迹为：地方官员—隐士—征西将军—效法历代以大事小的贤臣。

2. 届时定格：效法历代贤臣，以大事小，这是曹操作《让县自明本志令》时，或曰为汉丞相时志向的届时定格。那么，他要效法的是哪些人物，这些人物又有什么美德善行呢？是周文王、齐桓公、晋文公、乐毅、蒙恬、周公。周文王，名姬昌，殷纣王时为西伯侯，据郑玄《诗谱》载：他除管理西北地区外，纣又命文王典治江汉汝坟（长江、汉水、汝水两岸）之诸侯，于是三分天下而有其二。但他仍尊奉商纣为王。这是以大事小之一例也。又齐桓公，姓姜，名小白，他在管仲辅佐下"九合诸侯，一匡天下"，成为春秋时期的五霸之

---

① 陈寿：《三国志·魏书·武帝纪》，中华书局1959年版，第5页。
② 中华书局编辑部：《曹操集·让县自明本志令》，中华书局1959年版，第41页。
③ 中华书局编辑部：《曹操集·让县自明本志令》，中华书局1959年版，第41页。
④ 中华书局编辑部：《曹操集·让县自明本志令》，中华书局1959年版，第42页。
⑤ 中华书局编辑部：《曹操集·让县自明本志令》，中华书局1959年版，第42页。

首，但他们坚持"尊王攘夷"，这是以大事小之二例也。其三，晋文公，姓姬，名重耳。曾出亡19年，后回国做晋君并在城濮大败楚军，成为继齐桓公后的又一霸主，但仍然"尊王"，这是以大事小之三例也。乐毅，战国时燕昭王大将，攻城70余座，战功赫赫，兵权在握，昭王死后，遭燕王猜忌，被迫逃亡赵国。蒙恬，秦始皇大将，率军防御匈奴，在秦二世时领命自杀。这是强兵在手仍尊王命以大事小之四例也。周公，姓姬，名旦，成王时辅政，被疑欲篡权，又其弟管叔、蔡叔造谣惑众，为避嫌出居东都（今河南洛阳市西），后雷电击金縢，其在武王病时愿代死藏于金縢之祷词现世，成王乃知其忠贞，迎回京城。这是权倾朝野以大事小之五例也。这几位历史人物，均位高势强，仍要称臣的称臣，逃亡的逃亡，甚至奉帝命自杀，而那位周公旦，若不是苍天震怒，彰其忠心，恐怕一生都要生活在被人猜忌之中，而成不了历代传颂的圣哲了。可以说，曹操在"恐私心相评，言有不逊之志"的情况下，将志向届时定格在效法在这五位贤臣上无疑是正确的，因为此时，曹操亦拥兵自重、总揽朝政了，但天下三分，他还需利用汉献帝号令天下，在政治上争取主动，并依此来清除人们的"妄自揣度"，故不失为届时之良策也。

3. 反复辩说：为了辩说清楚这个届时定格的政治志向，曹操可谓是煞费苦心。在该令里，首先，他多言贤臣之事。说齐桓，晋文"所以垂称至今日者，以其兵势广大，犹能奉事周室也"。又引《论语》言："三分天下有其二，以服事殷，周之德可谓至德矣。"再用乐毅走赵、蒙恬自杀二事说明两将军虽兵权在握却不愿背叛之忠心，言下之意，他深深地敬慕以上贤臣，绝不会如人们所说的有"不逊之志"。其次，说曹氏家族累世蒙受皇恩，从其祖父曹腾为汉桓帝中常侍大长秋，封费亭侯，到父亲曹嵩为太尉，至曹操为献帝丞相。如果再加上曹丕，正如曹操所说"过于三世矣"，他们皆"当亲重之任"，所以曹操不但本人，连妻妾也深知皇恩隆重，要学周公"有《金縢》之书以自明"，让人们真正理解他对汉室的一片忠心。最后，他反复陈说不能交出兵权的道理。原因有两点：一是放弃兵权就会被人陷害，使子孙和国家都有遭殃的危险。所谓"诚恐己离兵为人所祸也，既为子孙计，又己败则国家倾危，是以不得慕虚名而处实祸，此所不得为也"。二是要连年征战，归功汉室。所谓"奉国威灵，仗钺征伐，推弱以克强，处小而禽大，意之所图，动无违事，心之所虑，何向不济。遂荡平天下，不辱主命，可谓天助汉室，非人力也"。说到底，曹操说自己能"荡平天下"全是汉室的国运。那么，他所握兵权，不也归汉室所有了吗？经过这一番详细的解说。先言历代贤臣之事，续说曹氏累世蒙受皇恩，再言为何不交出兵权的原因。这就从品格上、感情上、道理上解说清楚了自己的政治志向，让猜疑者再也难以妄言了。至于做隐士，做征西将军，那不过是曹操的初志。所以，他在文中仅仅几笔带过，略谈而已。

三　言行之验证

那么，曹操是否朝这个志向或者说为了实现这个志向而努力了呢？黄子云《野鸿诗的》云："曹瞒气桀骜而以诡异欺。"[1] 朱乾《乐府正义》云："魏武乐府好为有道之言"[2]。仔细斟酌，两者都未肯定曹操的所作所为。只是一个说曹操桀骜不驯，诡异并欺世盗名，另一个说曹操做乐府诗好讲些冠冕堂皇的话，事实正如二位所讲。

1. 背离其志：曹操在《度关山》中极力赞美皋陶、唐尧、伯夷、许由等人，这些人执法严明也好，生活俭朴也好，还是让国隐居也罢，总之，都值得效法。他在《薤露》诗中叙写了董卓之乱及军阀混战，抒发了"瞻彼洛城郭，微子为哀伤"的情感，将自己比作抒发故国哀思的贤士微子。他在《短歌行》其一中，充分表达了对贤才的思慕，并用"周公吐哺，天下归心"来倾吐心愿，以示有周公般美好的襟怀。又于《短歌行》其二，称颂周文王、齐桓公、晋文公。《善哉行》歌咏古公亶父、太伯仲雍、伯夷、叔齐、仲山甫、晏平仲，那更显出他对这些人的钦佩与敬仰。除在乐府诗中他多次自诩是以上这些贤士良臣的同类外，他也在所写各文中经常引用圣贤典故

---

[1]　河北师范学院中文系古典文学教研组：《三曹资料汇编》，中华书局1980年版，第30页。

[2]　河北师范学院中文系古典文学教研组：《三曹资料汇编》，中华书局1980年版，第35页。

来言明心曲，如《上书让增封武平侯及费亭侯》引用晏婴拒绝齐侯为其更换住宅的故事，说明自己像晏婴一样，也诚心辞让献帝的增封，又如《求贤令》用齐桓公得到管仲而称霸，刘邦重用有盗嫂受金恶名的陈平而得天下，周文王在渭滨得到被褐怀玉的姜子牙而兴盛等故事，说明贤才的重要性及他思贤若渴的心情。再如《辞九锡令》、《以杜畿为尚书仍镇河东令》、《敕有司取士毋废偏短令》等，或言不敢以周公"广开土宇"和高祖俱起布衣相比，或以萧何之功肯定杜畿，或以陈平定汉业、苏秦济弱燕言不以偏短废人。这些直接或委婉的比况，正和曹操所作《让县自明本志令》中倾诉的志向相同，有桴鼓相应之效果，不得不令众同僚信服也。然而，关键是陈寿《三国志·魏书·武帝纪》注引《魏略》载：汉献帝二十四年（公元219年），侍中陈群、尚书桓阶有劝进之言，又注引《魏氏春秋》载：夏侯惇亦劝他"应天顺命"，曹操拒绝道："若天命在吾，吾为周文王矣。"① 这就引来了一系列的谴责。须知，此时曹操想做的周文王有了两重含糊的意思：一是彼时那位"三分天下有其二，以服事殷"的周西伯昌，二是那位为周武王灭商已奠定好基础的周文王，往后的事实证明是以后者为主的，这不是背离了《让县自明本志令》及各诗义比况的曹操之志吗？其志是否有所提升或变化呢？答案是肯定的。其实，在讲"若天命在吾，吾为周文王矣"这句话前后，或上溯到建安十五年（公元210年）曹操作《让县自明本志令》之后，到建安二十五年（公元220年）曹操驾崩，前后约10年时间里，曹操已为其子曹丕奠定了"以魏代汉"的基础，建安十六年（公元211年），曹丕为五官中郎将丞相副，以邴原、徐干、苏林等为长史、文学。又选拔邢颙、刘桢、应场、毋丘俭、司马孚等为诸子椽属，这无疑进一步增强了曹氏之势力。又曹丕留守根据地邺，勘平田银、苏伯叛乱，自己率军西征马超，北征杨秋。建安十七年（公元212年），曹操班师，献帝诏其赞拜不名，入朝不趋，剑履上殿。他遣夏侯渊弹压南山义军刘雄并斩马超余将梁兴。南征孙权，逼死荀彧，并筑铜雀台。无疑排除了异己，炫耀了身威军威。建安十八年（公元213年），

---

① 陈寿：《三国志·魏书·武帝纪》引《魏氏春秋》，中华书局1959年版，第53页。

曹操为魏公，加九锡。魏始建社稷宗庙并让王粲作《俞儿舞歌》四首，用于魏国太庙。另将三女，名宪、节、华聘于献帝刘协为贵人。建金虎台，置魏国尚书、侍中、六卿、命王粲、卫觊并典制度，草创朝仪。至此，魏国宗庙、权力机构、礼乐制度一应俱全。曹操还做了汉献帝的泰山，其伟业之基更不可撼动之。建安十九年（公元214年）献帝下诏曹操位在诸侯王之上，改授金玺、赤绂、远游冠。曹操又东征孙权，其将夏侯渊收降河西诸羌，斩宋健，攻枹罕，陇右平。伏后谋杀曹操事泄被灭族。建安二十年（公元215年）曹操中女节被献帝立为皇后，他西征张鲁，攻屠氐族，斩杀韩遂，内固政权，外败强敌。建安二十一年（公元216年），曹操为魏王，仍以丞相领冀州牧，以钟繇为魏相国，再次东征孙权。曹操封其子曹彰、曹衮、曹彪为侯。魏国基业更坚固也。建安二十二年（公元217年），曹操设天子旌旗，冕用十二旒，备天子之乘舆，并定曹丕为太子，开始将其置于天子的同等地位，并有同样的威仪、冠冕、车辆及继承人。建安二十三年（公元218年），少府耿纪太医令吉本等起兵诛曹，以操将篡汉也，不克，被夷三族。曹操遣曹彰讨伐并大破乌桓，亲征刘备。这时曹操的反对者已然采取行动，而敌国及四夷也蠢蠢欲动。建安二十四年（公元219年）刘备自称汉王，立刘禅为太子。西曹掾魏讽暗结党羽，与长乐卫尉陈祎谋袭曹操根据地邺，事泄被杀。曹操杀杨修，以其袁绍之甥，且谤讪鄢陵侯曹彰。建安二十五年（公元220年），曹操卒，曹丕继位。至此，这10年间，曹操所作所为显然已背离其志向。即背离了《让县自明本志令》中那欲效法历代贤臣，以大事小的志向。这期间呈现三个趋势：一是曹操在仕途上一直很顺利，排场也越来越大。从丞相做到了魏王，并且戴起天子冠冕，乘起天子的车辆，用起天子的仪仗，立了太子，真是国中有国，与汉室分庭抗礼了。二是曹家的势力越来越大，征讨各方。曹操的子女封侯的封侯，立太子的立太子，做皇后的做皇后，从内宫到朝廷都控制了汉献帝。三是公然反曹者渐多。无论是曹讽还是耿纪等人的内部施谋，还是敌方刘备的外部称王，都是对曹操日渐僭越的最大不满。但毕竟曹操至死也未称帝，算是兑现了他"若天命在吾，吾为周文王矣"的政治志向。

2. 终成篡逆：历史是不容改写的，建安二十五年（公元 220 年）正月，曹操驾崩，时年 66 岁。十月，其子曹丕以魏代汉，称帝即祚，改延康元年为黄初元年。这期间，有殷登散布单颺的谶言，侍中刘廙、辛毗、刘晔等人的进言，辅国将军清苑侯刘若等百二十人的上书。曹丕写了 21 篇所谓辞让。最终，曹丕还是在繁阳完成了"升坛即祚"①的受禅大典。其以魏代汉之时间何其速也。这移国祚改社稷的功劳不在曹丕而在曹操。如本书在曹丕章《曹丕——因利乘便的一代帝王》所述，曹操早已在各方面奠定了以魏代汉的基础，而曹丕不过是因利乘便的一代帝王，即乘汉室式微之机，因循其父曹操所创伟业而成为一代帝王。但不管怎样辨析，曹丕以魏代汉的事实，其难免和曹操作《让县自明本志令》时的志向相冲突，即与效法历代贤臣，以大事小的志向发生了冲突。这不得不令后世产生疑问矣，曹操是在欺世盗名吗？实际上，曹操不仅生前没有称帝，死后也不可能看到其子曹丕称帝。在他生前，还是恪守着他的志向，想当个周文王、周公旦、齐桓公、晋文公般的人物，只是他此时的所作所为颇多僭越之嫌，戴冠冕，用仪仗，乘车辆皆同天子。这未免令人生疑。曹操作《让县自明本志令》之后，随着地位、权势的变化，其志向是否又发生了变化呢？

　　骂名顺理成章地由其子嗣曹丕送给了他。他毕竟顺应历史潮流奠定了以魏代汉的基础，让其子曹丕轻轻松松地做了皇帝，以"禅让"的名义，迁动汉鼎，开国延祚，故陈寿《三国志·魏书·武帝纪》评曰："可谓非常之人，超世之杰矣。"

---

① 陈寿：《三国志·魏书·文帝纪》，中华书局 1959 年版，第 62 页。

第三章　曹操是否改造文章的祖师

鲁迅先生在《魏晋风度及文章与药及酒之关系》里说："在曹操本身，也是一个改造文章的祖师。"① 至于曹操改造了哪些文章，或者曰曹操对文章有哪些改造，鲁迅先生并未直言，而仅指出"他胆子很大，文章从通脱得力不少"，并且在阐述这个观点时涉及《求贤令》、《敕有司取士毋废偏短令》、《举贤勿拘品行令》以及《遗令》等文章内容。须知，鲁迅先生的这篇文章，是 1927 年 7 月 23 日、26 日在广州夏期学术演讲会所作的演讲稿，按鲁迅先生 1928 年 12 月 30 日致陈濬的信说："盖实有慨而已"，也就是说鲁迅先生通过讲魏晋之事，曲折地揭露和讽刺主办方国民党广州市市长林云陔和教育局局长刘广懋的反共言行的，故知非严肃的学术论文。而游国恩等编的《中国文学史》及许多学者皆赞同这个观点，该观点几成定论。屡次查史，每至魏晋，颇多疑问，试想曹操之前奇文郁起，为何曹操独能享此美誉？

一　现有诗文之再度审视

查史，《隋书·经籍志》载曹操有集 26 卷，又载魏武帝新撰 10 卷。《旧唐书·经籍志》和《新唐书·艺文志》均载魏武帝有集 30 卷。但这些史书，仅记录了魏武帝诗文集数额，而无具体的篇目。至于鲁迅先生在该文中提及的"于此有用的"严可均编的《全上古三

---

① 人民文学编辑部：《鲁迅全集·魏晋风度及文章与药及酒之关系》，人民文学出版社 1981 年版，第 501 页。

代秦汉三国六朝文》，丁福保辑的《全汉三国晋南北朝诗》倒是列出了曹操的作品。前者曹操有文 153 篇，后者曹操有诗 19 首，二者共计诗文 172 篇。影响最大的当属中华书局 1959 年 7 月依据丁福保的《汉魏六朝名家集·魏武帝集》为底本编辑出版的《曹操集》，该书收曹操诗 16 题 22 首，其中《气出唱》3 首、《短歌行》2 首、《秋胡行》2 首、《善哉行》3 首，其余《精列》、《薤露》、《蒿里》等 12 题均为 1 首，另有补遗诗 2 首。收曹操文 151 篇，另有曹操《孙子注》13 篇，《隋书·经籍志》所录《兵书接要》3 卷。正如胡应麟《诗薮·杂编》所说："自汉而下，文章之富，无出魏武者。"①

1. 乐府余韵。曹操的诗题目表明"行"者颇多，如《短歌行》、《秋胡行》、《苦寒行》等，张海鸥主编的《诗词写作教程》里说："用'行'标示歌词，大约是汉乐府时代才有的。标题加个'行'字，表示是与某类乐曲配合歌唱的歌词。'歌、行、引、弄'或许是并列的概念，分别表示有所区别的乐曲种类。"② 显见曹操的这类诗，是按古曲所填的词，是配合演唱的，想必题目标明"唱"的也是如此，如曹操的《气出唱》，亦有古曲。至于其他诗作，郭茂倩《乐府诗集·相和歌辞》引张永《元嘉枝录》曰："相和有十五曲，一曰《气出唱》、二曰《精列》、三曰《江南》、四曰《度关山》、五曰《东光》、六曰《十五》、七曰《薤露》、八曰《蒿里》、九曰《觐歌》、十曰《对酒》、十一曰《鸡鸣》、十二曰《乌生》、十三曰《平陵东》、十四曰《东门》、十五曰《陌上桑》。"③ 这 15 支古曲中，有 9 个均被曹操填词，再加上题目标明"行"的 11 首诗，共计 20 首，那么，曹操现存的 22 首诗中，只剩下《谣俗词》和《董卓歌词》未列入乐府诗了，这两首又明显标为词，亦有乐曲矣。如此，且不论曹操对"文章"改造得如何，其诗歌因曲填词，多为乐府之余韵是肯定的了。

2. 书表旧轨。曹操之文 151 篇，除《孙子注》13 篇及《兵书接

---

① 胡应麟：《诗薮·杂编》，上海古籍出版社 1979 年版，第 261 页。
② 张海鸥主编：《诗词写作教程》，中山大学出版社 2011 年版，第 70 页。
③ 郭茂倩：《乐府诗集·相和歌辞》引张永《元嘉技录》，中华书局 1979 年版，第 382 页。

要》等，可将其文分为奏策、书表、令教、文赋几大类。其中题目明确标出"奏"的3篇，如《奏定制度》等。题目标明"策"的2篇，如《策立卞后》等。题目标明"书"的18篇，如《与荀彧书》和《上书让增封武平侯及费亭侯》等。题目标明"表"的16篇，如《请追增郭嘉封邑表》和《陈损益表》。题目标明"令"的80篇，如《内诫令》和《置屯田令》等。题目标明"教"的7篇，如《决议田畴让官教》和《征吴教》。题目标明"文"的1篇，如《祀故太尉桥玄文》。题目标明"赋"的3篇，如《登台赋》、《鹖鸡赋序》和《沧海赋》。其余均未标明何体，如《上言破袁绍》和《破袁尚上事》等。曹操文中书表、令教显然多于其他各体。研阅这4类文章，便可知曹操"改造文章"究竟如何？

　　书这种文体，较早见于《左传》，如《郑子家与赵宣子书》、《巫臣遗子反书》、《子产与范宣子书》等，至战国有了著名的《乐毅报燕惠王书》和荀卿的《与春申君书》、李斯的《谏逐客书》。汉代，又有了司马迁的《报任安书》、杨恽的《报孙会宗书》、马援的《戒兄子严敦书》。由于产生的年代、送递的对象、达到的目的、写作的人物不同，也有着许多差别。如《左传》所载诸书，实际上是外交辞令的书面化，类似列国交往的国书，起互相聘问之作用，因而多为一些礼节性的语言和情感。战国时代的书，因大多是臣子对诸侯的劝谏与建议，颇有些奏书的味道，但却有了许多个人的情感色彩，个人的见解，文风文气有所创新。到汉代诸作，除仍保持书的名称和体要外，其余却成为人与人之间交流思想感情相互交往的工具。这就是书的发展轨迹，说明书这种文体从春秋到汉代已经成熟，刘勰《文心雕龙·书记》里总括它的体要道："详总书体，本在尽言，言以散郁陶，托风采，故宜条畅以任气，优柔以怿怀。文明从容，亦心声之献酬也。"[1] 表这种文体，刘勰《文心雕龙·章表》说是用来"对扬王庭，昭明心曲"[2] 的，据说汉代的胡广章表作得极好，称为天下第一。汉末魏初的孔融《荐祢衡表》、蜀国诸葛亮的《出师表》均彪炳

---

[1]　郭晋稀：《文心雕龙注译·书记》，甘肃人民出版社1982年版，第300页。
[2]　郭晋稀：《文心雕龙注译·书记》，甘肃人民出版社1982年版，第268页。

于世。而陈琳、阮瑀又被曹丕《典论·论文》誉为"琳、瑀之章表书记，今之隽也"。就连曹操之子曹植的《求自试表》、《求通亲亲表》亦堪称表之翘楚。这是表发展的轨迹，刘勰在《文心雕龙·章表》里概括它的体要道："表体多包，情伪屡迁，必雅义以扇其风，清文以驰其丽。"①观曹操之书，奏请或辞让封赏者居多，如《兖州牧上书》完全是向皇帝奏请进贡物品，《上书让增封武平侯及费亭侯》完全是辞让封爵，这类作品，占曹操作品之较大比重，是奏书性质的文章。另类之书，是递交同僚或敌方的，如几封《与荀彧书》和几封《手书与吕布》、《与孙权书》，其主要谈论对人对事的看法，交流感情，了无新意，只有《上书理窦武陈蕃》为两人申冤，《与王修书》大谈盐铁，为前书之未有，但这亦不过是随着作者、时代、对象等的变化"通变"而已，算不上他对文章的"改造"。观曹操之表，内容颇多，其主要是谢恩陈情之作，如《谢袭费亭侯表》，感谢皇帝不忘曹操祖上的功德，不顾他能力微薄赐予重任；又如《请爵荀彧表》，陈情皇帝封赏荀彧高爵，并阐述了荀彧"左右王略，发言授策，无施不效"的功绩，以说明请封的理由。其余如《请追增郭嘉封邑表》、《表论田畴功》、《表刘琮令》等都是该类文章。再如《上器物表》乃献物所作，均无所突破。写得较好的是曹操的《陈损益表》，这是建安元年（公元196年），曹操迎献帝迁都许昌以后，决心刷新政治给献帝所上14条政治改革建议的前言，表中强调了"富国强兵，用贤任能"的政治主张，写得情辞恳切，观点明朗。但毕竟还未突出旧有之表"昭明心曲"的藩篱，故笔者谓，曹操之作乃书表旧轨也。

　　3. 令教遗响：令是曹操应用最多的一种文体，有79篇之多。刘勰《文心雕龙·书记》说："令者，命也。出命申禁，有若自天；管仲下令如流水，使民从也。"②意思是说令就是命令。上司发号施令申明禁约，要像从天而下一样。管仲认为下达命令，好似流水一样顺畅，就在于命令能够使人民顺从。令这种文体，最早的是伊尹作的

---

① 郭晋稀：《文心雕龙注译·章表》，甘肃人民出版社1982年版，第268—269页。
② 郭晋稀：《文心雕龙注译·书记》，甘肃人民出版社1982年版，第306—307页。

《四方献令》，据说是按汤的意思而作，命各地按所有特产而献贡。又周文王姬昌有《伐崇令》，明确命令不得乱杀人、毁坏屋宇、横填深井、砍伐树木、抢人牲畜。周武王姬发有《役靡令》，要求"豹瞻豹裘，方得入朝"。孔子有《为鲁哀公下救火令》，告知不救火者，有相当于败北降敌之罪。李俚有《习射令》，宣称要以射箭中与不中箭靶决人诉讼的狐疑。吴王阖闾有《作金钩令》，晓谕天下善做金钩的赏赐百金。另外如吴王夫差的《礼越王令》、《伐齐令》，越王勾践的《伐吴令》，齐桓公小白的《嫁娶令》、《禁厚葬令》等，皆说明令这种文体自问世之日起，都是文辞简洁，语气严厉的。至西汉，恭帝有《诏定筭令》，王贺有《下令赐王吉》，萧何有《令请诸大夫》，周勃有《入北军待令军中》，杨贵有《病且终令其子》，李陵有《令》。迄东汉，明帝有《计令》、《徙罪人令》，槐嚣有《下杜林令》。从令这种文体诞生于商代发展到汉末，沿袭着原有的特点，除文辞简洁，语气严厉外，基本上都是一事一令，内容单一，用意明确，不得违误。直至朱宠作《遗令》，自言身世，感恩朝廷，叙述生平，交代后事，使令这种文体略有改观，多了些个人情感与文采。观曹操所作之令，除《让县自明本志令》外，其令基本未脱出旧有的窠臼。如《军谯令》言明自己举兵的意图，抚恤阵亡将士的家属。《诛袁谭令》警告敌对者不要为袁谭的被杀哭泣哀悼。《置屯田令》晓谕屯田是为了借鉴前代的经验强兵足食。《修学令》痛惜战乱以来世风颓败，明令大办学校，以多仁义礼让之风。其余如《褒奖令》、《败军令》、《明爵令》、《封功臣令》等，或褒奖有功者或严惩战败者，诸如此类，除内容因时代的不同有所变化外，其写法与前代之令如出一辙，顶多似朱宠，多了些个人情感与色彩，如《宣示孔融罪状令》、《转邴原五官将长史令》、《整齐风俗令》等。教这种文体，查魏晋前人作之不多，严可均《全上古三代秦汉三国六朝文》中有张敞《告絮舜教》，全文仅存两句，曰"五日京兆竟何如？冬月已尽，延命乎？"另有袁涣《与主簿孙徽等教》以辨析师友之关系后认为罪臣该诛。还有孔融的《告昌安县教》、《答王修举孝廉让邴原教》，前者辨析鼎出于深井的吉凶，后者赞同王修举荐邴原。教这种文体，为上对下的告谕，故情辞更恳切，语气要雍容舒缓，此其体要也。观曹操所作之教，共 7 篇，内容有 5 类：一是授官与人后的教诲，如《授崔琰东曹教》，赞扬崔琰的操守与德能，委派他任这个职务。二是叮嘱臣僚议决是否让某人辞官，如《决议田畴让官教》，引用伯夷叔齐放弃爵位而讽刺武王伐纣之事，用孔子的评价及自己的看法略加评论田畴的辞让，请臣僚议决。三是阻止或理解他人的劝谏，如《征吴教》，宣布戒严，直言未确定征吴的进军地点，有劝谏者死。又如《原贾逵教》，原谅贾逵的罪过，认为他的劝谏没有恶意，并让他官复原职。四是催促某人来朝或告知部属御敌战术，如《与韩遂教》，催韩遂早日进京，共辅国政。又如《合肥密教》，若东吴孙权来犯，当何将出战，何将把守。五是赐物于某人，如《赐袁涣家谷教》，说明为什么赐袁涣家谷物等。曹操的几篇教皆因事而发，告诫对方的同时赞扬对方或言明理由，与前代之教相同，故未脱原有藩篱。曹操赋、策、文、奏，数量较少，故不赘述。

二　几篇诗文的改容更貌

如此说来，曹操诗文多为乐府余韵、书表旧轨、令教遗响，鲁迅先生之观点有误乎？非也。陈寿《三国志·武帝纪》裴注引《魏书》曰："（太祖）御军三十余年，手不舍书，昼则讲武策，夜则思经传，登高必赋，乃造新诗，被之管弦，皆成乐章。"[①] 在这些武策中，有其所作《孙子注》、《兵书要略》、《兵法》等以及领兵征战时的许多谋略，在这些经传和所作赋中有其广征博引及由深厚的文学功底而创作出的许多诗文，这些作品，应当对前代所遗有所改造，有所创新。

首先，总被学界提到改造力度大的是两首乐府诗《蒿里》和《薤露》，另外，有鲁迅先生在《魏晋风度及文章与药及酒之关系》一文中提到的有关曹操求贤的文章。他认为，曹操的文章有两个特点：一是风格清峻，就是文章简约严明。二是尚通脱，即随便之意。笔者觉得，曹操的《让县自明本志令》也很值得探讨，令写成这般实为少见，乃亘古奇文。

---

① 陈寿：《三国志·魏书·武帝纪》引《魏书》，中华书局 1959 年版，第 54 页。

1. 更新体式：《蒿里》和《薤露》的体式改造非常明显，郭茂倩《乐府诗集·相如歌辞》有古辞在焉。前者4句26字，为5777句型，2句一换韵。后者为4句20字，为3377句型，每句1韵。而曹操更新其体式，改《蒿里》为16句80字，皆为5言句式，除首联外，每联押韵。使篇幅增长，字数增多，句式整齐，音韵铿锵。改《薤露》为16字80字，皆为5言句式，除第5联和第7联外。每联押韵，使容量加大，字数增加，句式整饬，乐感变强。这种新体式，承载了更多的情感和内容，其抒情达意之功能更为完善。另外，《陌上桑》古辞犹存，郭茂倩引《古今乐录》曰：

> 《陌上桑》歌瑟调。古辞《艳歌罗敷行》、《日出东南隅篇》。"①，崔豹《古今注》："《陌上桑》者，出秦氏女子。秦氏，邯郸人有女名罗敷，为邑人千乘王仁妻。王仁后为赵王家令。罗敷出采桑于陌上，赵王登台见而悦之，因置酒欲夺焉。罗敷巧弹筝，乃作《陌上桑》之歌以自明，赵王乃止。②

古辞53句265字，分3解，韵脚较为自由，整篇5言句式。而曹操改其为18句76字，整篇为337或336杂言句式，韵脚亦较自由。这缩短并改变其体式的做法，显然古辞是主要叙事，而曹操主要是为了抒情，抒游仙之情矣。其余，曹操所作《气出唱》、《对酒》、《秋胡行》、《短歌行》等，虽被郭茂倩《乐府诗集》录入，但皆列于首位，前无参照，难作比较矣。值得一提的还有曹操所作之令，《求贤令》、《举贤勿拘品行令》已是令中之长篇，不厌其烦地阐述了"唯才是举"和"举贤不拘品行"的观点，超出了令这种体式文辞简洁、语气严厉的范畴。前者约19句140字，后者约30句153字，就是比之于曹操本人所作的其他的令，如《存恤从军吏士家室令》、《举泰山太守吕虔茂才令》等，也可谓是阐述较多、篇幅较长的了，特别是《让县自明本志令》，仅就其长达144句，852字，就足以说明曹操对令这种文体的改造。至于该令在内容及风格方面的创新，那是有待于下文进一步探讨了。

---

① 郭茂倩：《乐府诗集》注引《古今乐录》，中华书局1979年版，第410页。
② 郭茂倩：《乐府诗集》引崔豹《古今注》，中华书局1979年版，第410页。

2. 变换内容：郭茂倩《乐府诗集》引崔豹《古今注》曰："《薤露》、《蒿里》泣丧歌也。本出田横门人，横自杀，门人伤之，为作悲歌。"① 读之，知《薤露》和《蒿里》皆为挽歌，是田横在汉高祖时自杀，而门人为之悲伤而作的。既为挽歌，情辞自然悲凉，以此寄托哀思也。而曹操所作《薤露》写东汉中平六年（公元 189 年）至东汉初平元年（公元 190 年）的事，汉灵帝驾崩，少帝刘辩即位，大将军何进辅政，谋诛阉党并招董卓进京，谋泄被杀，董卓入京后，废少帝刘辩，立献帝刘协，独揽朝政，肆意残杀，致使东方州郡起兵讨伐。董卓焚烧洛阳宫室，胁迫献帝，百官和黎民数百万西迁长安。这首诗真实地反映了这段历史，对原有的挽歌进行了内容上的彻底改造。故沈德潜《古诗源》谓其为"汉末实录"。曹操所改《蒿里》，本为挽歌，其一变悲凉之语调，写东汉初平元年（公元 190 年）正月后军阀混战之事。关东各州郡在讨伐董卓之际，推袁绍为盟主，结果他们各怀异心，先有兖州刺史刘岱和东郡太守桥瑁及韩馥、袁绍等人的火并，后有袁术的称帝，军阀混战，连年不断，这就造成了百姓的大量死亡和生产的极大破坏。这样去写，完全摆脱了挽歌的泣天哭地，而为"生民百余一"去感伤，在思想境界上显然得到了升华，故沈德潜《古诗源》曰："借古乐写时事，始于曹公。"②《陌上桑》原为罗敷拒赵王之辞，又《乐府解题》曰："古辞言罗敷采桑，为使君所邀，盛夸其夫为侍中郎以拒之。"③ 两说不同，但该诗确写罗敷视爱情坚贞如一，事实也。曹操用之写出了一首游仙诗，言其驾虹霓，乘赤云，济天汉，至昆仑，到达了九嶷山及玉门关，与神仙赤松和羡门交往，授受成仙和养生之道，保养自己的精神，吃着灵芝，饮着清泉，拄着桂枝手杖，佩戴着秋兰，任意往来于天空，即使长寿但还忘不了往日的过失。这首乐府诗在内容上与古辞截然不同，有了非常大的改动。另外，曹操文章的内容特点如鲁迅所说是通脱，其具体体现在两篇求贤的文章中。《求贤令》，作于建安十五年（公元 210 年），此时离赤壁之战已有两年，三足鼎立，令他感到统一事业的艰

---

① 郭茂倩：《乐府诗集》引崔豹《古今注》，中华书局 1979 年版，第 396 页。
② 沈德潜：《古诗源》，中华书局 1977 年版，第 106 页。
③ 郭茂倩：《乐府诗集》引《乐府解题》，中华书局 1979 年版，第 410 页。

难，面对如此形势，更需人才。在文章中，他先讲述探访人才的重要性，其次引用孟公绰、姜子牙等典故，以说明任人要得当，最后，公然提出要发现那些如陈平般有"盗嫂受金"污名且地位低下的被埋没的人才，倡导"唯才是举"，这就同东汉以来选拔官吏的旧传统、旧标准大相径庭，令士大夫惊诧。又如《举贤勿拘品行令》，作于建安二十二年（公元217年），首先讲伊尹、傅说出身卑微，管仲是齐桓公的仇敌，都能得到重用，而使国家兴盛。萧何、曹参原是小吏，韩信、陈平有不光彩的名声，但终究辅佐汉高祖刘邦完成了王业。吴起杀妻取信并不奔母丧，品行不好，但在魏使秦不敢犯魏，在楚使韩赵魏不敢犯楚。要"不拘品行"把这类人推荐出来，这又大为超出东汉士大夫的道德范畴，反映了曹操晚年为了完成统一大业而思贤若渴的心情。再如《敕有司取士勿废偏短令》，作于建安十九年（公元214年），曹操认为："有行之士，未必能进取；进取之士，未必能有行"，并以陈平、苏秦为例，说明这个观点。公然提出有才能的人即使有些短处，也不能弃置不用。这和东汉所谓选拔人才"重德行"，由地方举"孝廉"等制度判若云泥。此番话，只有曹操敢说敢为，充分反映了他通脱之性格。

3. 风格独特：曹操的诗文，带有他浓重的个人色彩及时代特点。言个人色彩，是说他自熹平三年（公元174年）举孝廉为郎，初次担任洛阳北部尉到建安二十五年（公元220年），在魏王位置上辞世，这四十六年间，自幼就有的"机警，有权术"[1]，形成了他善于审时度势、多谋稳健、遇乱不惊的性格特征。这种性格特征折射到他的创作上，便形成了敖陶孙《诗评》所说："如幽燕老将，气韵沉雄"[2]的风格，如《薤露》写东汉末董卓之乱，抒发悲愤之情感，将大将军何进谋泄被杀，董卓废帝焚京之事娓娓道来，倾吐出"微子"过殷朝故都而作《麦秀歌》般的哀思。又如《蒿里》写关东诸州郡讨伐董卓之后连年的混战之事，抒发为百姓大量死亡而痛断肝肠之情感，将兵临函谷关，盟军内部纷争，袁术称帝，连年征战之事一一道

---

① 陈寿：《三国志·魏书·武帝纪》，中华书局1959年版，第2页。
② 敖陶孙：《诗评》，中华书局1985年版，第1页。

来，诉说自己目睹哀鸿遍野的哀伤。言其时代特点，东汉末年至有唐，特别是建安年间，除有短暂的太平外，多的是战乱。《魏书》载："魏武御军三十余年，手不舍卷，横槊赋诗，皆成乐章。"[1] 可以说，这个时代的许多事件，在曹操诗中皆有反映，多能寻见。如《苦寒行》写建安十一年（公元 206 年）的征高干，描绘了北上太行山行军途中的艰辛，抒发了周公旦东征时作《东山》诗般的悲哀。又如《步出夏门行》写建安十二年（公元 207 年）北征乌丸，或东临碣石以观东海，或感叹年暮壮志犹在，透露了广阔博大的胸怀。再如《却东西门行》以"鸿雁"比"征夫"，反映连年战争给人民带来的苦难，表露了同情。再如《短歌行》引用《诗经·子衿》和《鹿鸣》成句，表达对贤才的渴慕，并以周公自况，企盼天下归心。诸如此类，将这个时代，战乱不断，东征西讨，更需人才辅佐，早日实现统一大业之做法、想法都表现得淋漓尽致，这可谓是时代之赋予矣。其文《让县自明本志令》更是个人色彩与时代特点颇为明显，这篇文章，作于建安 15 年（公元 210 年），这时距离遣曹洪西迎献帝已有十五年，曹操贵为汉室丞相，拥兵约百万，下荆州，降刘琮，于赤壁兵败，天下三分，形势已定。朝内有人不断攻击他有"不逊之志"，为了驳斥此观点，他特意写了这篇文章。文章首先追溯"举孝廉"以来或仕或隐到"欲为国家讨贼之功，欲封侯作征西将军"的初志。其中"故以四时归乡里，于谯东五十里筑精舍，欲秋夏读书，冬春射猎，求底下之地，欲以泥水自蔽，绝宾客往来之望"数句，写得极为简约明了，充分体现了曹操散文清峻的艺术风格。后几段，叙写自己"以大事小"如齐桓、晋文事周，文王事殷般的志向情怀。其中辨析天下形势之辞极为精彩，他言道："设使国家无有孤，不知当几人称帝，几人称王。"这几句话，喝醒臣僚去正确认识他的佐政与胸中之志，真实地体现了曹操敢作敢为"超世之杰"的个性气概，以及那个时代激烈复杂的政治斗争环境。因此，从以上所举之例看，曹操确也对诗文进行了某种程度的改造。

---

[1] 陈寿：《三国志·魏书·武帝纪》注引《魏书》，中华书局 1959 年版，第 54 页。

三　与前代文士之比较

纵然，曹操对一些诗文进行过改造，就可称为"改造文章的祖师"了吗？答案是不能的。因为要成为祖师，首先得符合人们公认的两个条件：一是《辞海》所提出的是"一派学术、技艺或宗教的创始人"①。二是其作品不管是首创还是改动较多，要形成一个流派并影响一代代文人。故《现代汉语词典》解释"祖师"这个词道："学术或技术上创立派别的人"②，曹操并不符合这两个条件，他只是在用旧乐府写时事或曰推进五言诗发展方面以及文章风格转变方面做出了成绩而已，还未能首创一种文体或形成一个流派，而曹操之前已经有许多文士在改造文章方面作出了突出的贡献，或创立了一种文体，或形成了一个流派并影响过一代代文人，而他本人，在改造文章的篇目和力度上都不够，只能视他为一位文章的改造者，而称为"祖师"未免不妥，言过其实矣。

明言之，曹操生于东汉末汉桓帝永寿元年（公元155年），这个时代之前，中国的许多文章已有了体式体要，正如刘勰在《文心雕龙·宗经》里所说：

> 故论、说、辞、序，则《易》统其首；诏、策、章、奏，则《书》发其源；赋、颂、歌、赞，则《诗》立其本；铭、诔、箴、祝，则《礼》总其端；纪、传、盟、誓，则《春秋》为根。③

这个观点，虽说有些偏颇，但至少说明后世的许多文体都已经在儒家五经的影响下产生并发展了，谁来当"改造文章的祖师"，那是要看改造的多寡与时代先后以及影响大小形未形成流派的。

1. 屈子唱骚：首先是屈原，屈灵均，他生活于战国末期的楚国，

---

①　商务印书馆编辑部：《辞源》第3册，商务印书馆1979年版，第2268页。

②　中国科学院语言研究所词典编辑室：《现代汉语词典》，商务印书馆1973年版，第1377页。

③　郭晋稀：《文心雕龙注译·宗经》，甘肃人民出版社1982年版，第29页。

在《战国策·楚策》所谓"纵合则楚王，横成则秦帝"的局面下，他积极主张联齐抗秦，并两次出使齐国，力图收复失地。他的主张遭到了旧贵族势力的反对，受到谗间，结果，他由左徒贬为了三闾大夫，并两次遭到了流放，第一次是汉北一带，第二次是江南一带。此时，他忧郁苦闷，形容枯槁，行吟江畔，写下了许多诗歌。他是一位深受中原礼文化影响而在楚国巫文化的基础上成长起来的诗人，从《九章·橘颂》看，其四言句式、篇幅简短等与《诗经》没什么两样，但吟物言志、拟人手法较之《诗经》中的诗有所变化。《诗经》质朴，《橘颂》华丽；其立意高远，构思巧妙，对后世咏物之类的诗影响很大。至于《离骚》、《天问》、《招魂》、《九歌》等作品，更将改造文章之法运用到极致，特别是将《诗经》所创造的赋比兴的艺术手法改造得出神入化：一是赋，有两个方面的精心改造，即使之成为绘形状物的主要手法和拓宽了赋成为一种独立文体的领域。前者如《招魂》，那种"外陈四方之恶，内崇楚国之美"按方位反复铺叙描摹的手法，的确是令人大开眼界。而后者，梁代理论家刘勰就已看到，他在《文心雕龙·诠赋》里说："然赋也者，受命于诗人，拓宇于《楚辞》也。"① 就是说赋这种文体，是从诗人那里获得生命，而在《楚辞》那里拓宽领域的。因此说，赋到屈原这里，既为成为独立的文体奠定了基础，又成为铺陈写物极佳的艺术手法。二是比兴，《诗经》中的比是较为单纯的，以一物比一物的，如《诗经·卫风·硕人》"手如柔荑，肤如凝脂，领如蝤蛴，齿如瓠犀"，这是《诗经》常举之例。又如兴，如《诗经·周南·关雎》"关关雎鸠，在河之洲，窈窕淑女，君子好逑"。亦为《诗经》常举之例。而屈原将《诗经》所创造的比兴改造成了一个系列，如《离骚》以餐花饮露，表示高洁。香草比况君子，恶草以喻奸佞，以求爱的炽热比况追求理想之炽热，以失恋的痛苦比况理想破灭的痛苦。诸多比兴，令人目不暇接，于是开创了"香草美人，寄情言志"的新境界。他的改造，直接催生了《楚辞》和影响有汉一代的赋，故较之曹操，无论从时代还是从改造文章哪个方面来看，屈原才堪称"祖师"也。

---

① 郭晋稀：《文心雕龙注译·诠赋》，甘肃人民出版社1982年版，第86页。

　　2. 荀宋命篇：其次是荀况和宋玉，他俩分别是战国末年的赵国人和楚国人。荀况又称荀卿或孙卿，曾在齐国都城临淄"三为祭酒"，为稷下文人之首。后到楚国，曾任兰陵令。他对文章的改造，不在于有《荀子》一书，内容涉及哲学、政治、经济等，成为孟子之后的又一位大儒家，而在于专门采用文学形式写了五篇赋。刘勰《文心雕龙·诠赋》曰："于是荀况《礼》、《智》，宋玉《风》、《钓》，爰锡名号，与诗画境，六义附庸，蔚成大国"[①]，意思是说，荀况的《礼赋》、《智赋》，宋玉的《风赋》、《钓赋》，才正始赐予赋的名号，和诗划分开境界，本来是诗六义中的附庸，蔚然成了大国。荀子是中原人，受礼文化之影响显然很深，然而赋在中原当时是或称艺术手法或称文体的，作为艺术手法，它被《诗经》多用来叙事抒情，如赋体叙事诗《豳风·七月》。作为文体，它被刘勰《文心雕龙·诠赋》称为"结言短韵"[②]，如郑庄之赋大隧，士妫之赋狐裘。荀况应熟知也。但荀卿还受到了楚国巫文化的影响，须知他晚年定居于楚国，几乎和屈原等同时代矣。因此说，他所作的五篇赋，是在融合中原及楚两地文化的基础上形成的，或者说得确切一些，他对两地文章都有所改造，言其改造中原文章，他将赋这种手法变为了独立的文体，又扩大了"结言短韵"的篇幅，使之较《楚辞》长于说理，较《诗经》六义之一相对独立。如《礼赋》，阐述礼之重要性，借王之口，提出了"君子所敬而小人所不者与？性不得则若禽兽，性得之则其雅似者与？匹夫隆之则为圣人，诸侯隆之则四海者与"的观点，这是理论家作赋的方法，理多而彩寡矣，其余四赋《知》、《云》、《蚕》、《箴》皆以理相胖，有似于此。再说宋玉，王逸说他是屈原的弟子，据《汉书·艺文志》记载有赋十六篇。除《九辩》颇似屈骚，用优美的文辞，抒发了"失职的贫士"忧郁悲愤外，其所作《风赋》、《讽赋》、《高唐赋》、《神女赋》、《笛赋》皆或幽默或想象，在运用赋这一文体方面又出新招。如《讽赋》言楚襄王受唐勒谗间，说宋玉貌美善辩，诱人之女。宋玉机智作答道，"身体容冶，受之二

①　郭晋稀：《文心雕龙注译·诠赋》，甘肃人民出版社 1982 年版，第 86 页。

②　郭晋稀：《文心雕龙注译·诠赋》，甘肃人民出版社 1982 年版，第 86 页。

亲，口多微辞，闻之圣人"，有女子如何如何美丽，为其炊劝其食赠其钗为其歌，而宋玉拒之曰："宁杀人之父，不忍爱其女"，说得楚襄王也不能自持。又如《高唐赋》写宋玉与楚襄王游于云梦之台，望高唐之云气变幻万端，宋玉答王问道，所谓朝云暮雨为巫山之女。这几篇赋，奠定了赋之所以成为赋的基础，完成了由艺术手法向独立文体的过渡，因此，较之曹操，从时代与改造文章的力度看，荀宋才堪称"祖师"也。

3. 子长作史：最后是司马迁，字子长，西汉冯翊夏阳（今陕西韩城人），他随父入京，师从孔安国学习古文《尚书》，师从董仲舒学习公羊派《春秋》。这两部史书，前者为文诰体，由《虞》、《夏》、《商》、《周》四书组成，有典、谟、诰、誓、训、命六种主要文体，因为是商周时期史官所记，故有韩愈所说"佶屈聱牙"之嫌。其中《盘庚》篇、《秦誓》篇、《无逸》篇较为出名。后者为鲁国的编年体史书，以鲁国十二公隐、桓、庄、闵、僖、文、宣、成、襄、昭、定、哀执政的先后顺序为顺序，记载了凡二百四十二年的历史，原是周公旦所作后经过孔子的修订而流传，又有《春秋·左传》、《公羊传》、《穀梁传》三传，解释《春秋》。孔安国与董仲舒都是当时的大儒，跟其二人学史，令司马迁受益匪浅。他在接受良好教育之时，一方面，继承其父司马谈遗志，立志作史。另一方面，漫游各地，考察了许多历史遗迹，并利用担任太史公职务之便利，查阅了许多国家藏书和历代残编断简及档案，为写作《史记》奠定了良好的基础。太初元年（公元前 104 年），他开始写作《史记》，是年四十二岁。天汉二年（公元前 99 年），司马迁遭李陵之祸而受腐刑，但从"西伯拘而演《周易》，仲尼厄而作《春秋》，屈原放逐，乃赋《离骚》，左丘失明，厥有《国语》"等先圣先哲的遭遇中得到了鞭策，终于"隐忍苟活"[1]，完成了自己的著作。且不论司马迁继承何家思想，秉承何种写法而作《史记》，就他对前代史书，特别是深入学习过的《尚书》和《春秋》而言，他对史书的改造是极大而又明显的。如他作

---

① 严可均：《全上古三代秦汉三国六朝文》录司马迁《报任少卿书》，中华书局 1958 年版，第 272 页。

史之目的，是"究天人之际，通古今之变，成一家之言"①，这就和"左史记言，右史记事"有所不同，也和孔子的"微言大义"有所不同，更加敢于说出自己的观点。又如体例方面，他一改文诰体和编年体，以人系事，创纪传体之通史。全书包括本纪、表、书、世家和列传，共一百三十篇。"本纪"除《秦本纪》外，叙述历代帝王的政绩；"表"是各个历史时期的大事记；"书"是个别事件的文献，分别叙述天文、历法、水利、经济、文化、艺术等方面的发展及现状；"世家"主要叙述贵族王侯的历史；列传是不同历史人物的传记等，5种体例相互为用，构成了《史记》完整的结构。由此可见，司马迁对旧有史书的改造不仅仅停留在写法上，也体现在体例中，并有今后20余部正史后继之。以其生活之时代和改造文章之多个方面，堪称"祖师"也。

于是，笔者的结论是，在曹操之前，改造文章者大有人在。曹操改造文章的数量和力度有限，并未成为一种文体的"创始人"或某个"流派"，充其量只能视为文章的改造者，就其生活的年代和改造文章的影响力来辨析，岂能以"祖师"冠之？

---

① 严可均：《全上古三代秦汉三国六朝文》录司马迁《报任少卿书》，中华书局1958年版，第272页。

第四章　曹操的求贤与杀贤

　　求贤与杀贤是曹操一生运用较多的两大要术。求贤，定能使麾下人才云集，各尽其力；杀贤，必然使天下贤士望而却步，销声匿迹。这两个原本非常矛盾的策略，却集于曹操一身，让后代学者疑窦横生，亟待探讨其中的原委及情形。

一　曹操求贤之举

　　历代评价曹操的求贤，总有两种截然不同的观点，刘履《选诗补注》说："曹之致士，特为倾汉计也。"① 吴淇《六朝选诗定论》说："观魏武此作（指《短歌行》），及后《苦寒行》何等深，何等真，所以当时豪杰乐为之用，乐为之死。"② 其余，如朱熹《朱子语类》、刘克庄《后山诗话》、谢榛《四溟诗话》、王夫之《船山古诗选》、陈祚明《采菽堂古诗选》、陈沆《诗比兴笺》皆有或长或短、或繁或简的精辟见解。归纳之，无非两点：一是言曹操求贤是为了倾汉，即颠覆汉室。二是言曹操求贤是行同周公旦，其情真切。这两种观点，又以前者居多，但无论持何观点，任何时代，任何学者都承认曹操求贤之举的存在。

　　1. 思贤若渴：一般认为，建安十三年（公元208年），曹操下荆州，降刘琮，顺势由江陵而东，与吴蜀联盟战于赤壁。临至东吴，他

---

① 河北师范学院中文系古典文学教研组：《三曹资料汇编》，中华书局1980年版，第9页。

② 吴淇著，汪俊、黄敬德点校：《六朝选诗定论》，广陵书社2009年版，第101页。

给孙权写信道："今治水军八十万众，方与将军会猎于吴"①，口气何其大，胸襟何其壮矣。结果，他被吴蜀联盟打得大败。这以后，天下三分。曹操虽有过东征孙权、西讨马超、北征杨秋等军事行动，但那不过是稳定北方、巩固边防的战争，再无可能打破军事实力的均衡，而一举歼灭吴蜀，使天下归于一统。倒是在曹氏内部或言在汉室内部，曹操的势力在不断增长，如建安十三年（公元208年）曹操为丞相。建安十六年（公元211年）其子曹丕为五官中郎将、丞相副。建安十七年（公元212年）曹操入朝不趋，剑履上殿。建安十八年（公元213年）曹操为魏公，加九锡等。这期间，有过邺下文人诗酒唱和的盛况，也有过曹丕与曹植争宠夺位的惨烈斗争，亦有过幽死伏皇后以曹操中女为献帝皇后的大悲大喜，但总的一点是曹操已从建安十三年（公元208年）的54岁步入晚年，时不我待、壮志难酬之感深深地触动着他的情怀，故招纳贤才，共襄国事成了他晚年急迫的方略，而每每被提及反映这一情怀的是他所作的《短歌行》和《善哉行》其三，前者先发"人生几何"与"去日苦多"之慨叹，又引《诗经·子衿》和《诗经·鹿鸣》中的诗句来表达对贤才的思慕，最后以"周公吐哺，天下归心"作结，显然以周公旦自况，抒发了延揽人才使天下一统的愿望。后者笙歌美酒，欢宴嘉宾，所谓"朝日乐相乐，醏饮不知醉"，一派知己相逢、千杯难醉之欢快。所谓"慊慊下白屋，吐握不可失"，一番谦恭谨慎、礼贤下士之态度，最后担忧自己如抓鸟者鸟儿飞走甚多般延揽贤才，犹恐他们"比翼翔云汉"，留下不为己用的遗憾，折射出曹操欲天下贤才皆归其麾下之情怀。

2. 屡任贤才：查曹操所作表、策、令、教等公牍文，其主要任用的贤才有麋竺、荀彧、荀攸、田畴、崔琰、刘琮、蒋济、邴原、杜畿、徐奕等，还有一些受过表彰或褒奖的贤士，如吕虔、乐进、于禁、张辽、夏侯渊等。这些被任用的贤士可分为三类：一是原本敌方，如麋竺原为陶谦别驾从事，曹操表请献帝任用他为赢郡太守，以瓦解刘备集团。刘琮原为荆州牧，降曹后，曹操表请献帝改封他为谏议大夫、参同军事；二是谋士良臣，如荀彧，曹操认为他"臣自始举

---

① 中华书局编辑部：《曹操集·与孙权书》，中华书局1959年版，第62页。

义兵，周游征伐，与彧戮力同心，左右王略，发言受策，无施不效。彧之功业，臣由以济，用披浮云，显光日月"，所以，他要表请献帝赐予荀彧高爵。又如田畴，曹操认为他在北征乌丸时立有"开塞导送，供承使役，路近而便，令虏不意，斩蹹顿于白狼，遂长趋于柳城"的功劳。因此，应当封为亭侯；三是德高学博之士，如邴原、崔琰，曹操或以邴原清高正直，不阿附权贵，任用他为五官中郎将长吏，以教育曹丕不被"贪欲相屈"①；或以崔琰"有伯夷之风，史鱼之直"②，任用他为东曹掾。至于受到表彰或褒扬的主要是立有战功或执政有方的将领与地方官员，其目的显然是激励属下，更好地发挥其才干矣。

3. 公然求贤：建安十五年（公元 210 年）至建安二十年（公元215 年），曹操接连颁布了三道命令，公然求贤。在首道《求贤令》里，他强调自古以来开国或中兴的君主，都是和"贤人君子"共同治理天下的。而得到贤才，就需要到民间去访求。回顾历史，他认为如果一定要任用所谓廉洁之士，那么齐桓公就不会用管仲称霸天下。瞻望当世，难道就没有穿粗布衣服而有真才实学的姜子牙般的人物垂钓于渭滨吗？难道就没有像陈平般蒙受"盗嫂受金"的污名还未遇知己的人吗？所以，他提出了"唯才是举"的用人主张。在第二道命令里，即在《敕有司取士毋废偏短令》里，他针对汉朝选拔人才重"德行"并采用"举孝廉"等旧有的规章制度，提出了"有行未必能进取，能进取未必有行"的观点，又以陈平、苏秦为例，说明没有纯厚的德行，不坚守信用的人，也能干出一番惊人的事业，所谓"陈平定汉业，苏秦济弱燕"就是最好的佐证。因此，他命令有关部门，要多举用那些有所作为的"进取之士"，不要因他们品行的某种缺失而抛弃之。在第三道命令里，即《举贤勿拘品行令》里，他以史为鉴，反复强调伊尹、傅说出身奴隶，管仲是齐桓公的仇人，萧何、曹参是县城小吏，韩信、陈平都有不好的名声，而那位将军吴起更是个贪婪的人。总之，这些人皆得到了重用，建立了不朽的功勋。

---

① 中华书局编辑部：《曹操集·转邴原五官长史令》，中华书局 1959 年版，第 43 页。
② 中华书局编辑部：《曹操集·转邴原五官长史令》，中华书局 1959 年版，第 27 页。

所以，他要部下把所知道的有才之人都推荐出来，而不要顾及其之"负污辱之名，见笑之行"等。这3篇求贤令充分反映了曹操的用人方略，是他之所以成为"非常之人，超世之杰"① 的根本原因。

二　曹操杀贤之术

除篡政外，曹操受历代谴责最多的是杀贤。刘克庄《后村诗话》"杨修、孔融俱毙其手"②，吴淇《六朝选诗定论》说："今人但指魏武杀孔融、杨修等辈，以惨刻极。"③ 因为，他杀的人物实在是太有名，也太有影响力，他所负杀贤的恶名也就越重，越难以洗清。

1. 收杀孔融：孔融是孔子的二十世孙，字文举，为当时名士，任少府，掌管皇帝的衣服、膳食等事务。据说他"幼有异才"④，在汉末乱世"亦自许大志，且欲举兵耀甲，与群贤要功"。其性格爽直，曹操制酒禁，他讥嘲道："天有酒旗之星，地列酒泉之郡，人有旨酒之德，故尧不饮千钟，无以成其圣。且桀、纣以色亡国，今令不禁婚姻也。"⑤ 曹操欲杀杨彪，孔融不及朝服，径见太祖曰："杨公累世清德，四叶重光。《周书》父子兄弟，罪不相及，况以袁氏之罪乎……今横杀无辜，则海内观听，谁不解体！孔融鲁国男子，明日便当拂衣而去，不复朝矣。"⑥ 这段话说得曹操只好放杨彪出狱。又《后汉书·孔融传》载："初，曹操攻屠邺城，袁氏妇子多见略，而操子丕私纳袁熙妻甄氏，融乃与操书，称武王伐纣，以妲己赐周公。"操不悟，后问出自何经典，对曰："以今度之，想当然耳。"⑦ 建安十三年（公元208年），曹操将孔融收狱杀之，他至死还不明白被杀的原

---

① 陈寿：《三国志·魏书·武帝纪》，中华书局1959年版，第55页。

② 刘克庄：《后村诗话》，中华书局1983年版，第1页。

③ 吴淇著，汪俊、黄敬德点校：《六朝选诗定论》，广陵书社2009年版，第101页。

④ 王先谦：《后汉书集解·郑孔荀传》，中华书局1984年版，第794页。

⑤ 陈寿：《三国志·魏书·崔毛徐何邢鲍司马传》，注引《汉记》，中华书局1959年版，第372页。

⑥ 陈寿：《三国志·魏书·崔毛徐何邢鲍司马传》，注引《续汉书》，中华书局1959年版，第372页。

⑦ 陈寿：《三国志·魏书·崔毛徐何邢鲍司马传》，注引《魏氏春秋》，中华书局1959年版，第372页。

因，而写了首《临终诗》，大谈"谗邪害公正"的可怕，这迷惑了不少文人为之喊冤。于是，曹操为了平息舆论，写了篇《宣示孔融罪状令》，称孔融"违天反道，败伦乱理"，故杀之，时年孔融 56 岁。

2. 处死杨修：杨修是太尉杨彪之子，陈寿《三国志·魏书·任城陈萧王传》称其"颇有才策"①。他力助曹植争嫡夺位，曾在曹操命曹丕、曹植出城门之机，告知曹植若不放行就斩守门者之计，又状告曹丕用废簏载吴质以谋之事。又据《后汉书》载其与临淄侯曹植"饮醉共载，从司马门出，谤讪鄢陵侯彰"。他于建安二十四年（公元 219 年）被曹操处死，时年 45 岁。曹操写了封《与太尉杨彪书》，并送去一些礼物，以安慰其父，书中说：你的孩子，仗着父亲的势力，不与吾同怀，我想纠正之，但他怨恨很深，怕牵连你一家遭受更大的连累，便下令将他处死了。想到你们的父子之情，我同样感到悲伤。真是杀人之子，还复言之凿凿。

3. 留丧荀彧：荀彧是位有"王佐才也"②的人物，亦被曹操视为"相为匡弼、相为举人、相为建计、相为密谋"③的好部下与好同僚。并将其女儿许配给荀彧的儿子荀恽，两人成了儿女亲家。查曹操之文，他有 7 篇文章与荀彧有关，这 7 篇文章，或为荀彧请爵讨赏，或与荀彧交流所思所想，可见两人关系之密切。其于建安八年（公元 203 年）作《请爵荀彧表》最能见出两人之友谊，其文曰："臣自始举义兵，周游征伐，与彧戮力同心，左右王略，发言受策，无施不效。"④ 从中看出，在长期的治军生涯中或曰征伐中，荀彧是曹操的主要谋臣，主要辅佐。奇怪的是，就是这样一位情同手足的人物，也在建安十七年（公元 212 年）被曹操趁其代献帝犒军之时扣留军中，不幸病发，命丧黄泉。他临终前，曹操写了篇名为《留荀彧表》的文章，冠冕堂皇地宣称，将帅出征，上有监官，下有副手，以此尊重国家的命令和少犯错误。他现在正要渡江伐吴，需要仿照古代设置监官，而使持节侍中守尚书令万岁亭侯荀彧是国家有威望的臣子，正好

---

① 陈寿：《三国志·魏书·任城陈萧王传》，中华书局 1959 年版，第 558 页。
② 陈寿：《三国志·魏书·荀彧荀攸贾诩传》，中华书局 1959 年版，第 307 页。
③ 中华书局编辑部：《曹操集·与荀彧书》，中华书局 1959 年版，第 60 页。
④ 中华书局编辑部：《曹操集·与荀彧书》，中华书局 1959 年版，第 16 页。

犒军来到此地，胜任此职，与我一起同行。这就把荀彧名正言顺地扣留在军中，而使其发病而丧，时年 50 岁。

4. 赐死崔琰：崔琰是大儒郑玄之弟子，曾为曹丕的师傅。建安十一年（公元 206 年），曹丕留守邺城，变易服乘，纵情游猎，他写了封信加以劝阻。曹丕有《报付崔琰》一文回复。两年后，即建安十三年（公元 208 年），曹操擢拔其为东曹掾，并写了篇《授崔琰东曹掾教》道："君有伯夷之风，史鱼之直，贪夫慕名而清，壮士尚称而厉，斯可以率时者已。"可见，曹操对其之赏识，在曹氏兄弟争嫡夺位的过程中，他虽与曹植有着亲戚关系，却极力支持曹丕继位，曾对曹操直言道："盖闻春秋之义，立子以长，加五官将仁孝聪明，宜承正统。琰以死守之。"① 这种态度，有助于曹操作出决断。查《三国志》，知其"声姿高畅，眉目舒朗，须长四尺，甚有威重，朝士瞻望"②。建安二十一年（公元 216 年），曹操先以他举荐巨鹿杨训不当罚他为徒隶，又以出言不逊等罪名逼他自杀。

三　曹操杀贤之因

曹操求贤的原因较为简单，无非是为了实现"吾为周文王矣"③的大志。即或是一生像周文王一样，恪守着做臣子的本分，以大事小，这倒和他在《让县自明本志令》中所说的相吻合；或是像周文王一样，为子嗣奠定取代前朝的基础，随着势力的增强，轻而易举地让继任者得到天下。后者较为符合他与曹丕的所作所为，已成为既定事实。曹操杀贤的原因较为复杂，归纳之，主要有性情所致、政治所需、局势所迫这三点，而这三点又相互为用，以其中一点为主，其余某点为辅，起到了实际效用。

1. 性情所致：陈寿《三国志·魏书·武帝纪》载："太祖少机

---

① 陈寿：《三国志·魏书·崔毛徐何邢鲍司马传》，中华书局 1959 年版，第 368—369 页。

② 陈寿：《三国志·魏书·崔毛徐何邢鲍司马传》，中华书局 1959 年版，第 369 页。

③ 陈寿：《三国志·魏书·武帝纪》引《魏氏春秋》，中华书局 1959 年版，第 53 页。

警，有权术。"① 又曰其："揽申、商之法术，该韩、白之奇策"②，也就是说他信奉刑名之学，这必使其在辅政御军之时，重视法、术、势，加之性格特征，更使其敏感善变。据陈寿《三国志·魏书·崔毛徐何邢鲍司马传》载："太祖性忌，有所不堪者，鲁国孔融、南阳许攸、娄圭，皆以恃旧不虔见诛。而琰最为世所痛惜，至今冤之。"③其中所提到的"忌"，即猜忌妒忌也。可见，曹操疑心很重，容易产生猜忌妒忌之心，而孔融、崔琰就是此种性情所致的牺牲品。首先是孔融，他出身尊贵，职务不低，又是当时名士，才气横溢，却屡屡讥嘲曹操。张璠《汉记》云"太祖外虽宽容，而内不能平"④，而且曹操迁帝都许之初，孔融还主张"宜略依旧制，定王畿，正司隶所部为千里之封，乃引公卿上书言其义"⑤，并"每朝会访对，辄为议主，诸侯大夫寄名而已"，这种威望与气势及守旧的主张，自然使曹操忍无可忍，最终将其收杀。可以说，孔融之死是曹操性情所致为主、政治所需为辅而杀贤的事例之一。其次说崔琰，他是位相貌堂堂、声望极高的人物，只是荐举不当，出言不逊而被罚作徒隶，本该就此接受教训，可他却如曹操《赐死崔琰令》所说："琰虽见刑，门若市人，对宾客虬须直视，若有所瞋。"他一如既往，丝毫没把罚作徒隶的事放在心上，有所收敛，这怎能不使曹操大怒，认为他傲世怨谤呢？这又是曹操性情所致而杀贤的例据之一。

2. 政治所需：曹操自建安元年（公元 196 年）遣曹洪迎献帝迁许，至建安二十五年（公元 220 年）正月驾崩，即从 42 岁到 66 岁，期间 24 年，无论职务如何变迁，都执掌着朝政大权，特别是建安十三年（公元 208 年）六月曹操为丞相，建安十八年（公元 213 年）曹操为魏公，加九赐，同年七月，魏始建宗庙社稷，十一月，魏置尚书、侍中、六卿等职后，显然已国中有国，汉衰魏盛了。但曹操在此

① 陈寿：《三国志·魏书·武帝纪》，中华书局 1959 年版，第 2 页。
② 陈寿：《三国志·魏书·武帝纪》，中华书局 1959 年版，第 55 页。
③ 陈寿：《三国志·魏书·崔毛徐何邢鲍司马传》，中华书局 1959 年版，第 370 页。
④ 陈寿：《三国志·魏书·崔毛徐何邢鲍司马传》引《汉记》，中华书局 1959 年版，第 372 页。
⑤ 陈寿：《三国志·魏书·崔毛徐何邢鲍司马传》引《汉记》，中华书局 1959 年版，第 372 页。

期间，还在写着《让县自明本志令》与《上书谢策命魏公》等或明志或谢恩的文章，以倾吐其忠于汉室之情。建安十七年（公元212年）十月，董昭等密约荀彧，言曹操应晋爵为魏公，荀彧持有异议，认为"太祖本兴义兵以匡朝宁国，秉忠贞之诚，守退让之实；君子爱人以德，不宜如此"①，这就将曹操之志理解得失之千里，使得曹操"由是心不能平"②。他又在十二年前，即建安五年（公元200年）车骑将军董承等谋杀曹操事泄被杀时，隐瞒了自己曾看过伏皇后写给其父伏完的信一事，直到多年后才主动提及，使曹操大为不满。据陈寿《三国志·魏书·荀彧荀攸贾诩传》注引《献帝春秋》曰："太祖以此恨彧。"③ 可知，曹操是容不得属下对自己有半点儿不忠或持有不同政治主张的，故荀彧与其虽然关系甚密，也逃脱不了被扣留军中不幸病亡的命运，这是政治所需加之被曹操猜忌而杀贤的事例之一。

　　3. 局势所迫：自建安十三年（公元208年）曹操为丞相，至建安二十二年（公元217年）曹丕立为太子，期间九年，曹操的两位子嗣曹丕与曹植有过惨烈的争夺继承权的斗争。而曹丕最终被正式确立为太子的原因，除曹操受前代"立嫡以长"观念的影响和曹丕本人恪守"自固之术"④ 以及曹植屡犯"私开司马门"⑤ 与"醉不能受命"⑥ 的错误外，其中最重要的一点，就是贾诩向曹操提起的"思袁本初，刘景升父子也"⑦，这袁、刘两人都嫡庶不分，造成了兄弟反目，导致了覆宗灭国的后果，现实的眼前的教训，不得不令曹操在选择继承人和考虑未来方面深思矣。而杨修，既是当时的名公子，又是袁术之外甥，加之"颇有才策"⑧，又极力地支持曹植去争夺魏国太

　　① 陈寿：《三国志·魏书·荀彧荀攸贾诩传》引《献帝春秋》，中华书局1959年版，第317页。
　　② 陈寿：《三国志·魏书·荀彧荀攸贾诩传》引《献帝春秋》，中华书局1959年版，第317页。
　　③ 陈寿：《三国志·魏书·荀彧荀攸贾诩传》引《献帝春秋》，中华书局1959年版，第318页。
　　④ 陈寿：《三国志·魏书·荀彧荀攸贾诩传》，中华书局1959年版，第331页。
　　⑤ 陈寿：《三国志·魏书·任城陈萧王传》，中华书局1959年版，第558页。
　　⑥ 陈寿：《三国志·魏书·任城陈萧王传》，中华书局1959年版，第588页。
　　⑦ 陈寿：《三国志·魏书·荀彧荀攸贾诩传》，中华书局1959年版，第331页。
　　⑧ 陈寿：《三国志·魏书·任城陈萧王传》，中华书局1959年版，第558页。

子的冠冕，故曹操"遂因事杀之"①，显然，这是曹操因为内部局势所迫，而不得不采取的一个措施，连杨修自己也感觉到与曹植关系过密，迟早要死在人际关系上，故在临刑前道："我固自以死之晚也。"② 这是曹操为曹丕顺利袭位而采取的措施之一。

综上所述，得知，曹操的"求贤"与"杀贤"是有一定的标准的，这个标准就是顺我者昌，逆我者亡。或者说得更明确一点，凡意见相同者、有进取心者、有才能者则求之，不重德行和名声；凡意见相左者、受猜忌者、坏事者则杀之，不管才能名气如何。这便是曹操真正的用人之道，其用人之道其实并未脱出历代封建统治者的藩篱，只是灵活性和迷惑性更大而已。

---

① 王先谦：《后汉书集解·杨震列传》，中华书局1984年版，第627页。
② 陈寿：《三国志·魏书·任城陈萧王传》引《典略》，中华书局1959年版，第560页。

第五章　辅政御军皆成诗

曹操有诗共 16 题 22 首，其中《气出唱》3 首，《短歌行》2 首，《秋胡行》2 首，《善哉行》3 首，其余《精列》、《度关山》、《薤露》、《蒿里》等 12 首，另有补遗诗 2 首。这些诗，按内容可为游仙诗、咏史诗、叙事诗、抒情诗四类。全部与他的辅政御军有关，有的是他对神界仙境的美好遐想，有的是他对前代盛世的美好向往，有的是他东征西讨的真实写照，有的是他志向襟怀的坦率表露。这四者相互为用，相得益彰，构成了他诗歌丰富的内容和独特的风格。正如吴淇在《六朝选诗定论》里说："武帝诸诗，自足千秋。"① 在中国文学史上，留下了浓重的一笔。

一　神界仙境之遐想及前朝盛世之向往

曹操自建安元年（公元 196 年）42 岁时派遣曹洪迎献帝刘协到东都洛阳，又迁帝都许，到建安二十五年（公元 220 年）66 岁时病逝，历时 24 年，先后任司隶校尉、司空、丞相、魏公、魏王等职。这期间，他挫败过车骑将军董承等奉密诏诛曹的阴谋，领略过孔融对其制酒禁、征乌桓的冷嘲热讽，背负过废黜并幽杀伏皇后的恶名，平息过西曹掾魏讽等的叛乱袭邺。他一方面忍受着有"不逊之志"的谴责，另一方面更感受到了"今佐治、文烈忧不轻"② 的重大责任。总之，建安十三年（公元 208 年）赤壁之战以后，魏、蜀、吴鼎足而

---

① 吴淇著，汪俊、黄进德点校：《六朝选诗定论》，广陵书社 2009 年版，第 101 页。
② 陈寿：《三国志·魏书·辛毗杨阜高堂隆传》，中华书局 1959 年版，第 696 页。

立，天下三分，他无力再实现自己统一中国的壮志，同时，也感受到朝政的复杂。于是，将自己美好的愿望倾注于游仙诗与咏史诗中，写出了许多对神界仙境的遐想和对前代盛世的向往的诗篇。

1. 神界仙境与前代盛世：曹操心中的神界仙境主要有泰山、蓬莱山、华阳山、君山、昆仑山、散关山等，那里有玉阙、溪谷、赤松、磐石，还有"焜煌"①的天色、"礈硪"②的山势、王母的瑶台、甘美的醴泉。那里极其广阔，需"乘云而行"③和"遨游八极"④"驾虹霓"、"济天汉"⑤，方能置身其间。这和凶险的现实世界，即东汉末王室的黑暗、腐朽、陈旧、狭窄形成了明显的对比，是曹操所向往的理想世界。但这种神界仙境，毕竟过于虚幻，虚幻得连曹操这种"性不信天命之事"⑥的人都感到神仙是"去去不可追"⑦的，是可望而不可即的，于是他将目光转向了前朝盛世，因为那毕竟是历史有过的、真实的，凭着自己的努力，是可以达到圣君的标准的，曹操自信也正在这样做。故他在《度关山》里提出了"天地间，人为贵"的观点，描述了在有德者治理下"黜陟幽明，黎庶繁息"的美好景象。而在《短歌行》其二和《善哉行》其一中，他点明治理前朝盛世的便是古公亶父、太伯仲雍、西伯昌、齐桓、晋文，他们或开创基业，或任用贤良，为后世树立了诸多榜样，这便是曹操一生所向往和追求的。至于他做得如何，那是另当别论的事。

2. 求仙访道与历史成败：曹操神游神界仙境的目的是求仙访道，以求长生不老。故他在《气出唱》其一中写道："仙人玉女，下来翔游"，和他同饮着玉浆，同赏着美景，并告知他："但当爱气寿万年"的秘诀，授予他"神之药"。饮玉浆也好，授仙药也罢，这一切都难以改变人生易老的自然规律，所以，他又在《秋胡行》其二里写道："天地何久长，人道居之短"，他甚至怀疑李耳、赤松、王乔是否真

---

① 中华书局编辑部：《曹操集·气出唱·其一》，中华书局1959年版，第1页。
② 中华书局编辑部：《曹操集·气出唱·其三》，中华书局1959年版，第2页。
③ 中华书局编辑部：《曹操集·气出唱·其一》，中华书局1959年版，第1页。
④ 中华书局编辑部：《曹操集·气出唱·其二》，中华书局1959年版，第2页。
⑤ 中华书局编辑部：《曹操集·陌上桑》，中华书局1959年版，第5页。
⑥ 中华书局编辑部：《曹操集·让县自明本志令》，中华书局1959年版，第42页。
⑦ 中华书局编辑部：《曹操集·秋胡行》，中华书局1959年版，第7页。

正得道。总之，在神界仙境里的所谓求仙访道以及千般修炼，显然给了曹操暂时的超尘脱世，但最终还是让他清醒地看到"壮盛智慧，殊不再来"①，于是，他颇多了几分"忧世不治"②之感，残酷的现实告诉他求仙访道是虚幻的，历史的成败才实实在在值得借鉴。于是，他的思维触角再一次伸向前代，他在《度关山》里充分肯定了唐尧任用皋陶，周穆王任用甫侯以及伯夷、叔齐的让国，许由的隐居。又在《短歌行》其二里描写了周文王受到毁谤而被囚禁，齐桓公不计前嫌而信任管仲。还在《善哉行》其一中称颂周宣王因得到仲山甫辅佐而实现"中兴"。凡此等等，前代的成败的确存在，可供借鉴。而成败的原因，取决于如何用人，用人得当则强，反之则弱，这是被历史所证明过的。曹操要用有限的生命去完成无限的伟业，在神界仙境里不可能寻找到的，最实际的莫过于到前代去寻找榜样了。

3. 生命永恒与功业不朽：曹操明知生命不可能永恒，但他还要探求"出窈入冥"③的神界仙境，还要与神仙们"乐共饮食到黄昏"④，还要听神仙们的"秘道"，去做些"食芝英，饮醴泉，拄桂枝，佩秋兰，绝人事，游浑元"⑤之类的事情，据他自己说，这一切都是为了"与天相守"⑥，都是为了"万岁长，宜子孙"⑦，万岁也好，与天相守也罢，生命毕竟是不可能永恒的，遐想，只能给予曹操以暂时的安慰。他清醒地认识到，只有建功立业，达到人生"立德、立功、立言"三标准之一，才能千古不朽。所以他在《精列》里说："造化之陶物，莫不有终期"，像周公和孔子那般圣人都会辞世，何况凡夫俗子。然而，不朽之功业却实实在在的存在，那古代的圣君，"封建五爵，井田刑狱"⑧和"咸爱其民，以黜陟幽明"⑨，皆立下了

---

①　中华书局编辑部：《曹操集·秋胡行·其二》，中华书局1959年版，第8页。
②　中华书局编辑部：《曹操集·秋胡行·其二》，中华书局1959年版，第8页。
③　中华书局编辑部：《曹操集·气出唱》，中华书局1959年版，第1页。
④　中华书局编辑部：《曹操集·气出唱·其二》，中华书局1959年版，第2页。
⑤　中华书局编辑部：《曹操集·陌上桑》，中华书局1959年版，第5页
⑥　中华书局编辑部：《曹操集·气出唱·其三》，中华书局1959年版，第2页。
⑦　中华书局编辑部：《曹操集·气出唱·其二》，中华书局1959年版，第2页。
⑧　中华书局编辑部：《曹操集·度关山》，中华书局1959年版，第3页。
⑨　中华书局编辑部：《曹操集·对酒》，中华书局1959年版，第4页。

不朽的功勋，被后世所称道，这实际上是生命价值的最大化，是生命价值的转换，即由所谓的人生不老转换为永垂不朽，前者只能作为美好的愿望，后者却能成为不懈的追求，这种认识，便是曹操之所以在东汉末年成为"非常之人，超世之杰"① 的原因之一。

二　东征西讨之写照及志向襟怀之表露

曹操始起兵于中平六年（公元 189 年）35 岁时，据《三国志》载："太祖至陈留，散家财，合义兵，将以诛卓"②。其起兵之初的目的是诛杀董卓，至初平三年（公元 192 年），曹操收黄巾降卒三十余万，号为青州兵，始告强大，迄建安二十五年（公元 220 年），曹操 66 岁时驾崩，御军 31 年。在这期间，正如陈寿《三国志·魏书·武帝纪》注引《魏书》所言："御军三十余年，手不释书，昼则讲武策，夜则思经传，登高必赋，及造新诗，被之管弦，皆成乐章。"③他与诗结下了不解之缘，除上文所述其游仙诗与咏史诗之外，另有两类诗是叙事诗和抒情诗，而这两类诗又代表着曹操诗歌的最高成就。

1. 字里行间真史实：记叙史实是曹操所作叙事诗的特点之一，常被提及的是《薤露》和《蒿里》，前者叙述东汉中平六年（公元 189 年）汉室内部外戚、阉党作乱之事。4 月，灵帝卒，皇子刘辩即皇帝位，时年 17 岁，何太后临朝，命其弟大将军何进秉政。大将军何进谋诛宦官，召董卓进京，事泄被张让等所杀。董卓进京后，废少帝刘辩，立献帝刘协，独揽朝政，肆意残杀。初平元年（公元 190 年）正月，东方各郡起兵讨伐董卓，董卓焚烧洛阳，威逼天子、官员和百姓数万口西迁长安。这首诗写的就是该段历史，诗叙述了朝廷用人不明，杀帝灭京，董卓又故纵士兵烧毁洛阳，威逼天子、官员和百姓迁都长安的情形。而"瞻彼洛城郭，微子为哀伤"则是曹操所抒发的悲愤，充满了前贤般同情天子、百官及黎庶的感情。后者叙述初

---

① 陈寿：《三国志·魏书·武帝纪》，中华书局 1959 年版，第 55 页。
② 陈寿：《三国志·魏书·武帝纪》，中华书局 1959 年版，第 5 页。
③ 陈寿：《三国志·魏书·武帝纪》注引《魏书》，中华书局 1959 年版，第 54 页。

平元年（公元 190 年）正月，军阀混战从此不断之事。该年，关东各
州郡地方长官推袁绍为盟主，联合讨伐董卓，结果，他们各怀异心，
称帝的称帝、火并的火并，反倒拉开了东汉末年军阀混战的序幕，极
大地破坏了社会经济并且造成了百姓的大量死亡。诗叙述了兖州刺史
刘岱、东郡太守桥瑁、冀州牧韩馥等人为了扩大自己的势力而相互火
并。又写道："淮南弟称号，刻玺于北方"，谴责的就是袁绍的弟弟
袁术在今安徽寿县于建安二年（公元 197 年）称帝之事。还写道：
"铠甲生虮虱，百姓以死亡"，即言连年战争，生灵涂炭也。而"生
民百余一，念之断人肠"，则是曹操为百姓遭受苦难而痛伤之辞。这
两首诗记事真切，情感充沛，特别是最后一首明人钟惺评曰："汉末
实录，真史实也"①。

2. 挥毫泼墨多战事：曹操一生东征西讨，其诗自然多写征战之
事，其中最为有名的是《苦寒行》和《步出夏门行》。前者写于建安
十一年（公元 206 年），两年前，曹操取冀州，同年十月，袁绍之甥
高干降之，曹操仍让其官任并州牧原职。次年，即建安十年（公元
205 年），高干闻曹操北征乌丸，复叛，曹操征讨之。这首诗即写他
率师北上太行山时行军途中的艰难与感慨。诗曰："北上太行山，艰
哉何巍巍"，点明了行军路线和山势高耸，这是总写行军之艰难。从
"羊肠坂诘屈"到"斧冰持作糜"中间二十句，围绕"苦寒"二字，
具体描写了行军之苦与太行冬日之寒。"悲彼《东山》诗，悠悠令我
哀"结尾两句，以周公自况，期待早日结束战争矣。后者，一艳四
解，艳者，乐章之序曲；解者，乐章之段落。《步出夏门行》是乐府
旧题，又名《陇西行》，属《相如歌·瑟调曲》，曹操写这组诗约在
建安十二年（公元 207 年）北征乌丸时。其平定冀州后，袁绍之子袁
熙投奔乌丸。乌丸原为东北边境奴隶主贵族，乘汉末大乱，不断侵扰
中原，又袁氏残余投之，增强了势力，故曹操既为安定北方又为彻底
剿灭袁绍残余，要征讨之。他在诗之"艳"部分写道："临观异同，
心意怀游豫，不知当复何从"，这就如实地倾吐了曹操因众人意见分
歧和大水阻路引起的复杂、多虑、惆怅的心情。第一章《观沧海》

---

① 游国恩等：《中国文学史》，人民文学出版社 1992 年版，第 243 页。

写登临碣石、眺望大海之所见和由此引起的种种联想，其中"日月之行，若出其中。星汉灿烂，若出其里"4 句，将包揽日月的大海，写得极其壮阔。第二解《冬十月》和第三解《河朔寒》写河北的风土人情，其中"钱镈停置，农收积场。逆旅整设，以通贾商"和"士隐者贫，勇侠轻非；心常叹怨，戚戚多悲"几句，生动地叙述了河北地区的百姓习俗。而每首诗的前 8 句，皆是对该地区十月间乡土气候的描绘，有让人身临其境之感。第四解《龟虽寿》抒发豪情壮志，其中，"老骥伏枥，志在千里；烈士暮年，壮心不已"表现了作者老当益壮的情怀。

3. 短歌微吟皆情志：曹操自熹平三年（公元 174 年）举孝廉，为郎出仕，至建安十五年（公元 210 年）写《让县自明本志令》言胸中之志，期间任洛阳北部尉、顿丘令、议郎、骑都尉、济南相、典军校尉等职，几次辞官归隐。直到中平六年（公元 189 年）于己吾起兵讨董卓。从此拥兵自重，其志何在，颇多猜测。况且，其志也有一个动态的过程，据他自言，起初，志在"为一郡守"，以建立声名，后来，欲隐居，所谓"故以四时归乡里，于谯东五十里筑精舍，欲秋夏读书，冬春射猎，求底下之地，欲以泥水自蔽，绝宾客往来之望"①。再后来，他想做一个讨贼立功的征西将军，所谓"意遂更，欲为国家讨贼立功，欲望封侯作征西将军"②。

最后，随着地位的增高和实力的增强，其志便成了陈寿所载的："若天命在吾，吾为周文王矣"③，是像周文王事商纣那样事奉汉献帝呢？还是像周文王那样为周武王灭商奠定基础呢？不得而知。但是，其子曹丕以魏代汉已成事实，魏武帝的冠冕终究戴到了曹操头上，他实际上为曹丕奠定了以魏代汉的基础，这是毋庸置疑的。然而，在这之前的很长一段时间里，曹操虽多僭越之事，却是以周公自居的。即从写《让县自明本志令》的建安十五年（公元 210 年）到曹操讲"若天命在吾，吾为周文王矣"这句话的建安二十四年（公元 219

① 中华书局编辑部：《曹操集·让县自明本志令》，中华书局 1959 年版，第 41 页。
② 中华书局编辑部：《曹操集·让县自明本志令》，中华书局 1959 年版，第 41 页。
③ 陈寿：《三国志·魏书·武帝纪》引《魏氏春秋》，中华书局 1959 年版，第 53 页。

年），他是一直在说自己想做周公旦的，只是行为多有僭越之举，令人生疑。如《短歌行》引用《诗经·子衿》和《诗经·鹿鸣》的诗句表达对贤才的思慕后，他写道："山不厌高，海不厌深。周公吐哺，天下归心。"句中以周公自况，抒发了延揽人才、统一天下的愿望。又如《善哉行》其三写道："慊慊下白屋，吐握不可失"，表示应当谦逊地对待寒士，要效法周公绝不与贤才失之交臂。又《苦寒行》写道："悲彼《东山》诗，悠悠令我哀"，他以周公东征自比，表示了对长期征战的将士的同情，并抒发了尽早结束战争的情怀，故朱熹《朱子语类》言："曹操作诗，必说周公。"① 这话是较符合事实的。另外，曹操还根据乐调作过一首《却东西门行》，大约是《东门行》和《西门行》调子的合并。余冠英先生《三曹诗选》曰："曹操此题作《却东门行》，后来陆机又有《顺东西门行》，'却'和'顺'，有人认为是倒唱和顺唱之别，这些都是乐调的变化。"② 据余冠英先生所说，知《却东西门行》是乐府旧题，为倒唱《东西门行》之乐调，属《相和歌·瑟调曲》曹操该篇写战士长年征战而怀念故乡，其中"戎马不解鞍，铠甲不离傍。冉冉老将至，何时反故乡"几句，写得真切，反映了连年征战给百姓特别是征夫带来的苦难，极像《诗经》所载之《东山》诗矣。

三　臣节将气凝就的诗风

曹操的诗，历代评论者甚多，其中以敖陶孙《诗评》所说"魏武帝如幽燕老将，气韵沉雄"③ 最为著称。观中国历史，"既总庶政，兼览儒林"④ 者不多，像曹操那样，国事军务兼善者鲜有。其言"如幽燕老将"自不待言，曹操本身就是位长期征战于幽燕地区的将领。言其诗"气韵沉雄"值得思虑。"气韵"者，诗之气势与韵味也。"沉雄"者，深沉雄健也。笔者认为，形成此种诗歌风格，一是和曹

① 朱熹著，黎靖德编，王星贤点校：《朱子语类》，中华书局1986年版，第3324页。
② 余冠英：《三曹诗选》，作家出版社1956年版，第68页。
③ 敖陶孙：《诗评》，中华书局1986年版，第1页。
④ 赵幼文：《曹植集校注·武帝诔》，人民出版社1984年版，第199页。

操"少机警，多权谋"① 及多年辅政御军的阅历有关。二是诗歌本身的体式、写事、用典、遣词、造句、炼字，甚至声韵，或是作者个性气质的反映，或是作者阅历的反映，缺一不成其风格。

1. 贤臣志节，良将风度：综观曹操诗篇，多言前代贤臣良将，并常用以自比矣。如《薤露》言："瞻彼洛城郭，微子为哀伤"，又如《短歌行》其一曰："周公吐哺，天下归心。"再如《短歌行》其二所说周西伯昌、齐桓公、晋文公，还如《苦寒行》所言："悲彼《东山》诗，悠悠令我哀。"以上均为直言者，另有婉转道出的，如《却东西门行》和《秋胡行》其三，前者希望早日结束征战，后者忧世不治，皆为贤臣之志节。至于将气，那《蒿里行》蔑视群雄同情百姓的情怀，《苦寒行》艰难行军途中的同甘共苦，《步出夏门行》登临碣石以观沧海所产生的博大胸怀，无不是他良将气度的体现。甚至于那些游仙诗，虽然所写与他现实的辅政御军相离甚远，但那种"驾云龙，乘风而行"② 和"年之暮奈何，时过时来微"③ 的豪放与洒脱，也是他贤臣志节、良将气度的另一种表现。特别是他在《秋胡行》其三所写"不戚年往，忧世不治"就直接抒发了贤臣良将的忧世情怀，而《陌上桑》所写"驾虹霓，乘赤云，"登彼九疑历玉门"。景未移，行数千，寿如南山不忘愆"。和《秋胡行》其二所写"壮盛智慧，殊不再来"就是另一种更为委婉的表现形式，加之其在作诗时对朝政军务的深思熟虑及所发出的慷慨之语，足以显出他的诗歌"气韵沉雄"的特点。

2. 乐府遗韵，建安新声：曹操诗凡 16 题 22 首，除《谣俗词》和《董卓歌》属民间歌谣外，其余在体式上皆是乐府诗，其中 6 题，即《气出唱》、《精列》、《度关山》、《薤露》、《蒿里》、《对酒》属《乐府诗集·相和歌辞》，余《陌上桑》汉乐府有同题作品流传，《短歌行》、《苦寒行》、《秋胡行》、《善哉行》、《却东西门行》、《步出夏门行》、《塘上行》均标明是"行"。"行"者，乐府曲子之一种类型

---

① 陈寿：《三国志·魏书·武帝纪》，中华书局 1959 年版，第 2 页。
② 中华书局编辑部：《曹操集·气出唱》，中华书局 1959 年版，第 1 页。
③ 中华书局编辑部：《曹操集·精列》，中华书局 1959 年版，第 2 页。

也，为宴会上演奏歌唱之乐曲。乐府诗自汉武帝时兴盛，两汉时期广为流传，至汉末经曹操之努力又焕发出极强的生命力，大力使用该体式者，曹操是也。其诗用乐府旧题写时事，故称乐府余韵，建安新声也。曹操所写乐府诗，多涉及汉末动乱之事，即使是游仙诗的内容，也充满了对生命的惶惑与追求。故其乐府诗之风格，不离"沉雄"两字矣。其用典，多前贤业绩。其遣词、造句、炼字，做到了精益求精。如读《短歌行》其一，对酒发问，用诗述怀，以月夜之愁，抒思贤胸襟，最后言欲效周公吐哺，礼贤下士，使天下归心。笔墨所到之处，行行锦绣，字字珠玑，难删改一字一句矣。这又从写作技巧方面体现了他的高超，从各个角度给予了诗"沉雄"的特征。最后是声韵，曹操之世，尚未有"四声八病"理论，然自《诗经》以来的三种押韵方法，即句句押韵，1、2、4句押韵，2、4句押韵的方法已被广泛运用。乐府诗无严格要求，押韵较为自由，唯有利于配乐演唱和抒发情怀即可。还是以宋代郭茂倩《乐府诗集·相和歌辞》所收曹操《薤露》、《蒿里》为例，前者韵"良、强、王、殃、丧、伤"，全诗8联6处押韵，后者韵"阳、行、戕、方、亡、肠"全诗16句6处押韵。两首诗基本在偶句处押韵，奇句不押韵。两首诗押的都是平声韵，这有利于抒发慷慨激昂的情怀。

3. 洪钟大吕，传响万年：在中国历史上，曹操是一位既有事功又有佳作传世的难得的帝王。究其成功之原因，归纳有三，一是自身素养。陈寿《三国志·魏书·武帝纪》注引张华《博物志》曰："汉世，安平崔瑗、瑗子寔，弘农张芝、芝弟昶并善草书，而太祖亚之。桓潭、蔡邕善音乐，冯翊山子道、王九真、郭凯等善围棋，太祖皆与埒能。又好善性法，亦解方药，招引方术之士，庐江左慈、谯郡华佗、甘陵甘始、阳城郄俭无不毕至，又习啖野葛至一尺，亦得少多饮鸩酒。"[1] 善书法，好道术，爱围棋，服方药，食野葛，饮鸩酒，涉及极广。陈寿所言"少机警，有权术"[2]，"才武绝人"[3] 等，以此显

---

① 陈寿：《三国志·魏书·武帝纪》引张华《博物志》，中华书局1959年版，第54页。

② 陈寿：《三国志·魏书·武帝纪》，中华书局1959年版，第2页。

③ 陈寿：《三国志·魏书·武帝纪》，中华书局1959年版，第3页。

出曹操具有多方面的素养。特别是其子曹丕在《典论·自叙》里回顾父王说："上雅好诗书文籍，虽在军旅，手不释卷"①，皆说明这是曹操诗歌之所以"自足千秋"②的因素之一了。其二，时代特殊。曹操生于汉桓帝永寿元年（公元155年），是年前后，蝗灾、饥馑、疾疫等自然灾害肆虐，阉党、外戚交替擅权，农民起义不断，朝廷忙于救乱。曹操生于乱世，被何颙称为"安天下者"③，被徐子将视作"清平之奸贼，乱世之英雄"④，正如钟惺、谭元春在《古诗归》里所说："老瞒生汉末，无坐而臣人之理。"⑤ 于是，时代给了他驰骋天下的大好时机，同时，也给了他诗歌创作的极佳素材。汉末以来人生短暂之叹给了他游仙诗追求生命永恒之企盼以及咏史诗功业不朽之愿望，而复杂的政治斗争和艰苦的东征西讨给了他叙事诗和抒情诗足够的史实与情感。可以说，没有那个特殊的时代，就不会有这样一位特殊的曹操，也就不会有那些"气韵沉雄"的诗歌了。其三，诗歌发展，刘勰《文心雕龙·明诗》言："四言正体"⑥，"五言流调"⑦。意思是说四言是诗歌的正统体式，五言是流行的乐调。的确，在中国诗歌发展史上，以《诗经》为代表的四言诗统治文坛逾周、汉两代，到汉武帝大兴乐府，虽然有"秦楚之声，赵代之讴"广为流行，但在正式场合，如朝廷庙堂之上还是应用的四言诗体，然而，随着五言诗的逐渐增多，就渐渐地取代了四言诗的地位，且出现了不少五言诗之名作，如《文选》所录苏李诗与古诗十九首，均代表着汉末文人五言诗的最高成就，而乐府诗，大多用五言写成，兼有杂言。又如刘勰《文心雕龙》所说："歌咏言"⑧的，是配合音乐长声咏唱的，自然该形式为人所喜闻乐见。加之，建安时代又是个"五言腾跃"⑨的

① 严可均：《全上古三代秦汉三国六朝文》录曹丕《典论·自叙》，中华书局1958年版，第1097页。

② 吴淇著，汪俊、黄进德点校：《六朝选诗定论》，广陵书社2009年版，第101页。

③ 王先谦：《后汉书集解·党锢列传》，中华书局1984年版，第779页。

④ 王先谦：《后汉书集解·郭符许列传》，中华书局1984年版，第785页。

⑤ 钟惺、谭元春：《古诗归》，明·闵振业三色套印本，第426页。

⑥ 郭晋稀：《文心雕龙注译·明诗》，甘肃人民出版社1982年版，第65页。

⑦ 郭晋稀：《文心雕龙注译·明诗》，甘肃人民出版社1982年版，第65页。

⑧ 郭晋稀：《文心雕龙注译·明诗》，甘肃人民出版社1982年版，第56页。

⑨ 郭晋稀：《文心雕龙注译·明诗》，甘肃人民出版社1982年版，第58页。

时代，曹操所作乐府五言诗何其多也。应该说，诗歌本身的发展为曹操诗歌风格的形成奠定了基础，促使其"气韵沉雄"矣。

总之，曹操与诗结下了不解之缘。诗让他在苦闷和思虑时遐想神界仙境、向往前代盛世，或征战或辅政时叙述汉末史实，抒发博大情怀，使他精彩的人生显得更为精彩，令后世惊呼：政治家、军事家、文学家三者集于一身实属罕见，历代唯一也。

第六章　笔下文章军国事

曹操之文，除《孙子注》13 篇和《兵书接要》1 篇外，完整及残缺的现存 151 篇。这个数据是根据 1959 年中华书局出版的《曹操集》统计而得来的。其体式有书、表、令、文、教、论、策、奏、序等，另有上言、上事、报、手书、疏、戒等。前者数量多且颇有价值，从中可知曹操辅政御军之方略，值得研究。而后者篇少意寡，不作专门论述。曹操的文，最早的写于汉灵帝熹平三年（公元 174 年）曹操 20 岁时，即《上书理窦武陈蕃》，最晚的写于建安二十五年（公元 220 年）曹操 66 岁临终前，即《遗令》，内容大多和军国大事有关。

一　理政治军之要务

曹操理政始于建安元年（公元 196 年）遣曹洪西迎献帝迁都许昌之后，在这以前，虽曾任洛阳北部尉、顿丘令、济南相等职，那只不过是为汉室短暂地处理地方政务，还不能算辅佐或统领朝政。他治军要比理政早 7 年，即灵帝中平六年（公元 189 年），从此他拥兵自重，这以前虽任过军职，如典军校尉、骑都尉，也不过是替汉室带兵而已。其始告强大于献帝初平三年（公元 192 年）"受降卒三十余万，男女百余万口，收其精锐者，号为青州兵"①。治军生涯，从此更盛，而因事撰文，是理政治军不可缺少之要务，其目的在于政务军务的畅通，各种意图的实施。

---

① 陈寿：《三国志·魏书·武帝纪》，中华书局 1959 年版，第 9—10 页。

1. 让封辞爵：曹操一生受汉室封赏赐爵颇多，如领兖州牧、封武平侯、授司空、号魏公等。每遇晋升，他多有文章谢恩和辞让。如建安元年（公元196年）曹操作《谢袭费亭侯表》，言"昔大彭辅殷，昆吾翼夏，功成事就，乃备爵锡"。而自己还未建尺寸之功，就屡次蒙受特殊的恩宠，自己"虽不识义"，也知道自身的不足。又如同年所作的《让还司空印绶表》言自己"文非师尹之佐，武非折冲之任"，却做了司空，没有治理好国家，日夜生活在水火之中。再如建安十八年（公元213年）所作《让九锡表》言"事君之道，量能处位，计功受爵"，故不敢接受皇帝特殊的礼遇及恩宠。另外，这种表与另种谢恩书，如《上书让增封》、《上书让增封武平侯及费亭侯》、《上书策命魏公》等相映成趣，以见曹操辅政治军不忘"礼"矣。至于这等感谢和辞让是否真心，是否虚情，请参阅刘勰《文心雕龙·章表》所说，其文曰："昔晋文受册，三辞从命，是以汉末让表，以三为断。曹公称'为表不必三让'；又勿得浮华，所以魏初表章，指事造实，求其靡丽，则未足美矣。"[①] 从曹公的"勿得浮华"到魏初的"求其靡丽"，这是该类文章的发展轨迹，而"不必三让"则是曹操的主张，就其实质，是按程序办事矣。

2. 求贤任贤：无论曹操出于何种目的，求贤任贤是他文章的一大主题。他在建安十五年（公元210年）作的《求贤令》，公然提出了"唯才是举"的用人主张，又在建安十九年（公元214年）所作《敕有司取士毋废偏短令》中强调要用"进取之士"，不因"偏短而废士"的观念。还在建安二十二年（公元217年）所作《举贤勿拘品行令》中再次论述了举贤不拘于品行的道理。这就充分体现了他的用人方略。与此同时，他不断地任贤用贤，所任用的有糜竺、荀彧、处中、田畴、崔琰、刘琼、蒋济、邴原、高柔、王必、徐奕等，察其用人，有三种方式。第一种方式，自己直接任命之，如《加枣祗子处中封爵并祀祗令》、《爵封田畴令》、《辟蒋济为丞相主簿西曹属令》、《转邴原五官长史令》，这些人被任用的原因，或者是已故父亲功绩卓著，或者是本人德行纯美，或者是有程度不同的功勋。第二种方

---

① 郭晋稀：《文心雕龙注译·章表》，甘肃人民出版社1982年版，第263页。

式，是陈请汉献帝刘协加以任用，如《请增封荀彧表》、《表刘琮令》、《表糜竺领嬴郡》，这些人或者原是有地位的敌方或者是身居高位的谋臣，要恭敬、笼络之，通过汉献帝的封赏极妙。第三种方式，曹操还有一篇敕和一篇策也是用来任贤的，如《敕王必领长史令》、《策立卞后》，不过前者所任王必仍是旧职，需命令有关部门落实。而后篇与家事有关，策立贤淑也。

3. 褒扬贬斥：这是自古以来就有的御军手段之一。曹操用之鼓励士气，惩治与诫勉不同政见者或犯有错误的臣子，甚至是子嗣，如《举泰山太守吕虔茂才令》、《表称乐进于禁张辽》、《爵封田畴令》，这些人，有的是治理地方很好，有的是所向披靡，有的是富有文采和谋略，褒扬之，更加效力也。后者如《宣示孔融罪状令》、《与太尉杨彪书》、《赐死崔琰令》、《曹植私出开司马门下令》、《又下诸侯长史令》等，曹操处死了孔融、杨修、崔琰，因这几位特别是前两位名气很大，社会上颇有微辞，他就宣称孔融有"违天反道，败伦乱理"[1] 和杨修有"持豪父之势，每不与吾同怀"[2] 的大罪，故杀之，以此来平息舆论。至于曹植，原本乃父认为是"儿中最可定大事"[3]者，结果犯了私开"司马门至金门"的大错，这种任性而为的行为，使曹操极为气愤，言"令吾异目视此儿矣"。又言"吾都不复信诸侯也"[4]，由不信子嗣曹植一人推及诸侯，并诫勉之，以警示属下勿犯此类错误矣。

4. 颁发命令：这是曹操最常用的文章体式之一。所谓令，即命令也。该文体内容明确，语气严厉，要有令必行，凸显其功效。一般来说，令的运用范围极广，凡政务、军务甚至于任何事务都用之。曹操的令，除前所言求贤任贤、褒扬贬斥外，涉及军务的较多。如建安元年（公元 196 年）所颁《置屯田令》，其言要效法"先代良式"，强兵足食。建安五年（公元 200 年）所颁《造发石车令》，其言要打

---

① 中华书局编辑部：《曹操集·宣示孔融罪状令》，中华书局 1959 年版，第 39 页。
② 中华书局编辑部：《曹操集·与太尉杨彪书》，中华书局 1959 年版，第 63 页。
③ 中华书局编辑部：《曹操集·曹植私出开司马门下令》，中华书局 1959 年版，第 49 页。
④ 中华书局编辑部：《曹操集·又下诸侯长史令》，中华书局 1959 年版，第 48 页。

造武器，以备征战。建安七年（公元 202 年）所颁《军谯令》，为战死将士立庙以抚恤亡者家属。建安八年（公元 203 年）所颁《论吏士行能令》从军中选拔一批将士担任地方官员。同年所颁《败军令》，明确规定"败军者抵罪，失利者免官爵"，建安十二年（公元 207 年）所颁《封功臣令》，封赏随己起兵立有战功者，同年所颁《分租与诸将掾属令》，分发租税给将士。建安十九年（公元 214 年）所颁《选军中典狱令》强调选"晓达法理者"担当此任。其余，如《军策令》、《军令》、《船战令》、《步战令》、《在阳平将还师令》均和军务有关，显见曹操治军纪律之严明，而令不失为最有效的应用文体。另外，曹操还有一些令，内容涉及选嗣及治家内容，如《立太子令》，告知诸位子嗣早就有意立"五官中郎将"曹丕为继承人，《百辟刀令》赐诸子宝刀各一柄，《终令》安排自己的墓葬，《诸儿令》将各选一子镇守寿春、汉中、长安三地，《内诫令》告诉吏民及家属要节俭度日，《遗令》安排后事。总之，曹操颁令颇多，这和他理事治军特别是治军有关，是研究曹操的重要依据。

5. 端正世风：汉末魏初，战乱不断，民不聊生，各种社会秩序不复存在，邪恶横生，特别是曹操占领翼州后，深感"袁氏之治也，使豪强擅恣，亲戚兼并，下民贫弱"①。所以，他于建安九年（公元 204 年）颁发了《收田租令》，重申"不患寡而患不均，不患贫而患不安"②的古语，明确规定赋税的数目，强调不得"擅兴发"，即任何人不得擅自征收，郡守和国相要严格检查。又如建安八年（公元 203 年）颁发《修学令》，他痛伤"丧乱以来，十有五年，后生者不见仁义礼让之风"。所以，他命令各国各郡都要设置文学之官，让乡中才俊之士来教学，这样有利于天下。建安十年（公元 205 年），他又颁《整齐风俗令》，该令概括了翼州地区结党营私、操纵舆论、排斥异己、颠倒黑白四种恶习，下令革除之。其次，如《赦袁氏同恶及禁覆雠厚葬令》，允许袁绍部下改恶从善，《为徐宣议陈矫下令》阻止"谤议之言"等，这些都是为了端正世风而发，有利于杜绝或革

①　中华书局编辑部：《曹操集·收田租令》，中华书局 1959 年版，第 33 页。
②　中华书局编辑部：《曹操集·收田租令》，中华书局 1959 年版，第 33 页。

除当时就有的社会弊病。值得注意的是，曹操还有两篇赈灾济困的文章，有益于社会的安定，如建安九年（公元204年）所颁《蠲河北租赋令》和建安二十三年（公元218年）所颁《赡给灾民令》，前者免除久经战乱的河北百姓一年的租税，后者命令官府赡养老弱，这无疑有益于黎民安居乐业，使社会安定矣。

二　剖襟析怀之良方

曹操辅政二十五年（公元196—220年），御军三十一年（公元189—220年），这期间岁月的久长，情况之复杂自不待言，而他特有的拥兵自重和把持朝政，特别是建安十七年（公元212年）始，董昭等人要曹操晋爵为魏公和他所享有的"赞拜不名，入朝不趋，剑履上殿"①之尊荣，令许多人对其志产生了猜忌与怀疑，早在建安十三年（公元208年），"汉罢三公官，置丞相"②时已经众说纷纭，曹操要写《让县自明本志令》解说之。另外，在辅政御军的过程中，曹操要"运筹演谋"③，必然有赞同者和反对者，需辨明之。这就形成了曹操另外一类文章，即剖襟析怀类文章也。

1. 辩诬明志：无论汉魏结局如何，曹操要取得诸侯的信从，就始终要把袁绍般"挟天子以令我乎"的怨言视作诬陷与攻击，并将自己的"志"明确之。这正如钟惺、谭元春在《古诗归》中所说："老瞒生汉末，无坐而臣人之理；就其发念起手，亦自以仁人忠臣自负，不肯便认作奸雄。"④一方面是要不为人臣，另一方面是要为忠臣，这极其矛盾的两面，要都做到实在很难。故曹操作诗好将自己比作周公，辅政时又要独揽大权，即为解决该矛盾矣。而在写文章时，他总感皇恩浩荡，自己当"义在殒越"，经常忧患"无非常之功而受非常之福"，故在位上"夙夜惭惧，若集水火"⑤，不知如何才能为国

---

① 陈寿：《三国志·魏书·武帝纪》，中华书局1959年版，第36页。
② 陈寿：《三国志·魏书·武帝纪》，中华书局1959年版，第30页。
③ 陈寿：《三国志·魏书·武帝纪》，中华书局1959年版，第55页。
④ 钟惺、谭元春：《古诗归》，明·闵振业三色套印本，第426页。
⑤ 中华书局编辑部：《曹操集》，中华书局1959年版，第16页。

献身了，可以说，这些文章已塑造了一位贤士良臣的形象，较好地解决了不为人臣和要当忠臣的两个极难解决的矛盾。而这类文章，写得最好的是《让县自明本志令》，建安十五年（公元 210 年）左右，朝中颇多曹操有"不逊之志"的猜忌与怀疑。他辩诬道：自己的志向有所变动，起初，只想做一个地方官员；其次，又想做位隐士；再次，想做一个"为国讨贼立功的征西将军"；最后，想效法"以大事小的周文王"，他说明，这种变动是随着天下形势和个人遭遇的变动而变动的，之所以"身为宰相"，是为了平定天下，他说："设使国家无有孤，不知当几人称帝，几人称王。"这就叙述了其志的发展过程并给予政敌以有力的驳斥，效果不言而喻。

2. 表意抒怀：早在曹操"能明古学，复征拜议郎"[①] 时，即灵帝光和三年（公元 180 年），他就写过《上书理窦武陈蕃》，替这两位受陷害被宦官所杀的"正直"人物鸣冤，在灵帝中平五年（公元 188 年），冀州牧王芬协同许攸、周旌等人欲废灵帝立合肥侯为帝来拉拢曹操时，他写过《拒王芬辞》加以拒绝。初平元年（公元 190 年），袁绍等人谋立汉朝宗室刘虞为帝，他作《答袁绍》表示反对，而与荀彧的书信来往，最能代表他如何利用该方式与人剖襟析怀。荀彧，字文若，是曹操的重要谋臣，并推荐荀攸、郭嘉等人共襄大业，帮助曹操巩固了兖州根据地，官至尚书令。建安元年（公元 196 年），曹操作《与荀彧书追伤郭嘉》，即悼念荀彧之同乡不幸亡故，又要其推荐后继者。建安三年（公元 198 年），曹操又作《与荀彧书》，答复荀彧为何预知张绣必破。建安九年（公元 204 年），又作《报荀彧》，感谢他抵制恢复古制设置九州的做法并劝其接受爵位。建安十二年（公元 207 年）作《报荀彧》，赞许荀彧在官渡之战中所献之策并劝其接受封赏。虽然，曹操与荀彧在建安十七年（公元 212 年）因荀彧反对董昭等人让曹操晋爵为魏公而反目成仇，最后有了荀彧被曹操趁其劳军而扣留军中致死的结果，但两人间的这段交往特别是曹操写给荀彧的几封书信，足以看出这位城府很深的政治家、军事家、文学家三者集于一身的襟怀。

---

① 陈寿：《三国志·魏书·武帝纪》引《魏书》，中华书局 1959 年版，第 3 页。

3. 晓友谲敌：由于辅政御军，曹操经常要向汉献帝及其同僚通报情况，并经常要同敌方书信来往。所作《上言破袁绍》就是曹操写给汉献帝的一封奏章，通报有关官渡之战取得胜利的情况。《破袁尚上事》也是他向汉献帝呈交的一封捷报，写战胜袁尚的具体战况。而《征吴教》、《原贾逵教》、《合肥密教》等类似令文的该类文章，或警告与原谅劝谏者，或秘密授意部下，言辞较令温和也。至于对敌方，可谓是不择手段，如《手书与吕布》送给吕布金印与紫绶；《手书答朱灵》肯定朱灵斩杀程昂的功绩；《与孙权书》既宣称以"八十万众"与孙权"会猎于吴"，又自言赤壁失利乃"有大雾，遂便失道"和"值有疫病"，在极力炫耀军力的同时掩饰失败，有自我解嘲之妙。《与韩遂教》邀请其早日到来，共辅朝政，为了分化其与阎行之关系。这些文章，是属于"兵不厌诈"之类，多为谲敌矣。

4. 研阅武学：陈寿《三国志·魏书·武帝纪》注引《魏书》说曹操是个"御军三十余年，昼则讲武策，夜则思经传"[1] 的人物，其中提到的"书"和"武策"，除去经传与战略战术，均和兵家著作有关乎？众所周知，曹操有许多军事文章，如《合肥密教》、《上言破袁绍》、《遣徐商吕建等诣徐晃令》等，显然都是些通报战况或书授机宜的，还谈不上曹操的研究，特别是对兵法的研究。曹操有《孙子序》及注 13 篇，有《兵书要略》一篇，读之，能显出其对兵法及战争规律的娴熟程度。《孙子》即《孙子兵法》为春秋战国时孙子所作，是我国现存最早的兵书之一，曹操之注且不待言，而所作之序总结历史和自己的军事经验，充分肯定了《孙子》一书的价值，言："吾观兵书战策多矣，孙武所著深矣。"他认为：《孙子》具有"审计重举，明画深图"的特点，是不容曲解的，他要"撰为略解"。就其作《孙子注》来看，主要是对原作字面的注解与理解，有他的看法和军事观点。至于他所作的《兵书要略》，全书已亡佚，唯集者从《御览》中得到仅存的一句，言："衔枚无灌哗，唯令之从。"是一行军之令也。最重要的是，曹操的武学造诣主要体现在他的东征西讨之实践中，其文章及著作仅见一斑矣。

---

① 陈寿：《三国志·魏书·武帝纪》引《魏书》，中华书局 1959 年版，第 54 页。

三　秦声汉音之余韵

曹操生当乱世，瞻望前朝，唯商末周初，春秋之时社会较为相似，天子失政，烽烟四起，战争不断，江山待安，是这几个时期共同的特点。而曹操所处时代，正逢汉武帝以来儒家思想一统天下的局面已被打破，何晏、王弼等人所创立的玄学正在兴起，思想界极为活跃的时代，而曹操"揽申、商之法术，该韩、白之奇策"①，与群雄逐鹿中原，实乃先秦时申商韩白之理论继承者。而其文章，亦深沉古朴，直接继承了先秦两汉散文家之文风，故曰其文为"秦声汉音之余韵"也。

1. 严辞厉文：这种风格是曹操文章最主要的风格，究其原因，是"令、教"等下行公牍文占他文章的比例较大。该种体式，有强行命属下照文办理的味道，不容置疑。如建安八年（公元 203 年）曹操所颁《败军令》，明确规定"败军者抵罪，失利者免官爵"。又如建安十一年（公元 206 年）所颁《明罚令》，明确规定"令到，人不得寒食。若犯者，家长半岁刑，主吏百日刑，令长夺一月俸"。再如建安二十年（公元 215 年）所颁《合肥密教》面授机宜道："若孙权至者，张、李将军出战，乐将军守护军，勿得与战。"凡此种种，曹操的"令"、"教"等，无论是晓谕全军、或是改变世风、或是御敌防侵，都显得言辞简洁，颇为严厉，应该说，这是他辅政治军的需要，该类文体乃无法放弃之体要也。

2. 情理兼善：这是曹操文章的又一风格。其需严辞厉文来约束百官和军队，更需要以情动人及以理服人，所谓合情合理，方能取信天下矣，如《上书让增封武平侯及费亭侯》、《与荀彧书》、《祀故太尉桥玄文》等。首篇作于建安元年（公元 196 年），刚定都于许昌，汉献帝刘协封曹操为大将军、武平侯，曹操辞让之。他回顾祖父曹腾受爵、至其父曹嵩，迄自身，已蒙受皇恩三代。如再增封，享受荣华过大，难以担当。该文先言感恩之情，再叙不能加封之理，虽说属礼

---

① 　陈寿：《三国志·魏书·武帝纪》，中华书局 1959 年版，第 55 页。

节性的辞让，却显得情辞恳切。第 2 篇文章，写于建安三年（公元198 年），该文前有曹操向汉献帝刘协所献《请爵荀彧表》，荀彧认为自己未立战功，故有意扣下了曹操的奏章，曹操就给他写了这封信。信中说："与君共事以来，立朝廷，君之相为匡弼，君之相为举人，君之相为建计，君之相为密谋，亦已多矣。夫功未必皆野战也，愿君勿让。"信中所列举出的荀彧四大功劳，即辅政、荐贤、献计、密谋，充满了二人的友谊及同僚之情，曹操所说"勿让"这里做了很好的铺垫，便不得不让荀彧接受封赏矣。第 3 篇言自己派人到睢阳去祭祀故太尉桥玄的原因是，其德高望重，与之友谊深厚。恰好他"奉命东征，屯次乡里"，相距甚近，故祭之。这篇文章，写得颇为感人，如："吾以幼年逮升堂室，特以顽鄙之姿，为大君子所纳"，回顾幼时知遇之恩，历历在目。又写道："殂逝之后，路有经由，不以斗酒只鸡过相沃酹，车过三步，腹痛勿怪"，追忆亡者如在面前，其情深矣。而情理结合得最为紧密的是曹操的《让县自明本志令》其言为何不释兵权，道："既为子孙计，又己败则国家倾危"，出言愤激，有告知献帝与同僚们曹操若释兵权的危害性之意，不得不令闻者惊醒也。有曹操，则天下稳定，不会出现"几人称帝几人称王"的局面。曹操兵权在握，则子孙与国家都安定，这明晓的道理逼其再度用愤激的语言说出，是在驳斥有人猜忌或疑惑其有"不逊之志"乎？

　　3. 持之有据：曹操文章，难见比兴夸张，而多引经据典，以示其言之有据。如《让还司空印绶表》，言己"内踵伯禽司空之职，外承吕尚鹰扬之事"，以伯禽和吕尚所任之职来比况自己，自谦不如前贤，难当大任。又如《置屯田令》言："秦人以急农兼天下，孝武以屯田定西域"，以秦孝公与汉武帝的事来说明屯田的益处，避免争议。再如《请爵荀彧表》言"曲阜之锡，不后营丘，萧何之土，先于平阳"，以周武王封周公，汉高祖封萧何说明历代都是以出谋划策为上。还有《败军令》引用《司马法》陈句，《论吏士行能令》引用管仲之言，《收田租令》引用孔子之说，《求言令》引用《诗经》之句，《求贤令》引用陈平之事，皆有助于证明其言之有据，此为曹操文章之又一风格矣。

　　4. 贵在尚实：就事而发，注重实用，这又是曹操文章的一大风格。他的文章，绝大部分是为辅政御军所写，所以，多决断性词语和建言献策。如《存恤从军吏士家室令》命地方官府抚恤阵亡将士的家属。又如《陈损益表》提出 14 条改革建议。《敕有司取士勿废偏短令》晓谕有关部门在军中选拔人才一定要选"进取之士"，不要因有所偏短，而废弃不用。《请增封荀彧表》建议朝廷按荀彧之功增封户邑。而《掩获宋金生表》、《上言破袁绍》、《破袁尚上事》等奏章，虽非理事，无须决断，亦要上呈，据实禀报。再如《与荀彧书》书也以谈事件实情为多。至于那篇表白心迹的《让县自明本志令》更是针对朝中有人言其有"不逊之志"而发，更尚实矣，亦为辩诬；而那几篇辞让性文章有谦让的成分在，亦有沽名钓誉之用途，如此，故知曹操撰文首为其用矣。

由此，知曹操文章皆为辅政御军之产物，这种现象，在中国文学史上极为罕见。其文章不同于一般文人所写，所谓"为情而造文"①，而是因事造文，具有较强的实用性，其文章内容，无疑是理事治军和剖襟析怀，其实质也是为了更好地"运筹演谋"②，处理好各种事务与更好地表白心志，曹操生当乱世，有"非常"之人，乃有"非常"之文也。

---

① 郭晋稀：《文心雕龙注译·情采》，甘肃人民出版社 1982 年版，第 402 页。
② 陈寿：《三国志·魏书·武帝纪》，中华书局 1959 年出版，第 55 页。

曹丕篇

第七章　曹丕,因利乘便的一代帝王

在中国历史上,曹丕是一位身兼帝王和文士双重角色的特殊人物。他既承袭其父曹操之余烈,开创了延祚四十五年的魏王朝;又"研精典籍,留意篇章"①,创作了许多风雅蓄积的诗歌和文章,故而,曹丕得到后世较多的关注。

仅就帝王曹丕而言,封建时代的文人通常视他为篡逆的奸贼和心胸狭隘、阴险狠毒的小人。陈寿在《三国志·魏书·文帝纪》里说他未达到"迈志存道,克广德心"的境界;刘克庄在《后村诗话》里说他经常有"猜阻鲜欢"的苦恼②;刘义庆在《世说新语》里描述他用浸毒的鲜枣毒死了曹彰,并威逼曹植七步作诗。总之,曹丕生前做过篡夺汉鼎、残害骨肉、杀戮臣子等暴虐之事,毋庸置疑是一位昏君。虽有吴景旭在《历代诗话》里言其"雄才智略,本非庸主"③,但亦难更改历史的定论。到20世纪中叶,鲁迅和郭沫若首倡褒扬曹丕之风,或欲为曹丕平反,或誉曹丕是"旧式的明君典型"④。20世纪末,更有深层次的研究且颇多高论,有的说曹丕"既没有高瞻远瞩的政治眼光,又缺少广阔宽厚的胸怀"⑤;有的说曹丕"明君一点应还是当之无愧的"⑥,有的说曹丕具有"政治魄力","确曾风云一时"⑦,真可谓抑扬褒贬,各持一端,使得曹丕这个人物云遮雾障,

---

① 严可均:《全上古三代秦汉三国六朝文》录卞兰《赞述太子赋》,中华书局1958年版,第1222页。

② 刘克庄:《后村诗话》,中华书局1983年版,第2页。

③ 吴景旭:《历代诗话》,中华书局1958年版,第301页。

④ 人民文学出版社编辑部:《郭沫若全集·论曹植》,人民出版社1982年版,第126页。

⑤ 唐绍忠校注,《曹丕集校注》,中州古籍出版社1992年版,第8页。

⑥ 文学评论编辑部:《文学评论》引胡明《关于三曹的评价问题》1993年第5期。

⑦ 孙明君:《三曹与中国诗史》,清华大学出版社1999年版,第265页。

贤愚难分，优劣难辨。笔者认为，作为封建社会的一代帝王，特别是汉魏两朝迁鼎移祚时期的帝王，曹丕自有其超乎历代庸主的帝王之术，也有其等同历代庸主的难以克服的种种不足，因而，曹丕是昏君还是明君可以暂且不论，首先该肯定的是他乃因利乘便的一代帝王，或者说得更明确一点，他应当是因袭其父曹操所创伟业，乘汉室式微之便利而获得政权的一代帝王。

一　继承王位的是是非非

曹丕生于汉灵帝中平四年（公元187年），是时其父曹操已历任顿丘令、骑都尉等职，并经历了黄巾初起与阉党专权等事件，积累且享有了较多的政治经验和政治声望。随之，曹操为都尉、迁典军校尉，朝廷外有青徐两州黄巾复起，攻略郡县，内有董卓进京废帝弑后，独揽朝政。他起兵参加了关东州郡讨伐董卓的军事行动，初步拥有了自己的军事力量。汉献帝初平三年（公元192年），曹操击破济北黄巾军，得降卒三十余万，收其精锐组编为青州兵，于是始告强大。其后，他迎接多年颠沛流离的汉献帝还驾洛阳、迁都许昌，逐步控制了局势，同时，击破张绣，东征袁术，擒杀吕布，剿灭袁绍，南征荆州，大败乌桓，统一了中国北方。建安十三年（公元208年）赤壁之战后，天下三分，曹操秣马厉兵并临朝辅政于邺城，由汉丞相晋封为魏王。届时的东汉王室，可谓桑榆晚景，名存实亡，甚至到了群臣劝进曹操还要以“若天命在吾，吾为周文王矣”[1] 为理由再三推辞。不难断言，曹操已经奠定了以魏代汉的坚实基础，至于由他的二十五位子嗣中的哪一位来担负周武王般开国承家的重任，也只是个时间和人选问题了。

建安二十五年（公元220年）正月，曹操病死，曹丕继位。关于他继位的原因十分明显，一是在三年前曹操已经确立曹丕为魏国太子，在九年前曹操已经擢拔曹丕为五官中郎将、丞相副。二是曹丕为曹操与卞夫人所生长子，符合封建社会“立嫡以长”的传统。三是

---

[1]　陈寿：《三国志·魏书·武帝纪》，中华书局1959年版，第53页。

曹丕拥有"生于中平之季，长于戎旅之间"①的非凡阅历，以及"遂博贯古今经传诸子百家之书，善骑射，好击剑"②的卓越才能。按理说，曹丕的继位顺理成章，无可非议，但奇怪的是这样一个清晰明瞭的问题，也常常会被善于"运筹演谋"③的曹操淡忘，时而对曹植"特见宠爱"④，时而认为曹植是"儿中最可定大事"⑤者，时而听信赞美曹植之言"欲立之为嗣"⑥。产生这种现象的原因何在？就在于曹操并不欣赏曹丕而在立谁为嗣的问题上犹豫徘徊的缘故。

曹操不欣赏曹丕的理由，有史可查的首先是曹丕的恣情游猎，如建安十年（公元205年）和建安十一年（公元206年）曹丕先后两次射猎于邺城郊外，其变易服乘及乐而忘返的行为竟使傅臣崔琰也不屑一顾，上书劝谏。其次是曹丕在建安十三年（公元208年）凭借父王的声望被选拔为掾（古代属官的通称），惹怒了曹操，将司徒赵温罢职免官。其三是曹丕以丁仪"目不便"为由，阻止其父将爱女嫁给那位"才朗"之士，令曹操留下了"吾儿误我"⑦的遗憾。至于他和其他子嗣间的不和，以及许多作品所表现的性格上的多疑、狭隘、柔弱等，更使曹操倍感失望与无奈，这就难怪曹操会在建安十六年（公元211年）任命邴原为五官长史时说"子弱不才，惧其难正，贪欲相屈，以匡励之"之类的话了⑧。

曹操在立谁为嗣问题上的犹豫徘徊，一方面可从时间角度推断。曹操在建安二十一年（公元216年）五月为魏王，而到建安二十二年

---

① 严可均：《全上古三代秦汉三国六朝文》，录曹丕《典论·自叙》，中华书局1958年版，第1096页。

② 陈寿：《三国志·魏书·文帝纪》引《魏书》，中华书局1959年版，第57页。

③ 陈寿：《三国志·魏书·武帝纪》，中华书局1959出版，第55页。

④ 陈寿：《三国志·魏书·任城陈萧王传》，中华书局1959年出版，第557页。

⑤ 陈寿：《三国志·魏书·任城陈萧王传》引《魏武故事》，中华书局1959年版，第558页。

⑥ 陈寿：《三国志·魏书·任城陈萧王传》引《魏略》，中华书局1959年版，第562页。

⑦ 陈寿：《三国志·魏书·任城陈萧王传》引《魏略》，中华书局1959年版，第562页。

⑧ 中华书局编辑部：《曹操集·转邴原为五官长史令》，中华书局1959年版，第43页。

（公元 217 年）十月才立曹丕为太子。如果再向前推溯，曹操在建安
十三年（公元 208 年）六月为丞相，而到建安十六年（公元 211 年）
正月才擢拔曹丕为五官中郎将、丞相副。期间五年有余，选嗣时间不
可谓不长，故使曹丕十分紧张，甚至紧张到要请善于相面的高元吕相
面，也使得贾诩、崔琰、杨修、孔桂等臣子不断猜测，各有依附与偏
见。另一方面可从人选角度推断。曹操首选的是"辨察仁爱"① 的曹
冲，可惜的是曹冲在十三岁时夭折，故曹操对前来劝慰的曹丕说：
"此我之不幸，而汝曹之幸也。"② 其后，曹操摇摆于曹丕和曹植之
间，忽而听信杨修、丁廙等所言，认为曹植"博学渊识"③，忽而依
从贾诩、崔琰等所说，认为曹丕"仁孝聪明"④，其犹豫徘徊甚至到
了弃己立曹丕为太子的事实而不顾的程度，可谓深矣。

　　在这般复杂的情况下，曹丕要保住或曰争得继承者的地位，唯有
靠智慧与谋略。其一，他不断扩大自己的政治势力，驱使一批臣子奔
走先后，或在曹操面前进言"五官将仁孝聪明，宜承正统"⑤，或在
曹操身后直谏"以庶代宗，先世之戒"⑥，或在曹操左右提醒"袁绍
以嫡庶不分，复宗灭国"⑦，这些历史与现实的教训以及诸位重臣对
曹丕的拥戴，不得不引起曹操的高度重视。其二，他巧妙运用"恢崇
德度，躬素士之业，朝夕孜孜，不违子道"⑧ 的自固之术，深自砥
砺，不断地显示政治和个性的成熟。针对自己游猎无度的缺点，他作
《报傅崔琰》以示悔过，之后纳弓藏箭，放马南山。为了迎合其父欲
为周文王的壮志，他写《黎阳作》将随军远征的自己比况为周武王
救民于涂炭。乘着父王西征马超而自己留守邺城的机会，他调遣贾信

　　① 陈寿：《三国志·魏书·武文世王公传》引《魏书》，中华书局 1959 年版，第
581 页。
　　② 陈寿：《三国志·魏书·武文世王公传》引《魏书》，中华书局 1959 年版，第
580 页。
　　③ 陈寿：《三国志·魏书·任城陈萧王传》引《魏略》，中华书局 1959 年版，第
562 页。
　　④ 陈寿：《三国志·魏书·崔毛徐何邢鲍司马传》，中华书局 1959 年版，第 369 页。
　　⑤ 陈寿：《三国志·魏书·崔毛徐何邢鲍司马传》，中华书局 1959 年版，第 369 页。
　　⑥ 陈寿：《三国志·魏书·崔毛徐何邢鲍司马传》，中华书局 1959 年版，第 383 页。
　　⑦ 陈寿：《三国志·魏书·崔毛徐何邢鲍司马传》，中华书局 1959 年版，第 375 页。
　　⑧ 陈寿：《三国志·魏书·荀彧荀攸贾诩传》，中华书局 1959 年版，第 331 页。

戡平田银与苏伯的叛乱。乃至于在细节方面亦谨慎之至，如每逢曹操出征所采用的"泣而拜"的方法，竟使得所有送行者都为之欷歔，反认为总是"称颂歌德，发言有章"的曹植是"辞多华而诚心不及"①。经过多方面的努力，加之曹操实在不愿意看到魏国重演袁本初和刘景升父子已经上演过的历史悲剧，更重要的还有竞争者曹植所犯的"私开司马门"和"醉不能受命"的一系列错误，曹丕终于得到并戴稳了魏国太子的冠冕。尽管史学家陈寿对他有过"御之以术，矫情自饰"的非议，但却会发现曹丕在继承王位的是是非非的过程中所使用的谋略"自有帝王气象"②，无疑凸显了他的智慧与才能。

二　以魏代汉的抑扬褒贬

建安二十五年（公元 220 年）正月，曹丕继任为魏王。八月，汉献帝刘协提出禅让，十月，曹丕称帝，改年号为黄初。仅短短十个月，所谓"历世二十有四，践年四百二十有六"③ 的汉王朝便宣告寿终正寝，何其速矣。但是，必须看到这种改朝换代的速度乃是建立在其父曹操自熹平三年（公元 174 年）出仕到建安二十五年（公元 220 年）辞世这四十六年惨淡经营的基础之上的，更是建立在汉王室自桓灵之世起内忧外患连年不断的基础之上的。实际上，从中平六年（公元 189 年）董卓进京始，朝政落于权臣，而汉献帝刘协自该年登基到建安二十五年（公元 220 年）禅让，在位 31 年，绝大部分时间依赖的是曹操的辅政，能使汉室苟延残喘已是其莫大的恩赐。故曹操一死，连汉献帝也要说："仰瞻天文，俯察民心，炎精之数既终，行运在乎曹氏。"④ 他实实在在地看到了"众望在魏"，为全身保命，提出禅让，应该说不失为明智之举。

---

①　陈寿：《三国志·魏书·王魏二刘傅传》引《世说新语》，中华书局 1959 年版，第 609 页。

②　河北师范学院中文系古典文学教研组：《三曹资料汇编》，中华书局 1980 年版，第 76 页。

③　严可均：《全上古三代秦汉三国六朝文》，中华书局 1958 年版，第 1092 页。

④　陈寿：《三国志·魏书·文帝纪》引《汉纪》，中华书局 1959 年版，第 62 页。

　　然而，拱手让出汉室经营四百余年的社稷，这对汉献帝刘协而言，毕竟是一件痛苦而又不情愿的事；而对曹丕而言，亦是一件关乎政治声誉而又不易做到的事。于是，曹丕在既要得到江山又要维护声誉的情况下，又一次显示了卓越的智慧和才华。首先，他散布舆论，软性逼宫。一是利用建安二十五年（公元 220 年）三月黄龙重现于谯的机会，请年迈的老臣殷登传播太史令单飏 30 多年前的预言，让国人皆知"其国后当有王者兴"①，而黄龙重现于谯是预言的证实，是曹丕应当成为皇帝的征兆。二是让太史丞许芝大谈谶纬之学，放言："《春秋汉含孳》曰'汉以魏，魏以徵'。《春秋玉版谶》曰：'代赤者魏公子'。"② 言下之意，汉室被魏国取而代之是命中注定，实难违忤。至于这些舆论荒谬与否可暂且不论，但至少给汉献帝刘协传达了一个明确的信息，即曹丕要做皇帝。其次，他大造声势，撼动汉鼎。先有左中郎将李伏的献表，又有侍中刘广、辛毗、刘晔等人的进言，后有辅国将军清苑侯刘若等百二十人的上书。其内容只有一个，即曹氏父子功高德隆而且奉天承运，当今的魏王理当成为天子。一时间，迁祚之声不断，加之司马懿、郑浑、羊祕等人的推波助澜，禅让基本已成定局，由不得汉献帝刘协犹豫徘徊。最后，他再三辞让，以尽礼节。据统计，曹丕面对禅让之事写有文章二十一篇，或说谶言是"虚谈谬称"③，或说自己是"德薄之人"④，甚至在即将登基的紧要关头，还要写《三让玺绶令》、《让禅令》等加以拒绝。这样做的结果是既逼汉献帝说出了"昔者帝尧禅位于虞舜，舜亦以命禹"⑤ 之类的言不由衷的话，又使曹丕赢得了做的是"舜、禹之事"⑥ 的美誉，可谓妙哉。

①　陈寿：《三国志·魏书·文帝纪》，中华书局 1959 年版，第 58 页。

②　陈寿：《三国志·魏书·文帝纪》引《献帝传》，中华书局 1959 年版，第 64 页。

③　严可均：《全上古三代秦汉三国六朝文》录曹丕《再让符命令》，中华书局 1958 年版，第 1084 页。

④　严可均：《全上古三代秦汉三国六朝文》录曹丕《答董巴等令》，中华书局 1958 年版，第 1085 页。

⑤　陈寿：《三国志·魏书·文帝纪》，中华书局 1959 年版，第 62 页。

⑥　陈寿：《三国志·魏书·文帝纪》引《魏氏春秋》，中华书局 1959 年版，第 75 页。

曹丕在繁阳"升坛即阼……视燎成礼"①的受禅大典终于顺利结束。然而,在鼓乐声中,庆贺声里,也掺杂了许多不协调的音响。一是陈群和华歆等人的面有"戚容",理由为这班汉室旧臣要"义形于色"②,哀悼汉室的消亡。二是曹植和苏则等人"闻魏氏代汉,皆发服悲哭"③,痛伤汉室的沦丧。三是蜀国刘备亦称帝于成都,要与之分庭抗礼。总之,以魏代汉给许多人带来了悲哀与不满,这似乎是封建时代的正统观念在作怪。因为他们自然包括曹丕原本都是汉室的臣子,如今却称帝的称帝,另事新君的另事新君,改朝换代的变化显然太大,实在难以承受。而这种观念影响到后世,曹丕自然被视作了篡逆,视作了奸贼。殊不知,汉室的衰弱和刘协的无能,魏国的强盛和曹丕的卓越,更兼及人心的向背,以魏代汉实在是历史之必然。

三 执政期间的功过得失

从黄初元年(公元 220 年)十月到黄初七年(公元 226 年)五月,曹丕在位将满 7 年。其后,相继即位的有曹叡、曹芳、曹髦、曹奂,至魏咸熙二年(公元 265 年)司马懿之孙司马炎废魏帝曹奂并自立为帝,改国号为晋,年号为泰始,魏国延祚五世,历时 45 年,国祚何其之短。若再上溯到魏嘉平元年(公元 249 年)正月,司马懿杀曹爽等控制魏国的军政大权,曹丕及其子孙实际执掌朝政仅 29 年,可谓是匆匆过客,流萤朝露。于是,许多文人将魏国国祚甚短的悲剧归咎于曹丕。李梦阳在《曹子建集·序》里说曹丕逼汉献帝禅让,不任用曹植而信任司马懿之类的异族是"魏之不竞"和"天弃之"的主要原因。张溥在《汉魏六朝百三家集·魏文帝集题辞》里说曹丕的"帝业无足称"④。吕温在《裴海昏集序》里说只要研阅曹丕畅游南皮时所作的诗,就会产生"魏祚焉得不短"的疑问。总之,在他们心里,曹丕以魏代汉实属篡逆,而政迹不显更属平庸,加之为帝

---

① 陈寿:《三国志·魏书·文帝纪》,中华书局 1959 年版,第 62 页。
② 余嘉锡:《世说新语笺疏》,中华书局 1983 年版,第 281 页。
③ 陈寿:《三国志·魏书·任苏杜郑仓传》,中华书局 1959 年版,第 492 页。
④ 殷孟伦:《汉魏六朝百三家集题辞注》,人民文学出版社 1981 年版,第 67 页。

之后不任用其弟曹植，甚至还要虐待曹植，那是十足的昏君了。

　　然而，且慢下这样的结论。试问，一位有才能得到魏国太子冠冕并因利乘便地取代汉室皇帝的人，执政真的会无所作为吗？一位有胆魄以魏代汉并需要大量贤才来辅佐的人，难道真的会无缘无故地排斥骨肉兄弟吗？这些都需要重新审视并加以考证的。

　　查史，了解到曹丕在执政七年期间共做过六件大事：一是整肃朝纲。黄初元年（公元 220 年）诛杀“私受西域货赂”[①] 的孔桂，以严惩受贿者。黄初二年（公元 221 年）颁布《日食勿劾太尉诏》以革除无辜归咎股肱大臣的弊端。次年颁发《禁诽谤诏》和《百官不得干预郡县诏》以改变相互诬告和朝臣颐指的世风。同年，又颁布《禁妇人与政诏》以汲取汉室外戚乱政的教训。黄初四年（公元 223 年）颁布《禁复私仇诏》以禁止相互仇杀的风尚。黄初五年（公元 224 年）颁布《议轻刑诏》和《禁设非礼之祭诏》，以罢除酷刑和旁门左道。黄初六年（公元 225 年）派遣使者巡行许昌以东地区，以赈济受灾百姓。黄初七年（公元 226 年）颁布《收鲍勋诏》，以严惩庇护违法者。二是选贤任能。即位之初，采取了满十万人口的郡国每年推举一名孝廉的策略，如果有特别“秀异”的，还可不受人口的限制加以擢拔。黄初三年（公元 222 年）又颁布《取士勿限年诏》以打破年龄界限，提出无论老幼只要“儒通经术，吏达文法”都可试用的用人之法。于是，在曹丕的麾下，除了有杨彪、王朗等一班老臣，还有了以“博学”和“高才”得到晋升的严苞、薛夏等一批新秀，可谓人才济济。三是奖掖军功。张既大破河西胡，苏则平定麹演叛乱，曹真击败治元多，或有诏书褒扬，或有爵邑封赏。特别值得一提的是苏则，他曾与曹植一起为汉室的消亡“发服悲哭”，后出征河湟有功，被加封为护羌校尉、赐爵关内侯，显见曹丕的胸襟与肚量。四是大兴儒学。黄初二年（公元 221 年），诏令鲁郡修缮孔子庙，封孔羡为宗圣侯、邑百户，调遣吏卒守护之，并在庙外广建屋宇以居学者，以弥补战乱之后“阙里不闻讲颂之声，四时不睹蒸尝之位”[②] 的

---

① 陈寿：《三国志·魏书·明帝纪》引《魏略》，中华书局 1959 年版，第 101 页。
② 陈寿：《三国志·魏书·文帝纪》，中华书局 1959 年版，第 77 页。

缺憾。黄初四年（公元 223 年）八月，在原来汉室乐舞的基础上制礼作乐，朝堂之上宗庙之中演奏起正世乐、迎灵乐、武颂乐、昭业乐、凤翔舞、灵应舞、武颂舞、大昭舞、大武舞，一派歌舞升平的景象。黄初五年（公元 224 年）四月，设立太学，制五经课试之法，置《春秋穀梁》博士，有弟子数百从师学业。同时，贬抑道家及其他巫祝，作《敕豫州禁吏民往老子亭祷祝》一文，公然宣称"老聃贤人，未宜先孔子。汉桓帝不师圣法，正以嬖臣而事老子，欲以求福，良足笑也"。这不仅将老子列于孔子之后，而且还将汉桓帝昏庸无能的原因归咎于信奉老子，可见其尊儒抑道之程度。又作《禁设非礼之祭诏》，明确说要将崇信巫史和"设非礼之祭"者视为旁门左道。五是著书立说。史载"帝好文学，以著述为务，自所勒成垂百篇。又使诸儒撰集经传"[1]。其中所提到的自撰的作品有《典论》和诸多的诗文，而《典论》首倡文学批评之风，并畅谈为学之勤奋，颇有学术与史料价值。至于他所作的诗文，更被后人称道。沈德潜《古诗源》说："子桓诗有文士气，便娟婉约，能移人情。"[2] 王世贞《艺苑卮言》说："自三代而后，人主文章之美，无过于汉武帝、魏文帝者。"[3] 诸儒在曹丕授意下撰集的有《皇览》，唐代司马贞在《史记·五帝本纪·索隐》里说："《皇览》，书名也。记先代冢墓之处，宜皇王之省览，故曰《皇览》，是魏人王象、缪袭等所撰也。"查史，知该书的撰集者除司马贞言及的两人外，还有桓范、刘劭、韦诞等人。全书四十余部，每部数十篇，通合八百余万字，而内容和司马贞所说大相径庭。或曰是"包括群言，区分义别"之书，或曰是"类事"之书，惜其亡佚，难知端详。六是三次征吴。曹丕执政之初，吴蜀交恶，孙权向曹丕俯首称臣，被封为大将军、吴王。至黄初三年（公元 222年）二月，孙权大破蜀军，受到曹丕手书《典论》及诗赋的相赠，遂雄心勃起，拒江复叛。十月，曹丕南征孙权，作《伐吴诏》。孙权顾及杨、越两地未平，上书表示悔改，遂息刀兵。黄初四年（公元

① 陈寿：《三国志·魏书·文帝纪》，中华书局 1959 年版，第 88 页。
② 沈德潜：《古诗源》，中华书局 1963 年版，第 107 页。
③ 罗仲鼎：《艺苑卮言校注》，齐鲁书社 1992 年版，第 365 页。

223 年）四月，蜀主刘备伐吴败北后驾崩永安宫，刘禅即位，诸葛亮辅政，重修吴蜀联盟。次年七月，曹丕再次起兵征吴。九月，因"吴据洪流，且多粮谷，魏虽武骑千队，无所用之"[①] 而班师还朝。黄初六年（公元 225 年）三月，曹丕再次征吴，十月"临江观兵，戎卒十余万，旌旗数百里"[②]，大有渡江之志，但因冰封江面无法行舟而回师北上。这三次征吴，均可谓徒劳无功，更可悲的是最后一次，还被吴将高寿率敢死之士冥夜偷袭，弃车惊驾，威风扫地。然而，毕竟以征伐显示了曹丕的灭吴之志。综观曹丕执政期间所做的六件大事，不难看出前人的评价有所偏颇。至于他不任命其弟曹植，那也是因为曹植是其地位的争夺者、政治的反对者、名誉的诋毁者。关于这一点，笔者曾在前面有过详细的评说，恕不赘述。

　　综上所述，可得出如下结论，曹丕在以魏代汉、执掌朝政等政治活动中显示了卓越的政治才华，起到了一位政治家特别是大政治家应该起到的作用。因此，可以置他是"昏君"还是"明君"的争论而不顾，并还其以历史的真实面目，即曹丕是因利乘便的一代帝王，所有的是是非非、抑扬褒贬、功过得失，铸就了属于他的一段生动的复杂的历史，这就是曹丕值得欣慰的业绩。

---

① 欧阳询等：《艺文类聚》，上海古籍出版社 1965 年版，第 243 页。
② 陈寿：《三国志·魏书·文帝纪》，中华书局 1959 年版，第 85 页。

第八章　气，文士气：曹丕的诗歌

　　气，东汉许慎《说文解字》曰："云气也。"之后引申为气体、气息、气味、气候、气色、气势、气质，甚至构成宇宙的物质等。而将"气"这个词引入文学批评并使之成为专门术语的是曹丕。他在《典论·论文》里说："文以气为主，气之清浊有体，不可力强而致。"但将"气"这个词运用得最多最灵活的是刘勰，他在《文心雕龙》里或用"气"指作家的气质与才气，或用"气"指作品的气派与气势，或用"气"泛指气象与气概，如《体性》曰："才有庸隽，气有刚柔"说的就是作家的气质，《风骨》曰："思不环周，索莫乏气"说的就是作品的气势。《物色》曰："天高气清，阴沉之志远。"说的就是自然气象。久而久之，曹丕等人首倡的以气评价作家或作品的方法便成为一种传统的文学批评的方法，即"文气说"。

　　持"文气说"者，自然要把曹丕纳入评论的范畴。钟惺在《古诗归》里说"文帝诗便婉娈细秀，有公子气，文士气"①。沈德潜在《古诗源》里说："子桓诗有文士气，一变乃父悲壮之习矣。"② 的确，曹丕的诗与其父曹操的诗有所不同，也和其弟曹植的诗有所差异。曹丕是诗人，曹操和曹植也是诗人，一门三杰中唯有曹丕的诗被冠之以"文士气"，这无疑是值得探讨的问题。

　　文士者，读书能文之士也。文，在《易·系辞下》里解释为"物相杂"，后引申为文字、文采、文章等。士，在《诗经·郑风·女曰鸡鸣·疏》里解释为"男子之大号"，后引申为读书人、官职、

---

① 钟惺、谭元春：《古诗归》，明·闵振业三色套印本，第 426 页。
② 沈德潜：《古诗源》，中华书局 1963 年版，第 107 页。

士卒等，而"文士气"自然指的是读书能文之士所具有的个性气质和他所写作品的气派与气势，具体到曹丕，他所作的诗歌有如下五方面的特征。

1. 多抒发温柔敦厚之情：曹丕的诗现存30余首，内容有思贤悼亡、出征述行、宴饮游乐、恨离伤别等，但无论何类，所抒之情都显得温柔敦厚。《秋胡行》原是汉代人有感于节妇投河之事而作的乐府旧题，主基调充满哀怨，而曹丕用之坦露思贤的情怀，于是使诗中颇多"有美一人，婉如清扬，知音识曲，善为乐方"般的赞美与爱慕之辞；又辅之以"朝与佳人期，日夕殊不来，佳肴不尝，旨酒停杯"等句，平添了几分企盼与焦虑。《燕歌行》亦是汉乐府旧题，主基调充满悲伤，而曹丕用之"代述闺中之意"①，无疑多了几分温馨的相思和爱而不见的遗憾。所谓"贱妾茕茕守空房，忧来思君不敢忘，不觉泪下沾衣裳"，字字是蕙心芳怀；所谓"耿耿伏枕不能眠，披衣出户步东西，展诗清歌聊自宽"，句句是柔情蜜意。《陌上桑》原为古乐府旧题，写一位名叫秦罗敷的美女在采桑之时机智地拒绝使君调戏的故事，全篇幽默诙谐，而曹丕用之为征行曲，诗言其"弃故乡，离室宅"，一路跋山涉水，行军不止，沿途有虎豹鸡禽为伴，有松柏蒿草为寝，作为军中主将，却抒发"惆怅窃自怜"之情，这就和曹操所作《苦寒行》之类的征行曲大相径庭，少的是豪迈与雄壮，多的是忧伤与痛惜。

2. 好采撷美善细微之物：曹丕善于写悲伤忧愁，而在引发或烘托这种情感时，往往目及笔写的是一些美善细微之物。《短歌行》写亡父的悲伤，他不去缅怀曹操生前东征西讨的赫赫功绩，而看到的是人去楼空后依旧高挂的帷幕和静置的几筵，想到的是旷野上呦呦相唤的鹿麛和长空中携子归巢的飞鸟，并由此引发"我独孤茕，怀此百离，忧心孔疚，莫我能知"的绵绵哀愁。《大墙上蒿行》写思贤的饥渴，他不用建功立业和知人善任等招贤纳士，而只以乘坚车、策肥马、佩宝剑、戴高冠、着华服、恣情宴饮游乐、尽兴观舞赏乐等来延

①　黄节：《魏武帝·魏文帝诗注·燕歌行》，人民文学出版社1958年版，第49—50页。

揽人才，并由此引发"为乐常苦迟，岁月忽若飞"的种种抑郁。《于清河见挽船士新婚与妻别》里冷风中的秋草和枯枝上的寒蝉，衬托得离别场景无比凄凉。《燕歌行》里草木上的霜露和长空中的归雁，衬托得闺中思妇十分凄伤。其他如《秋胡行》里的兰英、桂枝、明珠、浮萍、芙蓉，《善哉行》里的霜露、野雉、猴猿、离鸟、游鱼，或用之叙写求贤的渴望，或用之吐露忧生的嗟叹，情随物发，物随情迁，使其诗达到了陈祚明在《采菽堂古诗选》里所说的"如西子捧心，俛首不言，而廻眸动盼，无非可怜之绪"①的艺术境界。

3. 常熔铸悲凄伤感之句：曹丕的诗除却《黎阳作》三首，难得有曹操和曹植般慷慨刚健之辞，而多的是悲凄伤感之句。悼念亡故的父王，他挥泪疼哭"我独孤茕，怀此百离。忧心孔疚，莫我能知"②。感伤夫妻的离别，他望远长叹"别日何易会日难，山川悠远路漫漫，郁陶思君未敢言"③。想到人生的短暂，他仰面疾呼"高山有崖，林木有枝。忧来无方，人莫之知。人生如寄，多忧何为。今我不乐，岁月如驰"④。欣赏美妙的音乐，他拊心自责"乐极哀情来，廖亮摧肝心。清角岂不妙，德薄所不任"⑤。领悟世情的险恶，他掩面訾嗟："雉雏山鸡鸣，虎啸谷风起。号罴当我道，狂顾动牙齿"⑥。追述征途的艰辛，他俯首低吟："寝嵩草，荫松柏，涕泣雨面沾枕席。伴旅单，稍稍日零落，惆怅窃自怜"⑦。这些诗句，美则美矣，然借此成为曹丕诗歌的主要内容或主要情调，未免显得"乏帝王之度"⑧，既不像曹操的诗气韵沉雄，又不像曹植的诗情兼雅怨，倒像位多愁善感的文士。

4. 爱选择音轻调弱之韵：汉末魏初，写诗用韵虽无格律可循，

① 陈祚明：《采菽堂古诗选》，上海古籍出版社 2008 版，第 141 页。
② 丁福保：《全汉三国魏晋南北朝诗·短歌行》，中华书局 1959 年版，第 125 页。
③ 丁福保：《全汉三国魏晋南北朝诗·燕歌行》，中华书局 1959 年版，第 128 页。
④ 丁福保：《全汉三国魏晋南北朝诗·善哉行》，中华书局 1959 年版，第 126 页。
⑤ 丁福保：《全汉三国魏晋南北朝诗·善哉行》，中华书局 1959 年版，第 128 页。
⑥ 丁福保：《全汉三国魏晋南北朝诗·十五》，中华书局 1959 年版，第 127 页。
⑦ 丁福保：《全汉三国魏晋南北朝诗·陌上桑》，中华书局 1959 年版，第 129 页。
⑧ 河北师范学院中文系文典文学教研组：《三曹资料汇编》引陈岩肖《庚溪诗话》，中华书局 1980 年版，第55 页。

但调声协律的方法自《诗》、《骚》以来就广为运用，故刘勰《文心雕龙·声律》曰："凡声有飞沉，沉则响发而断，飞则声扬不还"①，就是说声调有所谓清飞和沉浊两种，沉浊发出的音响低回，清飞发出的音响高昂，而曹丕的诗一般都采用沉浊的声调来押韵，如《短歌行》中的第六解："长吟永叹，怀我圣考。曰仁者寿，胡不是保"，其中的韵脚是"考、保"二字，读起来既轻又弱，这种用韵自然和该诗是悼亡诗有关。又如《善哉行》中的第二解："野雉群雊，猿猴相追。还望故乡，郁何垒垒"，其中的韵脚是"追、垒"二字，读起来既短又促，采用该韵亦和描绘征途的艰难有关。其余如《丹霞蔽日行》中作韵的"翩、间、繁、言"，《折杨柳行》中作韵的"识、言、观"，《艳歌何尝行》中作韵的"牛、裘、游、留"，无不读之气短声轻，颇费斟酌。故钟惺《古诗归》云："其口角低回，心情温悴，有含辞未吐，气若芳兰之意。"②

5. 善运用委婉含蓄之法：曹操和曹植的诗善于直抒胸臆，所以得到了钟嵘《诗品》"曹公古直"③ 和陈寿《三国志·魏书·任城陈萧王传》"不能克让边防"④ 的褒贬，而曹丕的诗善于运用委婉含蓄之法，如《秋胡行》以"尧让舜禹"来比况汉魏易祚，虽受到朱嘉徵《乐府广序》"避征诛之实，而居禅让之名"⑤ 的指责，但毕竟将以魏代汉之举粉饰得名正言顺。又如《煌煌京洛行》借咏韩信、张良、苏秦、陈轸、吴起、郭隗、鲁仲连等古人或贤或愚、或荣或辱之事，寓治国安邦需辨明忠奸之意，虽受到朱乾《乐府正义》"魏文饰篡汉，托为黍离之作"⑥ 的指斥，但毕竟将为帝之后的政见表露无遗。其余如《秋胡行》、《善哉行》、《折杨柳行》、《钓竿行》等，或以思念美女表达渴求贤士之意，或以畅想尘外表达仙界虚幻之说，或

---

① 郭晋稀：《文心雕龙注译·声律》，甘肃人民出版社1982年版，第419页。
② 钟惺、谭元春：《古诗归》，明·闵振业三色套印本，第427页。
③ 郭绍虞：《诗品注》，人民文学出版社1980年版，第56页。
④ 陈寿：《三国志·魏书·任城陈萧王传》，中华书局1959年版，第577页。
⑤ 黄节：《魏武帝·魏文帝诗注》引朱嘉徵《乐府广序》，人民文学出版社1958年版，第34页。
⑥ 河北师范学院中文系古典文学教研组：《三曹资料汇编》引朱乾《乐府正义》，中华书局1980年版，第86页。

以夸张垂钓表达得贤甚难之感，至于所运用的诸多比兴，那更使诗情扑朔迷离，风雅蕴藉，故陈祚明《采菽堂古诗选》曰："子桓诗笔姿轻俊，能转能藏，是其所优。"①

上述五点，可谓是曹丕诗歌具有"文士气"的集中体现，而形成这个特征的原因，乃在于他所具有的个性气质，以及他对前代诗歌的继承发展，抑或是建安至黄初这两个时代诗风的变迁。

在中国历史上，曹丕是位扮演帝王和文士双重角色的特殊人物，就其个性气质而言，首先是久经历练，善于权变。他生于汉灵帝中平四年（公元187年），自幼经历了汉末的战乱，被封为五官中郎将、丞相副之前，曾跟随曹操攻张绣、击袁绍、征刘表，并奉命留守邺城，独当一面。丰富的阅历和特殊的际遇，逐渐形成了他善于审时度势和随机应变的个性特征，而这一个性格特征在建安十六年（公元211年）到建安二十二年（公元217年）手足争位的过程中表现得尤为突出。他面对父王曹操对曹植"特见宠爱"②并"欲立之为嗣"③的不利局面，一方面不断增强自己的政治实力，逐渐集聚起贾诩、崔琰、毛玠、邢颙、吴质等一班重臣，并利用他们在曹操左右进言，或曰"五官将仁孝聪明，宜承正统"④，或曰"袁绍以嫡庶不分，覆宗灭国"⑤。这些赞美与提醒，自然会引起曹操的重视和警觉，进而更为慎重地对待立嫡之事。另一方面，他巧妙地运用贾诩所献"恢崇德度，躬素士之业，朝夕孜孜，不违子道"⑥的自固之术，于建安十七年（公元212年）和建安二十一年（公元216年）先后两次随父南征孙权，并在建安十六年（公元211年）父王西征马超而自己留守邺城期间遣将戡平了田银和苏伯的反叛。这些事件中所显示的"仁孝"及才能，辅之以《感离赋》、《寡妇赋》、《又与吴质书》等作品所表露的亲情友情及文学修养，甚至每逢父王出征所采取的"泣而拜"

---

① 陈祚明：《采菽堂古诗选》，上海古籍出版社2008年版，第136页。
② 陈寿：《三国志·魏书·任城陈萧王传》，中华书局1959年版，第557页。
③ 陈寿：《三国志·魏书·任城陈萧王传》注引《魏略》，中华书局1959年版，第562页。
④ 陈寿：《三国志·魏书·崔毛何徐邢鲍司马传》，中华书局1959年版，第369页。
⑤ 陈寿：《三国志·魏书·崔毛何徐邢鲍司马传》，中华书局1959年版，第375页。
⑥ 陈寿：《三国志·魏书·荀彧荀攸贾诩传》，中华书局1959年版，第331页。

的举动和平日里所营造的"宫人左右，并为之说"①的人际关系，最终让他戴上了魏国太子的冠冕。其次是文武兼备，以文见长。曹丕曾在《典论·自叙》里说："上以四方扰乱，教余学射，六岁而知射"，他自诩的武功，仅在射猎中有所验证，如建安十年（公元205年）与族兄曹丹射猎于邺西，获獐鹿九头，雉兔三十只。至于随父王攻张绣、击袁绍、伐刘表、征孙权，因贵为子嗣和储君，只能运筹帷幄，不可临阵厮杀。为帝之后，虽有过三次伐吴，但均无功而返，难见疆场雄风。曹丕突出的才能在文学方面，一是他创作了许多诗文，并有《典论》彪炳于世。二是他为邺下文人集团的核心，曾有过和诸多文人"行则同舆，止则接席，何尝须臾相失。每至觞酌流行，丝竹并奏，酒酣耳热，仰而赋诗"②的盛况。三是他亲自编辑徐干、陈琳、应玚、刘桢的文集，并诏令诸儒撰集《皇览》。这些业绩，无疑显示了他在《典论·自叙》中所说的"少诵诗论，及长而备历五经四部。《史》、《汉》诸子百家之言，靡不毕览"的文化底蕴，以及陈寿在《三国志·魏书·文帝纪》里所称道的"天资文藻，下笔成章，博闻强识，才艺兼该"③的文学才能。再次是宽猛相济、恩威并施。在曹丕为帝的七年期间，曾先后封赏过贾诩、华歆、张既、苏则等臣子，受封赏者或是施政的股肱，或是戡乱的英雄，也杀戮过丁仪、孔桂、杨俊、鲍勋等官员，被杀戮者或是积怨的政敌，或是贪婪的污吏。曾先后颁布过《议轻刑诏》和《取士勿限年诏》，以示其施仁纳贤之心；也颁布过《百官不得干预郡县诏》和《禁妇人与政诏》，以示其整肃朝纲之意。曾派遣使者开仓赈济冀州等地的饥民，以示其关爱百姓；也遣将击破河西等地的反叛者并斩首万计，以示其龙威大怒。特别是在对待曹植的问题上，他一方面怀恨施虐，或诛杀其羽翼，或诏令其辗转迁徙于临淄、鄄城、雍邱等地，过着"连遇瘠土，衣食不

---

①　陈寿：《三国志·魏书·任城陈萧王传》，中华书局1959年版，第557页。

②　严可均：《全上古三代秦汉三国六朝文》录曹丕《又与吴质书》，中华书局1959年版，第1089页。

③　陈寿：《三国志·魏书·文帝纪》，中华书局1959年版，第89页。

继"①的生活。甚至纠缠其"醉酒悖慢,劫胁使者"②之类的过失,连续三次交付朝廷追究,险些处以"大辟"。另一方面他略施恩惠,张扬亲情。如在解释对曹植不予严惩而改封为安乡侯时说:"植,朕之同母弟,朕于天下无所不容,而况植乎"③。又如黄初三年(公元222年),他将曹植加封为鄄城王,并加封曹植的两个儿子为乡公。再如黄初六年(公元225年),他趁东征之机,移驾雍邱,并给雍邱王曹植"增户五百"④。这种暴虐与宽容交叉使用的现象,可谓是曹丕具有帝王和文士的双重性格所致。最后是尊奉儒学,排斥异端。他在黄初二年(公元221年)五月,诏令鲁郡修缮孔子庙,并在庙外广建屋宇以居学者。又在黄初四年(公元223年)八月,依据汉室乐舞制礼作乐。还在黄初五年(公元224年)四月,设立太学,制五经课试之法,置《春秋穀梁》博士,有弟子数百从师学业。其间,作《敕豫州禁吏民往老子亭祷祝》和《禁设非礼之祭诏》,贬抑道家与其他巫祝,以示其将儒学视作治国的根本,欲回归汉武时代天下一统之意愿。曹丕的这些个性气质,折射到创作实践,就使他的诗歌具有以上所说的五点特征,但概而言之,他的诗歌是和他"生于中平之季,长于戎旅之间"并经历过骨肉相争、以魏代汉等事件紧密关联,特别是在一系列复杂的政治活动中,他要克敌制胜,最佳的策略莫过于韬光养晦,显示仁孝,故写诗亦要遵循"温柔敦厚"的儒家诗教,才能获得美刺兼善、不惹祸端的成效。

曹丕的诗还继承和发展了李陵的风格,故钟嵘《诗品》说:"魏文帝,其源出于李陵。"⑤ 吴淇《六朝选诗定论》说:"文帝诗源于李陵。"⑥ 李陵的诗世不多见,唯《文选》所录《与苏武》三首,且颇多质疑。其诗歌的形式为五言,内容是恨离伤别,显得自然质朴,委曲含蓄。若将李陵的《嘉会难再遇》和曹丕的《朝游高台观》等诗

① 赵幼文:《曹植集校注·迁都赋序》,人民文学出版社1984年版,第392页。
② 陈寿:《三国志·魏书·任城陈萧王传》,中华书局1959年版,第561页。
③ 严可均:《全上古三代秦汉三国六朝文》录曹丕《改封曹植为安乡侯诏》,中华书局1959年版,第1078页。
④ 陈寿:《三国志·魏书·任城陈萧王传》,中华书局1959年版,第565页。
⑤ 郭绍虞著:《诗品注》,人民文学出版社1980年版,第31页。
⑥ 吴淇著,汪俊、黄敬德点校,《六朝选诗定论》,广陵书社2009年版,第103页。

放在一起，的确难辨伯仲，难分优劣。但曹丕的诗兼善四言、五言、七言、杂言，凡思贤、述行、游宴、怀古等均可入诗，更善于写离愁别绪，较之李陵诗内容更为广泛，形式更为多样，这无疑是曹丕在继承前代诗歌特别是李陵诗歌基础上的发展。另外，曹丕的诗还受到了建安至黄初两个时代诗风变迁的影响，吴淇《六朝选诗定论》曰："建安之体，如锦绣黼黻，而黄初之体，一味清老"。[1] 就是说建安时期的诗歌内容丰富、文采飞扬，犹如精心纺织和制作的锦绣与礼服，而黄初时期的诗歌内容贫乏、崇尚清谈，好像道家在论道说法，究其原因，是建安时期的主要作家如王粲、刘桢、应玚、徐干等到黄初凋丧已尽，而曹植亦不复慷慨并颇多忧生之嗟了。加之曹丕的身份和地位发生了变化，再也不可能领略"酒酣耳热，仰而赋诗"[2] 以及随父征战的豪迈生活，故其在黄初年间所作的诗，如《短歌行》、《令诗》、《秋胡行》、《至广陵于马上作》、《饮马长城窟行》等，多的是政治意蕴，少的是生活感受，阅之深感吴淇说之中肯。

---

① 吴淇著，汪俊、黄敬德点校：《六朝选诗定论》，广陵书社 2009 年版，第 104 页。
② 严可均：《全上古三代秦汉三国六朝文》录曹丕《又与吴质书》，中华书局 1959 年版，第 1089 页。

第九章　曹丕《典论·论文》穷原竟委

　　建安二十二年（公元 217 年），曹丕殚精竭虑地完成了他文学事业中的一件大事，即"论撰所著《典论》、诗、赋，盖百余篇"①。当时，至少有两位文人对其所著极为推崇，卞兰在《赞述太子赋》里说："窃见所作《典论》及诸赋颂，逸句烂然，沈思泉涌，华藻云浮，听之忘味，奉读无倦。"吴质在《答魏太子笺》里说："发言抗论，穷理尽微，摛藻下笔，鸾龙之文奋矣。"而曹丕也对其所著颇为自得。一方面，他招集诸儒于肃城门内，宣讲大义，侃侃而谈，不知疲倦；另一方面，著《典论》及诗赋与孙权之类的事，极力地张扬，甚至炫耀到了敌方。奇怪的是：《论文》作为《典论》一书中最重要的篇章，其中屡屡提及的建安七子却憷然无声，一言未发。究其原因，孔融已于建安十三年（公元 208 年）被杀，王粲已于建安二十二年（公元 217 年）春天"道病卒"②，而徐干、陈琳、应玚、刘桢"一时俱逝"③，至于多病的阮瑀，也早在建安十七年（公元 212 年）亡故了。如此，曹丕的《典论·论文》无疑成为建安七子的盖棺定论之作。

---

　　① 严可均：《全上古三代秦汉三国六朝文》录曹丕《与王朗书》，中华书局 1959 年版，第 1090 页。

　　② 陈寿：《三国志·魏书·王卫二刘傅传》，中华书局 1959 年版，第 599 页。

　　③ 严可均：《全上古三代秦汉三国六朝文》录曹丕《又与吴质书》，中华书局 1959 年版，第 1089 页。

一　字里行间所彰显的悼亡之意

为建安七子盖棺定论，曹丕是最具有权威性的。因为那时的曹丕已被曹操立为太子，其地位无人可比；加之，建安七子中除孔融情况特殊外，其余六子和他交往甚密。所谓"昔日游处，行则连舆，止则接席，何曾须臾相失，每至觞酌流行，丝竹并奏，酒酣耳热，仰而赋诗"①，就是这种关系的真实写照。何况，建安七子这个专有名称，还是从曹丕《典论·论文》"斯七子者，于学无所遗，于辞无所假"那句话里得来的呢。

曹丕的《典论·论文》为建安七子盖棺定论，首先多的是伤逝之言。如"古人贱尺璧而重寸阴，惧乎时之过已。而人多不强力；贫贱则慑于饥寒，富贵则流于逸乐，遂营目前之务，而遗千载之功，日月逝于上，体貌衰于下，忽然与万物迁化，斯志士之大痛也。融等已逝，唯干著论，成一家之言"。这段文字说明曹丕对建安七子的死有着深深的伤感与遗憾。伤感的是：这七位建安时期著名的文人，虽说有着"人人自谓握灵蛇之珠，家家自谓抱荆山之玉"的共同点，但毕竟身世不同，性格各异，归附曹氏集团的途径特别是之后际遇也大相径庭。孔融年辈最长，是孔子二十世孙，历任北海相、少府、大中大夫等职，可称为曹操在汉室的同僚，其性格"宽容少忌"②，屡次嘲讽曹操，终被其所杀。王粲为汉室三公之后，为避董卓之乱南下依附刘表，在荆州不被重用达 15 年之久，后迁军谋祭酒，位至魏国侍中，以"博物多识"③ 著称于世，为归附后仕途最顺利者。刘桢是东汉末年文学家刘曼山之子，曾任丞相掾属等职，据说他有着"真骨凌霜，高风跨俗"④ 的思想志节，也因平视甄夫人以"不敬被刑"，刑满后做了个小小的署吏。徐干是北海（今山东寿光县）人，其祖不

---

① 严可均：《全上古三代秦汉三国六朝文》录曹丕《又与吴质书》，中华书局 1959 年版，第 1089 页。
② 王先谦：《后汉书集解·郑孔荀传》，中华书局 1984 年版，第 799 页。
③ 陈寿：《三国志·魏书·王卫二刘傅传》，中华书局 1959 年版，第 598 页。
④ 郭绍虞：《诗品注》，人民文学出版社 1980 年版，第 21 页。

显，自己也无意为官，总在司空军谋祭酒掾属、五官中郎将文学的位置上"怀文抱质，恬淡寡欲，有箕山之志"①，最终还以有病为借口，推辞掉了上艾长的职务。其他两位是陈琳和阮瑀，都以擅长写章表书记著称于世，故曹丕在《典论·论文》里说："陈琳、阮瑀之章表书记，今之隽也。"陈琳初为何进主簿，后依袁绍任记室之职，又归曹操任司空军谋祭酒，管记室，草拟书檄公文。阮瑀少受学于蔡邕，隐居深山，被曹操用一把火焚山得之，亦任司空军谋祭酒。最后一位是应玚，他是汉儒应劭的侄子，生平颇有"飘薄之叹"，并"常斐然有述作之意"②，曾任丞相掾属、平原侯庶子、五官中郎将文学等职。这七位建安时期著名的文人有着如此之多的差异，特别是孔融，论辈分，论年龄，论出任的时间和官职，均和其余六子有着天壤之别，却为何要被曹丕硬凑在一起，称为建安七子呢？其原因只能是"融等已逝"，即他们相继而亡，至曹丕写《典论·论文》时无一幸存，这使曹丕十分的伤感，所以一并拿来进行悼念了。遗憾的是：建安七子虽说有着"张蔡不过"③和"杨班俦也"④的卓越才华；而且他们在归附曹操之前已声名大显。但是，只有徐干留下了所著《中论》，完成了不朽的伟业。其余，均忙着"遂营目前之务"，未能追求"千载之功"，瞬息间与万物·并迁化了，故曹丕在《典论·论文》里曰："斯志士之大痛也。"其痛伤之情，是溢于言表的。

　　曹丕的《典论·论文》为建安七子盖棺定论，多的是品评之语。全文有八个自然段，596 字。其中两个自然段，210 字直接评价建安七子，若除去"盖君子审己以度人，故能免于斯累，乃作论文"这句插入段中而发的感慨，则还有 192 字直接评价建安七子。曹丕品评建安七子的方法，首先是总括他们的才华和缺陷。就才华而言，他们

---

① 严可均：《全上古三代秦汉三国六朝文》录曹丕《又与吴质书》，中华书局 1959 年版，第 1089 页。

② 严可均：《全上古三代秦汉三国六朝文》录曹丕《又与吴质书》，中华书局 1959 年版，第 1089 页。

③ 严可均：《全上古三代秦汉三国六朝文》录曹丕《典论·论文》，中华书局 1959 年版，第 1097 页。

④ 严可均：《全上古三代秦汉三国六朝文》录曹丕《典论·论文》，中华书局 1959 年版，第 1097 页。

都是"于学无所遗,于辞无所假,咸以自骋骐骥于千里,仰齐足而并驰"的人物,即他们都无所不学,都能自创新辞,都驰骋于文学之途并难分前后。就缺陷而言,他们都为自己所取得的成就而自豪,"人人自谓握灵蛇之珠,家家自谓抱荆山之玉"①,故"以此相服,亦良难矣"。关于建安七子之间相互不服的事例倒不多见,而多见的是他们的自命不凡。如孔融在《杂诗·岩钟山首》中就表现了"欲匡国步,无忝家声"的思想志节;王粲在《七哀诗》中就倾吐了"辅君匡济,乱世思治"的博大情怀;刘桢在《赠从弟》中亦显露了"真骨凌霜,高风跨俗"的个性特征。而他们之间的诗酒唱和,从某种程度看,既有着切磋技艺也有着恃才逞能的成分存在。最著名的一例是陈琳自诩所作的赋被曹植在《与杨德祖书》里嘲讽道:"以孔璋之才,不闲于辞赋,而多自谓能与司马长卿同风,譬画虎不成反为狗也。"这话固然有点刻薄,却也从一个侧面反映出建安七子中时而出现的自鸣得意。曹丕品评建安七子的第二个方法是分别指出他们创作的特点和短长。言长的有王粲"长于辞赋",陈琳和阮瑀"章表书记,今之隽也",徐干的赋"虽张、蔡不过也"。道短的有孔融"不能持论,理不胜辞",徐干"然于他文,未能称是"。讲特点的有"应玚和而不壮,刘桢壮而不密",徐干"时有齐气","孔融体气高妙"。这些评价是建安七子的一位同时代人特别是一位同时代的帝王兼文士的人物在他们辞世后不久所作出的,仅此一点,就能使这些观点流传千载,影响百代。

曹丕的《典论·论文》为建安七子盖棺定论,最后多的是矫枉之辞。其矫枉有三:一是指斥"文人相轻"之陋习;二是纠正"贵远贱近,向声背实,又患闇于自见,谓己为贤"之弊端;三是确立文学的地位与价值。而在这三点中,最起码有两点是明确针对建安七子的。如第一点,曹丕开篇直言"文人相轻,自古而然",接着高度评价了建安七子所具有的卓越才华和所取得的文学成就,然后说"以此相服,亦良难矣",即要让他们之间相互服气,是一件极难做到的事。

---

① 赵幼文:《曹植集校注》录曹植《与杨德祖书》,人民文学出版社1984年版,第153页。

至于他们之间是否有过曹丕所说的班固轻视傅毅之类的情况，很难断言，但那种自命不凡却是实实在在地存在着。再如第三点，建安七子大多是政治理想极高的人，孔融身处乱世，既叹息自己像吕望般迟暮不遇，又鄙视袁绍等人似管仲般争霸中原，曾发出过"幸托不肖躯，且当猛虎步"① 这样的豪言壮语。王粲随军从征东吴，曾表露过"将秉先登羽，岂敢听金声"② 这样的报国之志。陈琳与友人结伴出游，曾叙写过"庶几及君在，立德垂功名"③ 这样的不朽之愿。因此，他们都想着及时地建功立业，似乎都将文学视作了曹植般"未足以揄扬大义，彰示来世"④ 的无用之物，而对曹氏父子只将他们当作文学侍从有些怨恨和不满，故曹丕要高呼："盖文章，经国之大业，不朽之盛事。"其目的显然是要文人们汲取建安七子生前"遂营目前之务，而遗千载之功"的教训，给文学以事功并立的地位和价值，从而引起高度的重视。

在曹丕看来，建安七子独领风骚的时代在他撰写《典论·论文》时已不复存在，不管是出自友情还是出自怀念，他都要为建安七子做一些有益之事，故他在《又与吴质书》里说："何图数年之间，零落略尽，言之伤心。顷撰其遗文，都为一集"，事实也证明他在建安二十三年（公元218年）编写完成了徐干、陈琳、应玚、刘桢等人的文集，作为魏国太子的曹丕真可谓实属不易；加之《典论·论文》的问世，曹丕对建安七子应该说是知之甚多，爱之极深，最有资格来为他们盖棺定论了。

二　价值取向所引发的写作动机

建安七子生前都是些才华横溢和志向远大的人物，他们先后投奔

---

① 俞绍初：《建安七子集》录孔融《杂诗》，中华书局1989年版，第2页。
② 俞绍初：《王粲·从军诗其二》，中华书局1980年版，第9页。
③ 丁福保：《全汉三国晋南北朝诗》录陈琳《游览诗》其二，中华书局1959年版，第183页。
④ 赵幼文：《曹植集校注》录曹植《与杨德祖书》，人民文学出版社1984年版，第154页。

曹操的原因是自以为遇到了明主，正如王粲所言："（曹操）使海内回心，望风而愿治；文武并用，英雄毕力，此三王之举也"①。无疑，在他们心目中，曹操是位古代圣君般的英雄，处其麾下，便能尽情施展才华，寻求到建功立业的机会；加之，他们又和曹氏兄弟建立起了"昔日游处，行则连舆，止则接席，何曾须臾相失"的深厚友谊，擢拔升迁，委以重任，想必是指日可待。于是，他们壮志凌云，豪气冲天，写下了许多慷慨言志的诗句。王粲在《从军诗》里疾呼："窃慕负鼎翁，愿厉朽钝姿"，"惧无一夫用，报我素餐诚"。陈琳在《游览》诗里感叹："建功不及时，钟鼎何所铭"，"庶几及君在，立德垂功名"。刘桢在《赠从弟》里婉言："采之荐宗庙，可以羞嘉客"，"岂不常勤苦，羞与黄雀群"。阮瑀在《咏史诗》里讽今："忠臣不违命，随躯就死亡"，"谁谓此何处，恩义不可忘"。然而，直言也好，婉言也罢，建安七子或效命疆场或立功朝堂的志向似乎都化为了泡影，他们始终被当作了文学侍从。陈琳只做了个门下督，阮瑀只做了仓曹掾，他们同管记室，草拟军国书檄，实际相当于属官而已。徐干、刘桢、应场分别担任平原侯庶子和五官将文学，其地位在家丞之下。职务最高的当属王粲，他从建安十三年（公元208年）劝说刘琮降曹起任军谋祭酒，建安十八年（公元213年）迁魏国侍中，虽说做过一些"旧仪废弛，兴造制度"②之类的事，但也未见重用。据陈寿《三国志·魏书·和常杨杜赵裴传》中《杜虎传》载："魏国既建，为侍中，与王粲、和洽并用。粲强识博闻，故太祖游观出入，多得骖乘，至其见敬，不及洽、袭。袭尝独见，至于夜半。粲性躁竞，起坐曰：'不知公对杜袭道何等也？'洽笑答曰：'天下事岂有尽邪？卿昼侍可矣，悒悒于此，欲兼之乎！'后袭领丞相长史，随太祖到汉中讨张鲁。"③ 从中不难看出，王粲只是个陪曹操四处游观的人物，至于军国大事，那是轮不到他夜半长谈的。这样下去，这些个被曹操"设天网以该之，顿八纮以掩之"④ 而得到的人物，就只能整日地舞文弄

---

① 陈寿：《三国志·魏书·王卫二刘傅传》，中华书局1959年版，第598页。
② 陈寿：《三国志·魏书·王卫二刘傅传》，中华书局1959年版，第598页。
③ 陈寿：《三国志·魏书·和常杨杜赵裴传》，中华书局1959年版，第666页。
④ 赵幼文：《曹植集校注·与杨德祖书》，人民文学出版社1984年版，第153页。

墨，甚至陪伴曹氏兄弟去斗鸡走马和游览宴饮了，故《公宴》、《游览》、《斗鸡》之类的同题诗何其多也。

本以为投奔曹操后就能"假高衢而骋力"①的王粲，任军谋祭酒期间，整天抑郁苦闷，并写诗给曹植以倾诉心中不快。曹植作《赠王粲》一诗劝勉道："重阴润万物，何惧泽不周"，意思是说我的父亲曹操是会关照你的。徐干官职卑微，虽说他"恬淡寡欲，有箕山之志"②，但也曾为此郁郁寡欢，故曹植作《赠徐干》诗为其释怀道："亮怀玙璠美，积久德愈宣"，意思是说你有美玉般的品格，困厄越久越显得卓越。多病的阮瑀遗憾壮志难酬，多抒发"丁年难再遇，富贵不重来"③和"常恐时岁尽，魂魄忽高飞"④的悲哀。才学足以著书的应玚就连在斗鸡场欢乐的氛围里也忘不了吐露"戚戚怀不乐，无以释劳勤"⑤的伤感；在随军出征途中，更多些"临河累太息，五内怀伤忧"⑥的哀怨。刘桢因平视甄夫人被贬为北寺署吏，整天操刀弄笔，心情是何等的沮丧和烦乱，才会写出"职事相填委，文墨纷消散。驰翰未暇食，曰昃不知晏。沉迷簿领书，回回自昏乱"⑦这种悲愤的诗句。而徐干也深受刘桢遭遇和情绪的感染，在《答刘公干诗》中言道："我思一何笃，其愁如三春。"是愁与刘桢的久别乎？其他不得而知。陈琳在和曹丕等人一起游山玩水时还会发出"惆怅忘旋反，歔欷涕沾襟"⑧的痛伤之音，这无疑是在愁前途多忧，命运多舛。至于官至少府而声望极高的孔融，其实早就因屡次嘲讽曹操与之积下了仇怨，更不可能得到重用，故其在身陷囹圄将被处死之时，写了首《临终诗》。诗曰："谗邪害公正，浮云翳白日"；又曰："生存多所虑，长寝万事休"，表面看是些开脱与豁达之辞，实质上寄寓意

---

① 俞绍初：《建安七子集》录王粲《登楼赋》，中华书局1989年版，第104页。
② 严可均：《全上古三代秦汉三国六朝文》录曹丕《又与吴质书》，中华书局1958年版，第1089页。
③ 俞绍初：《建安七子集》录阮瑀《七哀诗》，中华书局1989年版，第160页。
④ 俞绍初：《建安七子集》录阮瑀《失题诗》，中华书局1989年版，第162页。
⑤ 俞绍初：《建安七子集》录应玚《斗鸡诗》，中华书局1989年版，第173页。
⑥ 俞绍初：《建安七子集》录应玚《别诗》，中华书局1989年版，第173页。
⑦ 俞绍初：《建安七子集》录刘桢《杂诗》，中华书局1989年版，第193页。
⑧ 丁福保：《全汉三国晋南北朝诗》录陈琳《游览》其一，中华书局1959年版，第182页。

着无奈与恼恨，抒情达意，可谓妙哉！

那么，这些个既有着卓越才华又有着远大志向，甚至和曹氏兄弟关系密切的人物，为何会久久不被重用呢？吴质在《答魏太子笺》里道出了其中原因。其文曰："陈、徐、刘、应……凡此数子，于雍容侍从，实其人也；若乃边境有虞，群下鼎沸，军书辐至，羽檄交驰，于彼诸贤，非其任也。"① 在旁人看来，他们只能胜任文学侍从之职，而胜任不了军国大事的重任，于是，也就不会被曹操擢拔任用了。他们的才华在文学方面，他们的志向却在政治方面，这才华和志向的矛盾，恰好是古往今来人生悲剧的起因，故此，建安七子也只好在郁郁寡欢中度过自己的一生。而最为致命的是：他们的志向和曹丕的政治需求也产生了矛盾。《典论·论文》里公然宣称"盖文章，经国之大业，不朽之盛事"②，并且将"寄身于翰墨，见意于篇籍"③ 的人视作"志士"，认为这种人能够与幽而演《周易》，显而制礼仪的周文王和周公旦一样"遗千载之功"。面对建安七子所作诗文里抒发的豪情壮志和抑郁苦闷，这怎能不让曹丕感到他们的价值取向发生了偏差与失误，他们的情绪充满了不满与烦躁。须知，此时的邺城或曰曹氏集团，最需要的是维护声誉利于安定的文人和舆论，因为在建安二十二年（公元217年）曹丕立为魏国太子的前后，内有曹植及其羽翼的夺嫡之争，外有吴蜀两国的军事抗衡，加之其父曹操于建安二十一年（公元216年）年五月刚刚晋爵为魏王，尚有毛玠等人的误解与诽谤（事见《三国志·和洽传》，又见曹操《与和洽辩毛玠谤毁令》），在这种情况下，若不消除建安七子所遗留的不良影响，势必会造成邺城或口曹氏集团内部的混乱乃至统一大业的艰难与延误。而消除不良影响的最佳方法，就是针对他们生前有所偏差失误的价值取向以及由此而生的不满情绪，重新确立文学所具有的崇高地位和价

---

① 严可均：《全上古三代秦汉三国六朝文》录吴质《答魏太子笺》，中华书局1958年版，第1221页。

② 严可均：《全上古三代秦汉三国六朝文》录曹丕《典论·论文》，中华书局1958年版，第1098页。

③ 严可均：《全上古三代秦汉三国六朝文》录曹丕《典论·论文》，中华书局1958年版，第1098页。

值，让诸多的文人静下心来，潜心于文学事业，为曹氏集团的伟业多做些"不朽之盛事"了。这便是曹丕撰写《典论·论文》的真正动机！

三　夺嫡余绪所需要的正本清源

曹丕被确立为魏国太子之时，建安七子先后辞世。然而，形同建安七子者大有人在，如丁仪、丁廙、杨修、邯郸淳。特别是那位与之争夺嫡位的胞弟曹植，除了有一批文人不离左右外，还有杨俊、荀恽、孔桂等一些官员奔走前后，其羽翼之多势力之大不得不防。更令人担心的是，曹植和这些人都持有建安七子共同的志向，甚至于更急于建功立业，而因壮志难酬表现出更为强烈的抑郁苦闷。

不可否认，曹植夺嫡的过程实质上是一个极力想实现政治理想或者说极力想实现人生最大价值的过程。他"生乎乱，长乎军"①，又多次随父出征，具有较多的军事阅历。自诩文能辅佐君主治理天下，肯定会"上同契于稷、卨，降合颖于伊、望"②；武能领兵横扫吴蜀，轻而易举地"虏其雄率，歼其丑类"③。他一生的追求，是"戮力上国，流惠下民，建永世之业，流金石之功"④，于是，作《白马篇》、《薤露篇》等诗，来不断地抒发"捐躯赴国难，视死忽如归"和"愿得展功勤，输力于明君"的雄心壮志。即使是在身处逆境的情况下，他也不愿泯灭"辅君匡济，策功垂名"⑤的政治理想，还要在《杂诗·仆夫早严驾》里疾呼："闲居非吾志，甘心赴国忧"，还要在《责躬表》里幻想"甘赴江湘，奋戈吴越"。而对于文学，他似乎不

---

① 赵幼文：《曹植集校注》录曹植《陈审举表》，人民文学出版社 1984 年版，第445 页。

② 赵幼文：《曹植集校注》录曹植《玄畅赋》，人民文学出版社 1984 年版，第242 页。

③ 赵幼文：《曹植集校注》录曹植《求自试表》，人民文学出版社 1984 年版，第369 页。

④ 赵幼文：《曹植集校注》录曹植《与杨德祖书》，人民文学出版社 1984 年版，第154 页。

⑤ 河北师范学院中文系古典文学教研组：《三曹资料汇编》，转自刘履《选诗补注》，中华书局 1980 版，第 125 页。

屑一顾，在《与杨德祖书》既说"辞赋小道，固未足以揄扬大义，彰示来世也"①，又言："岂徒以翰墨为勋绩，辞赋为君子哉?"② 毋庸置疑，曹植的一生是追求政治理想的一生，也是为政治理想无法实现而痛苦失望的一生。他的言志，他的话忧，和建安七子何其协奏合律矣，这必然会影响到其他的文人。

首先影响到的是丁仪与丁廙。该兄弟俩虽无诗文传世，在《三国志·魏书·王卫二刘傅传》中也仅仅以"沛国丁仪与丁廙……亦有文才"③ 点到为止，但与曹丕构怨甚深并竭力支持曹植争夺魏国太子的冠冕。据《三国志·魏书·任城陈萧王传》注引《魏略》记载，曹操久闻丁仪是位具有美德与才华之士，欲将爱女嫁之，结果被曹丕以其"目不便"为理由，破坏了这段姻缘。所以，丁仪与时为临淄侯的曹植友善，并多次在曹操面前称颂曹植的才华，极力劝说曹操立曹植为太子。而他的那位弟弟丁廙，也似乎受到极深影响，更是愿为曹植的夺嫡不惜肝脑涂地。据《三国志·魏书·任城陈萧王传》注引《文士传》记载："廙尝从容谓太祖曰：'临淄侯天性仁孝，发于自然，而聪明智达，其殆庶几。至于博学渊识，文章绝伦，当今天下之贤才君子，不问少长，皆愿从其游而为之死，实天所以钟福于大魏，而永授无穷之祚也。'"④ 这些话，说得曹操心顺气畅，竟然产生了"植，吾爱之，吾欲立之为嗣"⑤ 的想法。而曹植自然也是与他俩心心相印，志同道合。读读曹植所作之诗，至少有四首和他俩有着直接关系：其一，在《赠丁仪》诗里曹植赞扬丁仪有延陵季子般的美德，目前需凝神静气，总有一天他会推荐给父王加以重用。其二，在《赠丁仪王粲》诗里曹植劝诫丁仪不要因不得从征而有怨气，须保持

① 赵幼文：《曹植集校注》录曹植《与杨德祖书》，人民文学出版社1984年版，第154页。
② 赵幼文：《曹植集校注》录曹植《与杨德祖书》，人民文学出版社1984年版，第154页。
③ 陈寿：《三国志·魏书·王卫二刘傅传》，中华书局1959年版，第602页。
④ 陈寿：《三国志·魏书·任城陈萧王传》注引《文士传》，中华书局1959年版，第562页。
⑤ 赵幼文：《曹植集校注》录曹植《与杨德祖书》，人民文学出版社1984年版，第154页。

"中和"的心态，以求得今后的机会。其三，在《赠丁廙》诗里，曹植称颂丁廙等人是大国的良才，海中的明珠，是"君子通大道，无愿为世儒"的人物。以上三首诗，其实贯穿了一个主题：即曹植愿和丁氏俩兄弟共同在"皇佐扬天惠，四海无交兵"①的伟业中有所建树，以此实现自己的人生价值。遗憾的是，曹丕早就看清了他俩与曹植关系密切的用心，并不屑于理会他俩的雄心壮志，在建安二十五年（公元220年）亦即延康元年接任魏王不久，便"诛丁仪、丁廙并其男口"②，这使得曹植悲痛欲绝，作了篇《野田黄雀行》来诉说忧愤，其无奈与痛苦溢于言表。

其次影响到的是杨修。《三国志》注引《世语》曰："修年二十五，以名公子有才能，为太祖所器。"③又注引《典略》曰："杨修字德祖，太尉彪子也，谦恭才博。"④可见，这是位出身名门，才华出众，又受到曹操器重的人物。他担任主簿之职，就借着接近曹操机会较多的便利，揣度曹操的心意，并将此告之曹植，故使得曹植凡遇曹操的提问就能敏捷地对答，以此赢得了曹操的欢心。有一次，曹操为了考验曹丕和曹植的才能，命令其二人各出邺城一门，却暗地里敕告守门人不得让其出行。结果是曹丕无奈而返，曹植却听从了杨修"若门不出侯，侯受王命，可斩守者"⑤的主意顺利出城，这无疑又加重了曹植在父王心中的分量。还有一次，杨修状告曹丕"以车载废簏，内朝歌长吴质与谋"⑥，想趁机扳倒曹丕，为曹植铺平夺嫡的道路。若不是曹丕采用吴质"复以簏受绢车内以惑之"⑦的计谋，反让再次

① 赵幼文：《曹植集校注·赠丁仪王粲》，人民文学出版社1984年版，第133页。
② 陈寿：《三国志·魏书·任城陈萧王传》，中华书局1959年版，第561页。
③ 陈寿：《三国志·魏书·任城陈萧王传》注引《世说新语》，中华书局1959年版，第560页。
④ 陈寿：《三国志·魏书·任城陈萧王传》注引《典略》，中华书局1959年版，第558页。
⑤ 陈寿：《三国志·魏书·任城陈萧王传》注引《世说新语》，中华书局1959年版，第561页。
⑥ 陈寿：《三国志·魏书·任城陈萧王传》注引《世说新语》，中华书局1959年版，第560页。
⑦ 陈寿：《三国志·魏书·任城陈萧王传》注引《世说新语》，中华书局1959年版，第558页。

告状的杨修蒙受被疑的冤屈，其成败如何实难预料。更有甚者，杨修在和曹植的书信往来中，吹捧曹植，贬低他人，自然会助长"文人相轻"的陋习，从而撼动曹丕在邺下文人集团中的核心地位并影响世风。据《三国志·魏书·任城陈萧王传》注引《典略》载，杨修曾撰答曹植文一篇，在文中他一方面称颂曹植自幼就具有周文王和周公旦般的美质，必然能"宣昭懿德，光赞大业"①；另一方面，他极力赞美曹植的诗文超过建安七子，能与风雅颂媲美。所以，他不认同曹植轻视文学而看重事功，并提醒曹植可两者兼得。所谓，"君侯忘圣贤之显迹，述鄙宗之过言，窃以为未之思也。若乃不忘经国之大美，流千载之英声，铭功景钟，书名竹帛，此自雅量素所蓄也，岂与文章相妨害哉？"②便是对曹植观点的反对和辩驳。然而细品之，他的这种反对与辩驳，实质上是对曹植的更大赞许与期望，试想，曹植何尝不想做一位功名与文名齐扬的圣哲呢？只是两者兼得，难乎时乎，他的那位兄长曹丕能听之任之乎？杨修追随或曰拥戴曹植的结果，是在建安二十四年（公元 219 年）被曹操所杀，因为他"颇有才策"③，又是"袁绍之甥"④，留着他，自然会给刚登太子之位的曹丕带来威胁和危害。而曹操杀杨修仅百日，也不幸寿终正寝，是事先砍去了曹植的股肱还是妒贤嫉能，毋庸推论。该乐的是曹丕，该悲的是曹植。

其余和曹植关系甚善者，都因鼎力辅佐曹植争夺魏国太子的地位，被曹丕"深恨"⑤，结局均十分悲惨。孔桂在黄初元年（公元 220 年）被曹丕以"私受西域货赂"⑥的罪名诛杀。杨俊在黄初三年（公元 222 年）被曹丕以"市不丰乐"的罪名收狱自尽。荀恽虽因娶曹操爱女安阳公主与曹丕有着亲戚关系，但也郁郁寡欢地"早卒"⑦。

① 陈寿《三国志·魏书·任城陈萧王传》注引《典略》，中华书局 1959 年版，第 560 页。
② 陈寿《三国志·魏书·任城陈萧王传》注引《典略》，中华书局 1959 年版，第 560 页。
③ 陈寿：《三国志·魏书·任城陈萧王传》，中华书局 1959 年版，第 558 页。
④ 陈寿：《三国志·魏书·任城陈萧王传》，中华书局 1959 年版，第 558 页。
⑤ 陈寿：《三国志·魏书·荀彧荀攸贾诩传》，中华书局 1959 年版，第 319 页。
⑥ 陈寿：《三国志·魏书·明帝纪》注引《魏略》，中华书局 1959 年版，第 101 页。
⑦ 陈寿：《三国志·魏书·荀彧荀攸贾诩传》中华书局 1959 年版，第 319 页。

只有那位"屡称植材"①并使"五官将颇不悦"②的文人邯郸淳作了篇千余言的《投壶赋》，得到了曹丕"以为工"的赏识，他做了尚书郎，还赐帛十匹，算是逃过了劫难。如此，曹丕清除异己的速度不可谓不快，手段不可谓不狠，故陈寿《三国志·魏书·文帝纪》评曰："若加之旷大之度，励以公平之诚，迈志存道，克广德心，则古之贤主，何远之有哉！"③言下之意是曹丕缺乏度量和公平，不能算一位贤主。然而，假设曹丕在建安七子辞世后，任凭曹植及其羽翼肆意胡为，既在政治上觊觎魏国太子的地位，又在文人中扩散有志莫伸的情绪，其结果不是会吹落或者说抢走曹丕已经戴上的魏国太子冠冕，并将业已形成的邺下文人集团"纵辔以骋节，忘路而争驱"④的大好局面毁于一旦吗？故此，曹丕要正本清源。一方面，他举起了斧钺，该杀的杀，该斩的斩；另一方面他挥起了柔翰，该指斥的指斥，该辩驳的辩驳。而《典论·论文》中所提到的"文人相轻"和"贵远贱近"等陋习，明着是对已故的建安七子的批评，暗着是对在世的曹植及其羽翼的侧击；至于将文学提高到"经国之大业，不朽之盛事"的地位，实质也是对曹植及其羽翼重视事功而将文学视作"小道"的驳斥。他要让诸多的邺下文人效法"古之作者，寄身于翰墨，见意于篇籍"⑤，珍惜光阴，达到"不假良史之辞，不托飞驰之势，而声名自传于后"⑥的目的，其用心是何等的良苦。面对建安七子辞世后纷扰的文坛，担当起凝聚人心和稳定局面的重任，舍其谁哉！

---

①　陈寿：《三国志·魏书·王卫二刘傅传》注引《魏略》，中华书局 1959 年版，第603 页。
②　陈寿：《三国志·魏书·王卫二刘傅传》注引《魏略》，中华书局 1959 年版，第603 页。
③　陈寿：《三国志·魏书·文帝纪》，中华书局 1959 年版，第 89 页。
④　郭晋稀：《文心雕龙注译·明诗》，甘肃人民出版社 1982 年版，第 58 页。
⑤　严可均：《全上古三代秦汉三国六朝文》录曹丕《典论·论文》，中华书局 1958 年版，第 1098 页。
⑥　严可均：《全上古三代秦汉三国六朝文》录曹丕《典论·论文》，中华书局 1958 年版，第 1098 页。

第十章 曹丕赋释疑解惑

曹丕的赋，张溥《汉魏六朝百三家集》收录 28 篇，严可均《全上古三代秦汉三国六朝文》亦收录 28 篇。只是张溥所录《迷迭赋》与《迷迭香赋》似为重复，且前篇有篇名而无文。严可均所录《哀己赋》篇名及两句赋文均不见张溥收录，乃其据《文选》陆云注顾彦先《赠妇诗》后自行添加。这些赋，多残编断简，志晦意隐，极难推断写作用意，于是，给世人全面地了解曹丕带来了难度，故需研究之。

一 释残编断简之疑

曹丕的赋多残编断简，如《蔡伯喈女赋》仅有序而无赋文；《哀己赋》仅有"蒙君子之博爱，垂迫望之渥思"两句；其余如《喜霁赋》、《临涡赋》、《玉玦赋》、《莺赋》等，亦仅留下些描景状物的文字，极少有作赋所常见的"颂百讽一"或"理贵侧附"的点明全赋主旨的笔墨，即使是有序有文写得最长的《柳赋》，也仅有 76 句，只叙述其十五年后见所栽柳树时的感物伤怀，看似完整，但亦简略，大有抒情未尽之嫌。怪不得杜台卿在读曹丕《浮淮赋》时说："止陈将卒赫怒，至于兼包化产，略无所载"①，连该地方的物产风情都不作描写，更何况要用笔墨揭示作赋的主旨呢？难道被刘勰《文心雕龙·

---

① 河北师范学院中文系古典文学教研组：《三曹资料汇编》，中华书局 1980 年版，第 50 页。

才略》誉为"魏文之才，洋洋清绮"①的曹丕，竟会连一篇赋都写不完全？答案是非也。究其原因，这里面有着许多复杂的因素。

1. 屡经乱离：据陈寿《三国志·魏书·文帝纪》记载："帝好文学，以著述为务，自所勒成垂百篇"②，其后，《隋书·经籍志》、《旧唐书·经籍志》、《新唐书·艺文志》均载魏文帝曹丕有《典论》5卷、集10卷，至《宋史》仅记魏文帝集一卷。显然，到脱脱等修《宋史》时，魏文帝曹丕的许多诗赋文章已经亡佚，甚至连那部著名的《典论》也不见了踪影。《宋书·艺文志》解释了其中的原因：

> 历代之书籍，莫厄于秦，莫富于隋、唐……陵迟逮于五季，干戈相寻，海寓鼎沸，斯民不复见《诗》、《书》、《礼》、《乐》之化。乱离以来，编帙散佚幸而存者百无二三。③

试想，晚唐五代的混乱加之宋代辽金元的战争，乃至汉族的不幸丧鼎，其历代之典籍，能不遭受摧残乎？曹丕的诗赋文章自然难逃厄运，由《隋书·经籍志》最早载有"《典论》五卷，集十卷"④变为了《宋史》载有"集一卷"，就是最好的明证。而只占曹丕所有作品中一小部分的赋，自然也随着厄运的到来越来越被阉割，越来越被遗弃，逐渐地变得残缺不全或面目全非，有的甚至销声匿迹了。

2. 钩沉索隐：至宋濂、张廷玉、赵尔巽等修《元史》、《明史》、《清史稿》，仅在《清史稿·艺文志·儒家类》中载有"魏文帝《典论》一卷"⑤，而张溥《汉魏六朝百三家集》和严可均《全上古三代秦汉三国六朝文》却各在《明史》及《清史稿》中加以收录。据《增订四库简明目录标注》言：《汉魏六朝百三家集》是张溥"以张燮七十二家集为稿本，而补缀以冯氏诗记、梅氏文记"编纂而成，显

---

① 郭晋稀：《文心雕龙注译·才略》，甘肃人民出版社1982年版，第544页。
② 陈寿：《三国志·魏书·文帝纪》，中华书局1959年版，第88页。
③ 上海古籍出版社：《二十五史·宋史·艺文志》，上海古籍出版社1986年版，第5808页。
④ 上海古籍出版社：《二十五史·隋书·经籍志》，上海古籍出版社1986年版，第3371页。
⑤ 上海古籍出版社：《二十五史·清史稿·艺文志》，上海古籍出版社1986年版，第9362页。

见其中《魏文帝集》是杂收各家之书的，而所录曹丕之赋定然不是原汁原味矣。《全上古三代秦汉三国六朝文》是因清代嘉庆年间开全唐文馆，要编辑一部达一千卷之多的全唐文，当时有名的文人多被邀请参加，而严可均因未受到邀请，心有不甘，于是花了27年的心力，独自另编了这部书。其中的《魏文帝集》有4卷，赋占1卷。值得注意的是，严可均在校辑曹丕赋时，直接说明了每篇赋的出处，如《沧海赋》出自《艺文类聚》八，《浮淮赋》出自《初学记》六，《玛瑙勒赋》出自《北堂书钞》一百二十六，《车渠碗赋》出自《御览》八百八，有的赋还有多处出处。无疑，曹丕的赋已散见于各种典籍中，只有通过许多学者的爬罗剔抉，钩沉索隐，才得以集腋成裘，流传至今了。

3. 赋体嬗变：建安时期的文学作品或遗失或残缺的虽然不在少数，但像曹丕的赋几乎全成残篇断简的毕竟不多。要么像曹操、孔融、阮瑀、徐干等人至脱脱等修《宋史》时作品已荡然无存，故未予录入。要么像曹植、王粲、陈琳等人仍有大量的作品传世，依旧彪炳史册。特别是曹植的《洛神赋》与王粲的《登楼赋》，已成赋家高山仰止之作，永为赋苑之翘楚。曹丕的赋较之前者实为大幸中之大幸，有张溥等学者青睐，而编纂成册。较之后者实为大幸中之不幸，无一篇名作唱响，难成赋苑之乔木。其中原委，除屡经乱离和钩沉索隐这一反一正的因素外，是否还有曹丕赋自身的问题呢？答案是肯定的。纵观赋体之发展，从周末到汉代，被统称为古赋体制的骚体赋、散体大赋、咏物抒情小赋不仅日益成熟，而且开始向骈赋或谓之为俳赋的新体制演变。曹植等人较为迅速地适应了这种演变，不断扩大赋的领域，使之更加贴近生活，并且讲究字句的工整对仗和音节的轻重协调，借以推动骈俪风尚，加之增强抒情性，使赋这种文体勃发生机，纵横启疆。而曹丕的赋，既在主旨方面无所突破，又在遣辞用语方面乏新缺奇，更是固守着旧有的体制，故得不到后人的欣赏，便逐渐地式微了。

二 解志晦意隐之惑

曹丕的赋按古赋体制特别是咏物抒情小赋的体制而创作，其内容自然也未摆脱旧有的传统的窠臼，又因多残编断简的缘故，就出现了志晦意隐的疑惑。研阅之，主要有以下五类。

1. 京殿苑囿：该类赋是描写都邑宫殿的繁华富丽和园囿田猎的宏阔壮观的，如班固《两都赋》、司马相如《上林赋》、扬雄《羽猎赋》等。曹丕有三篇赋涉之，其一是《登台赋》，建安十七年（公元212年）春，曹丕随父登上始建于两年前的位处邺城的铜雀台，并应父命与曹植等兄弟作了这篇同题赋。其笔墨主要挥洒在层楼飞阁之间，以及目力所及的草木、飞鸟、溪谷、通川。其二是《校猎赋》，建安十八年（公元213年）十一月，曹丕随父出猎并被游猎场面所震撼，命陈琳、王粲、应玚、刘桢各作了一篇赋。其笔端所及的是出猎队伍的威武浩大，射猎场面的血腥惨烈，猎后的野炊与论功行赏，以及出猎的目的乃在于仿效黄帝和高宗练兵习武。其三是《登城赋》，写和风初畅的孟春之月，曹丕登上城楼后"逍遥远望"，满目是良田万顷、阡陌纵横、河水长流、鱼跃清波，一派肥沃富饶的景象。这三篇赋，就内容而言原该属散体大赋，然在体制上缺乏"序以建言，首引情本，乱以理篇"① 等特征，且篇幅较短，难称鸿裁，故只能加入咏物抒情小赋之列。

2. 述行叙志：该类赋是描写征途的艰辛和出征者的威武以及由此生发出的情感的。如班彪《北征赋》、蔡邕《述行赋》等。曹丕有七篇赋涉及之，亦可称作写该类赋较多者。黄初五年（公元224年）七月至十月，曹丕东征孙吴，兵临长江，亲睹天堑，长叹道"吴据洪流，且多粮谷，魏虽武骑千队，无所用之"②。于是，还师许昌而返邺城，时雨多日作《愁霖赋》。赋写云黯雨濛、道路泥泞难行之状，

---

① 郭晋稀：《文心雕龙注译·诠赋》，甘肃人民出版社1982年版，第88页。
② 欧阳询：《艺文类聚》，上海古籍出版社1965年版，第243页。

抒"行旅之艰难"①与"白日之不旸"②之情,惜其残缺,难详全貌。建安十八年(公元213年)春,曹丕随父东征孙吴,还师途中暂驻谯郡,拜祭先辈坟墓后,乘马游东园和涡水,作《临涡赋》。赋写水畔绿树成荫,水中清且涟漪,水面鱼潜鸟翔以及萍藻丹华,赋仅存序及6句赋文,较之曹植的《临涡赋》因当时书于桥上而亡佚,实属万幸。建安十三年(公元208年)七月,曹丕随父南征荆州,作《述征赋》,赋言出师之名是"荆楚傲而弗臣"③,笔墨所绘多鼓声旗飘以及甲卒的雄壮和骑士的威武,并抒发了"镇江汉之遗民,静南畿之遐裔"的愿望。赋现存虽然只有20句,但蕴意明了,缺憾甚少。其余如《喜霁赋》,写北巡途中雨后初晴,神清气爽的心情。《济川赋》写江边浏览疲乏后对魏都华屋中偃息与羽觞的渴望。《沧海赋》写大海的惊涛骇浪和水族禽类的扬鳞濯羽以及观海者钓贝采珠的欢乐。《浮淮赋》写东征途中渡淮水时的万船竞发及旌旗缤纷、钟鼓齐鸣、兵锋耀日的壮观。这7篇赋,亦同曹丕所作京殿苑猎之赋,虽极尽铺彩摛文之能事,但因篇幅短小且无散体大赋的体制特征,故也只能以咏物抒情小赋而视之。

3. 伤离恨别:该类赋抒发的是人之常情,其同时代的曹植作有《叙愁赋》、徐干作有《哀别赋》、王粲作有《思友赋》等,显见这类题材被建安文人所青睐,而曹丕有8篇赋涉及之,较同时代文人为数量最多者。首先是《感离赋》,写建安十六年(公元211年)七月送别西征的父母及诸弟后自己留守邺城时的情怀。笔墨所及的是叶落草黄、风雨微霜以及日暮增愁、踟蹰延伫的状况。其次是《寡妇赋》,其与阮瑀交往甚密,后者不幸于建安十七年(公元212年)因病早逝,曹丕与王粲并作同题赋,代叙其妻悲苦之情。赋写孤寡之人无依无靠,一年四季思念亡夫抚养遗子,备感岁月的漫长难熬,唯有"伤薄命兮

---

① 严可均:《全上古三代秦汉三国六朝文》录曹丕《愁霖赋》,中华书局1958年版,第1072页。

② 严可均:《全上古三代秦汉三国六朝文》录曹丕《愁霖赋》,中华书局1958年版,第1072页。

③ 严可均:《全上古三代秦汉三国六朝文》录曹丕《述征赋》,中华书局1958年版,第1072页。

寡独，内惆怅兮自怜"，生活在悲苦之中了。最后是《悼夭赋》，其宗族之弟文仲，不幸于十一岁时夭折，故甚悲。赋写其愁气郁结，涕泪纵横，并睹物思人，观萱草闻鸟鸣而惊心，极力刻画生离死别的哀伤。另有《出妇赋》和《离居赋》，前者写"色衰而爱绝"的弃妇恨自身"无子"被休返回娘家时的一路悲感。后者写女子独卧空床"愁耿耿而不寐"的孤寂。两篇赋均以女子口吻拟就，恰似曹丕所作名诗《燕歌行》，乃代叙闺中之意也。其余如《蔡伯喈女赋》仅剩序而无赋文，序点明其父命使者周近持玄璧于匈奴赎回蔡琰以妻屯田都尉之事，反映出蔡琰的漂泊流离及其父曹操不忘故交蔡伯喈之情。《永思赋》仅存6句，隐约可见的是征途的艰辛和对亲人的怀想。《哀己赋》仅存两句，依稀可睹的是对"蒙君子之博爱"的感恩和垂念。这8篇赋，均符合咏物抒情小赋"触兴致情，因变适会"① 的体制特点，其体裁归属是不言而喻的。

4. 草区禽族：顾名思义，该类赋着重描写动植物的特性以抒发与之相关的情志，这种题材，自赋"受命于诗人，而拓宇于楚辞"② 以来就很盛行，如屈原《桔颂》、荀况《蚕赋》、贾谊《鹏鸟赋》及至建安时期曹植的《鹦鹉赋》、王粲的《白鹤赋》、陈琳的《柳赋》等，曹丕有4篇赋涉及之。其一是《槐赋》，赋写邺宫正殿即文昌殿中所植槐树修干长条，绿叶垂荫，下植根于丰壤，上承华于日月，有"鸿雁游而送节，凯风翔而迎时"③，衬托得文昌殿一派深邃祥和的景象，使人在夏日备感"温润"和"适体"。其二是《柳赋》，赋写建安二十年（公元215年）曹丕在孟津重见建安五年（公元200年）"上与袁绍战于官渡"时亲自所植柳树，深感日月过往之快，当年只有寸围尺高的小树苗如今已成了"连拱而九成"的佳木，修干柔条，扶疏婀娜，于是感物伤怀，悲哀人不如柳，左右多故。其三是《莺赋》，赋写笼中之莺日夜哀鸣，既悲被困笼中小命不长，又叹侥幸未死寄生华堂，有对设网之人的怨恨，也有对喂养之人的感恩，情感颇为复杂。其四是

---

① 郭晋稀：《文心雕龙注译·诠赋》，甘肃人民出版社1982年版，第89页。

② 郭晋稀：《文心雕龙注译·诠赋》，甘肃人民出版社1982年版，第86页。

③ 严可均：《全上古三代秦汉三国六朝文》录曹丕《槐赋》，中华书局1958年版，第1075页。

《感物赋》，赋写建安十四年（公元 209 年）三月至十二月间，曹丕随父南征荆州，途经谯郡，见所植诸蔗涉夏历秋，先盛后衰，顿感兴废无常，发出了"岂在斯之独然，信人物其有之"的喟叹。这 4 篇赋，皆描景状物，符合刘勰《文心雕龙·诠赋》所言"拟诸形容，则言务纤密；象其物宜，则理贵侧附"① 的特征，体现了曹丕写作咏物抒情小赋高超的技巧。

5. 庶品杂类：该类赋体制特征与草区禽族之类的赋极其相同，亦是通过描写物体物貌来抒发与之相关的情志。如蔡邕《琴赋》、曹植《九华扇赋》、徐干《漏卮赋》、阮瑀《筝赋》等，曹丕有 6 篇赋涉及之。一是《玉玦赋》，据《三国志·魏书·钟繇传》注引《魏略》记载：曹丕在孟津听说钟繇有块美玉，遂由曹植出面通过他人之口转述"欲得之"之意，钟繇即派人送之，得玉后曹丕甚喜，曾亲笔写信答谢。现该赋仅存八句，着重写玉出自昆山峻崖，有丹水之炎波，瑶树之玄枝养成其虚静无为的纯真瑞气，应九德、体五材，内有淑懿外有表仪，极尽赞美之辞。二是《弹棋赋》，此赋王粲与应玚皆有之，只是王粲的名《围棋赋》和《弹棋赋》、应玚的名《弈势》。曹丕这篇赋着重写棋子和棋盘的形状，以及博弈时的变化多端和旁观者的惊心动魄，以此可见这项娱乐在建安时广为流行。三是《迷迭赋》，此赋曹植、王粲、陈琳、应玚亦有之。丁晏《曹集诠评》曰："迷迭，香名也。"②《广志》曰"迷迭出西域"③，故知迷迭是西域所产的一种香草。曹丕的《迷迭赋》写这种香草被植于庭园后，妙叶纤枝，修干结茎，随风摇动，芳气穆清。真是越万里而来的稀世特生的瑞草。四是《玛瑙勒赋》。曹丕自言："玛瑙，玉属也。出自西域，文理交错，有似马瑙，故其方人因以名之，或以系颈，或以饰勒。余有斯勒，美而赋之，命陈琳、王粲并作。"④ 这赋前的小序已将玛瑙的物性用途以及作赋的原意解释得十分清楚。而该篇赋写玛瑙出自崇

---

① 郭晋稀：《文心雕龙注译·诠赋》，甘肃人民出版社 1982 年版，第 89 页。

② 丁晏：《曹集诠评·迷迭赋》，商务印书馆，第 66 页。

③ 欧阳询：《艺文类聚》，上海古籍出版社 1965 年版，第 1394 页。

④ 严可均：《全上古三代秦汉三国六朝文》录曹丕《玛瑙勒赋》，中华书局 1958 年版，第 1075 页。

冈，有着美丽的纹理和润泽，经过良工的剖镌砥砺，更是"繁文缛藻"，装饰在戎马之首，真是"焕若罗星"，十分合适和美观。五是《车渠碗赋》，崔豹《古今注》曰："魏帝以车渠石为碗"①，该赋序言，"车渠，玉属也。多纤理缛文，生于西国，其俗宝之，小以系颈，大以为器"，明确地说车渠就是西域所产的一种玉，小的可用来做项链，大的可用来做器具，而曹丕得到的是一只碗。碗，《说文》作"盌"，小盂也。该题材曹植、应玚、王粲、徐干皆用以作赋，显见车渠玉在建安时极受青睐。曹丕这篇赋着重写玉碗的符采相胜，即纹理和光泽的奇特美观，赞颂其阴阳二仪的普育，达到了"稠希不谬，洪纤有宜"的质美境地。六是《戒盈赋》，赋写在酒酣乐热之际，怅然怀盈满之戒，因此产生了"临高而增惧，独处满而怀愁"之情绪，希望各位宾客能"纳我以良谋"。赋仅存10句和小序，其意在于揭示酒满则溢、人满则损的道理。这6篇赋，凸显曹丕"怜香惜玉"的心态和饮酒博弈的生活，读之欣然有味。

三　究援笔作赋之意

曹丕是一代帝王，其为帝的过程较为复杂，先是有胞弟曹植的"夺嫡"之争，后是有汉献帝刘协的"禅让"之举，无论期间有多少的是是非非，抑扬褒贬以及功过得失，都已显示出他人生的丰富与辉煌。加之曹丕"生于中平之季，长于戎旅之间"，自幼研习武，所谓"少诵诗、论，及长而备历《五经》四部，《史》、《汉》诸子百家之言，靡不毕览"，可见其文学修养之高。所谓"上以四方扰乱，教余学射，六岁而知射。又教余骑马，八岁而知骑射矣"，见出其武艺之强，另有"以时之多难，故每征，余常从"②。而与建安诸多文人"酒酣耳热，仰而赋诗"③ 以及闲暇时博弈赏玉等生活细节又显示

① 崔豹：《古今注》，中华书局1985年版，第21页。
② 严可均：《全上古三代秦汉三国六朝文》录曹丕《典论·自叙》，中华书局1958年版，第1096页。
③ 严可均：《全上古三代秦汉三国六朝文》录曹丕《又与吴质书》，中华书局1958年版，第1089页。

出其为人的潇洒精彩。曹丕所作的赋，自然和他的军国生涯及日常生活相关联，折射着他的个性才华和作赋时的情志。深究之，曹丕作赋之意主要有以下三点：

1. 炫耀帝国声威：赋这种文体至汉代"与诗画境，六义附庸，蔚成大国"① 之后，首要效用便是描写帝国都市的繁荣、宫苑建筑的华美、山川的壮观、物产的丰盛以及文治武功等，借以达到颂扬和讽谏的目的，曹丕的赋也不例外。其所作京殿苑囿和述行叙志以及部分咏物抒情的赋，主要是用来炫耀帝国的声威，以震慑敌方的。一是夸赞国势。《登台赋》写铜雀台的飞阁层楼高大雄奇以及周边高山溪谷的草木蓊郁等。试想，若无国力岂能筑此台观，而让铜雀台名扬天下焉。《登城赋》写原野的辽阔和嘉麦的被垄以及流水游鱼，一派祥和的景象，这岂不是有效的文治所带来的美好。《校猎赋》写游猎的壮观、队伍的威武以及猎后的野炊和论功行赏，也是效仿黄帝和高宗按照古制练兵习武，以示治军有方。三者无意间的融合，即国力、文治、武功三者的融合，正好证明魏帝国的强势，足以唤起曹丕以及部属的自信心和自豪感，勃发一统天下之雄心矣。二是宣扬军威。《述征赋》写南征荆州时的甲卒雄壮、万骑纵横以及战鼓雷鸣、旌旗飘扬，赫赫军威，的确能令敌方闻风丧胆，俯首乞降。《浮淮赋》写东征孙吴时的舳舻千里、泛舟万艘以及兵刃耀日、白旄冲天，杀气之中，怎不让敌方魂飞魄丧，抱头鼠窜。查史，这两篇赋，前者作于建安十三年（公元 208 年），此次曹丕随父南征荆州，兵临城下，刘琮归降。从某种意义上说，该赋真的起到了震慑敌方的作用。后者作于建安十四年（公元 209 年），此次曹丕随父东征孙吴，无功而返，该赋无非是虚张声势，威赫敌方而已。三是称颂仁治。《愁霖赋》写自身不惧冒雨行军的辛劳，悲伤于麾下的艰难奔波，大有周公旦率师东征而作《东山》诗劳军的风格，真所谓"序其情而闵其劳"②，足以使部属为之效命矣。《戒盈赋》写身居高位怕的是得意自满，故请君子们箴规献谋，以显示其博大的襟怀。《蔡伯喈女赋》写其父与蔡邕

---

① 郭晋稀：《文心雕龙注译·诠赋》，甘肃人民出版社 1982 年版，第 86 页。
② 朱熹：《诗集传》，中华书局 1958 年版，第 95 页。

有管鲍之交而赎其流落在匈奴的女儿返回故国的义举，恩惠所及，情感天地。其余如《感离赋》、《悼夭赋》、《寡妇赋》，或体现孝，或体现悌，或体现义，勾勒出魏国真是个礼仪之邦。《孙子兵法·形篇》云："修道而保法，故能为胜败之政"[1]，用今天的话说，谁能够修明政治确保法令的执行，谁就能够成为胜败的主宰。曹丕的这几篇赋要阐明的是魏国及其君主的施仁布德，便也是面对强敌炫耀帝国声威的组成部分，仁义所及，望风披靡，正所谓"不战而屈人之兵，善之善者也"[2]。

2. 抒发人间真情：汉赋发展到东汉中叶，咏物小赋开始兴起，据《汉书·艺文志》统计，有"杂禽兽六畜昆虫赋十八篇，杂器械草木赋三十三篇"[3]。这类赋的效用主要是通过物来抒发人的情志，所谓"理贵侧附"[4]，即用比附寄托来说理。故描摹物体物貌极为传神，精雕细琢之语言，绘制出触目可见之形象，形象之中必有所寄寓之情志也。因而咏物实为咏人，物我合一，此其妙哉。另外，因一事而抒一情的小赋亦普遍存在，其体制特点基本同咏物小赋，只是无须借物抒情而已，故两者并称为咏物抒情小赋。曹丕作该类赋的用意亦在于此，一是叙写亲情。《感离赋》写对西征马超的父母及诸弟的思念，言其到了彷徨延伫、踟蹰忘家的境地，反映出曹丕"仁孝聪明"[5] 的一面。《悼夭赋》追悼族弟文仲的夭折，言其到了坐立不安、涕泪纵横的境地，反映出曹丕"仁冠群子"[6] 的一面。这两篇赋皆因事抒情，以物衬情，在描摹天色与物品草木上颇费笔墨，读之感人肺腑。二是叙写友情。《寡妇赋》代阮瑀遗孀而作，写其孤苦无依苦度年华，一年四季生活在"惆怅自怜"之中。赋中寄寓着曹丕对阮瑀"与余有旧，薄命早亡"的深切情意。《戒盈赋》写高朋满座饮酒作

---

① 郭化若：《今译新编孙子兵法·军形篇》，人民出版社1957年版，第97页。
② 郭化若：《今译新编孙子兵法·谋攻篇》，人民出版社1957年版，第95页。
③ 上海古籍出版社：《二十五史》引班固，《汉书·艺文志》，上海古籍出版社1986年版，第167页。
④ 郭晋稀：《文心雕龙注译·诠赋》，甘肃人民出版社1982年版，第89页。
⑤ 陈寿：《三国志·魏书·崔毛徐何邢鲍司马传》，中华书局1959年版，第369页。
⑥ 陈寿：《三国志·魏书·桓二陈徐卫庐传》注引《魏书》，中华书局1959年版，第632页。

乐，企盼群士多献良谋。赋中洋溢着位有尊卑而情同手足的情意。这两篇赋或睹物思人，或位尊增惧，在描摹族弟遗物和宴饮场面上颇下功夫，读之余味无穷。三是叙写风雅之情。《沧海赋》写沧海的辽阔无垠和波涛汹涌以及水族禽类的扬鳞濯羽，大有"观海则意溢于海"①的情趣。《登城赋》写登高望远所见到的沃野千里之阡陌纵横以及河水长流游鱼穿梭，要抒发的是曹丕"优游无为"的情趣。至于《玉玦赋》、《弹棋赋》、《迷迭赋》、《玛瑙勒赋》、《车渠碗赋》皆咏物抒怀，既显露着曹丕对这些器物的真正爱好，又反映着曹丕燃香、赏玉、博弈等雅致的日常生活，其风雅之情跃然纸上。这几篇赋，给读者揭去了曹丕神秘的帝王面纱，而更为清晰地看到了一位真实的鲜活的历史人物。

3. 叙写人生悲哀：无论任何人都秉有七情，"何谓人情？喜怒哀惧爱恶欲，七者弗学而能"②，贵为帝王的曹丕也不例外，而七情当中，最能沁人肺腑的恐怕是人间的悲情，即哀也。自《诗经》以来，叹失意、伤离别、诉艰辛、谈凶险，留下了许多引人唏嘘的妙文华篇。谈及赋，那鼻祖屈原更是因一篇《离骚》倾诉理想的破灭而惊绝千古，光照日月。至于贾谊的《吊屈原赋》、司马相如的《长门赋》等也是因叙写哀情而享誉千载。曹丕创作该类赋的用意，一是悲哀人生的短暂。《感物赋》写所植之蔗涉夏历秋先盛后衰，植物尚且如此，人亦兴废无常。《悼夭赋》悲悼族弟十一岁时夭折，岂不使人涕泪纵横。《寡妇赋》以遗孀口吻哭诉孤苦无依，实则在悲叹旧友阮瑀的薄命早亡，人生苦短。这类题材，汉末人常用之，如《古诗十九首》中"人生寄一世，奄忽若飚尘"，"人生非金石，岂能长寿考"，"人生天地间，忽如远行客"等，曹丕身处汉末建安时代，焉能不受此情绪影响而在赋中叙写这种哀情也。二是倾诉人生的艰难。《愁霖赋》写征途的艰辛且不待言，因为这是身为帝王的曹丕东征孙吴理应经受的磨难。而《出妇赋》，则以普通弃妇的口吻款款道来，仅因无

---

① 郭晋稀：《文心雕龙注译·神思》，甘肃人民出版社 1982 年版，第 318 页。
② 中华书局编辑部：《十三经注疏·礼记·礼运》，中华书局影印 1979 年版，第 1422 页。

子和色衰，就被夫君休去，这与《诗经·卫风·氓》何其相像。世间原有的山盟海誓且不可靠，还有甚可靠，生活真是难而又难。其余如《寡妇赋》、《哀己赋》，或叙孤寡之苦，或述思人之痛，笔墨之间，描摹人生艰难百端，其创作用意可谓昭然。三是婉言人生的凶险。曹丕与曹植曾经争夺魏国的继承权数年，也曾因曹植被父王"特见宠爱"①并欲立为太子而终日生活在"疑惧"之中，甚至到了请高元吕相面来预测未来的程度。他在所作《杂诗·西北有高楼》中写道"惜哉时不遇，适与飘风会"②，又在《十五》中写道"虎啸谷风起，号罴当我道"③。这些诗句皆委婉地叙写宫廷斗争的残酷。赋与诗同，亦不得不晦言之。如《莺赋》写鸟儿被设置罗网之人所困，密网缠身，告天无门，只好悲哀命之将泯，侥幸被送进了明后的华堂，暂且借幽笼栖息偷生。笔墨所绘，与在此情此景下所作两诗极其相似，其创作用意明显在于揭示宫廷斗争所造成的人生凶险。至于《弹棋赋》写博弈时棋子的屈伸辗转，《玛瑙勒赋》写玛瑙成勒饰过程中的镌刻砥砺，是否其创作用意也与宫廷斗争有关，存疑待考。

　　曹丕的赋，鲜有深入的研究者，然其爱赋作赋，却是不争的事实。据陈寿《三国志·魏书·王卫二刘傅传》注引《魏略》载："淳作《投壶赋》千余言奏之，文帝以为工，赐帛千匹。"④ 黄初年间，邯郸淳能以献一篇赋而得到丰厚的赏赐，可见曹丕爱赋之甚。又其在《典论·自叙》里言："所著书论诗赋，凡六十篇"⑤，特意提到赋，显见其将赋视作自己创作所钟爱的体裁。研究曹丕的赋，有助于学界全面认识这个既是帝王又是文士的历史人物，并客观中肯地评价之。

---

① 陈寿：《三国志·魏书·任城陈萧王传》，中华书局1959年版，第557页。
② 丁福保：《全汉三国魏晋南北朝诗》录曹丕《杂诗》其二，中华书局1959年版，第133页。
③ 丁福保：《全汉三国魏晋南北朝诗》录曹丕《十五》，中华书局1959年版，第127页。
④ 陈寿《三国志·魏书·王卫二刘傅传》注引《魏略》，中华书局1959年版，第603页。
⑤ 严可均：《全上古三代秦汉三国六朝文》录曹丕《典论·自叙》，中华书局1958年版，第1097页。

第十一章　论文、论武、论政：曹丕立论的文化价值说

　　曹丕善于立论，其论点多见于《典论》，亦散见于所作书信与诏策等各类文章中，吴质在《答魏太子笺》里说："发言抗论，穷理尽微"，便是对其著述的评价。虽说这里面不乏阿谀之嫌，但毕竟是同时代人的看法，颇具一定的可信度。探讨曹丕论文、论武、论政及其文化价值，有助于重新审视这位极具文化素养，并以此受禅治国，统领臣民，使后世争论不已的帝王。

一　论文：思想倾向与文学观点

　　据张溥《汉魏六朝百三家集·魏文帝集》统计，曹丕一生著述除诗赋乐府之外，有诏 59 篇，令 19 篇，策 4 篇，表 3 篇，书 27 篇，序 4 篇，论 5 篇，铭 2 篇，教、议、文、诔、制、哀策各 1 篇，另有无题名之为"又一篇"的文章 8 篇。在这众多的著述中，又以"论文"最为彪炳，其代表作《典论·论文》被袁行霈《中国文学史纲要》誉为"是我国现存第一篇文学理论和文学批评的专论"①。其余如《又与吴质书》和《答卞兰教》等亦不同程度地涉及文学理论问题。归纳之，主要有五点。

　　1. 尊儒反道的思想倾向：曹丕于黄初元年（公元 220 年）十月登基为帝，次年正月，即颁布《以孔羡为宗圣侯置吏修庙诏》，该诏充分肯定孔子"因鲁史而制春秋，就太师而正雅颂"的历史功绩，称颂孔

---

　　① 袁行霈：《中国文学史纲要》，北京大学出版社 1986 年版，第 89 页。

子是"命世之大圣、亿载之师表",并痛惜汉末以来天下大乱,致使百祀堕坏,旧庙不修,甚至到了"阙里不闻讲颂之声,四时不睹蒸尝之位"的程度。因此,他要封议郎孔羡为宗圣侯,赐邑百户,奉孔子祀,命鲁郡修缮孔庙,并派遣吏卒守卫之,在孔庙外广建屋宇以居学者。在该诏颁布七个月前,即延康元年(公元220年)五月,汉献帝刘协曾命曹丕封其子曹叡为武德侯,曹丕也颁布过一篇《以郑称授太子经学令》。疑"太子"二字为后人所改,应为"武德侯"是矣。查史,曹叡该年年十五,封武德侯,黄初七年(公元226年)五月,曹丕病笃,乃立为皇太子。且该令中亦有"称笃学大儒,勉以经学辅侯"句,证明该令是以《以郑称授武德侯经学令》为题。该令引譬设喻,认为龙渊、太阿之类的宝剑,必须有昆吾之金作为材质;和氏璧之类的美玉,必须要经过良工巧匠的砥砺;而武德侯曹叡也必须请郑称这位大儒"且夕入授"经学,才能"曜明其志"。以上的诏与令,彰显曹丕对儒学的尊崇,他既要在建国之初大兴儒学,又要用儒学来教育继任者,思想倾向不言而喻。同时,他大力排斥道学和旁门左道。黄初三年(公元222年)三月,曹丕作《敕豫州禁吏民往老子亭祷祝》,该敕文明确告知豫州的官吏和民众,老聃不过是个贤者,不应尊崇他在孔圣人之上,特别是汉恒帝尊崇并侍奉老子,想以此祈福,结果造成天下大乱,这个历史教训便在眼前。因此,要明白武皇帝曹操不毁老子庙和当朝者曹丕修整老子庙的原因是或尊老子为贤人或视其为景观,绝不允许吏民"妄往祷祝,违犯常禁"。黄初五年(公元224年)十二月,曹丕颁布《禁设非礼之祭诏》,该诏告示天下只有"大则郊社,其次宗庙"才能享受祭礼,至于"三辰五行,名山大川"均不在祭祀之列,必须杜绝那种崇信巫史之言,至使"宫殿之内,户牖之间,无不沃酹"的风气,今后敢设非礼之祭敢信巫史之言者一律以旁门左道论处之。这些敕与诏与其尊儒相比,一褒一贬,相得益彰。

2. 立言不朽的价值观念:《左传》襄公二十四年载鲁国叔孙豹论古人之三不朽曰"大上有立德,其次有立功,其次有立言",这一儒家的人生三不朽的价值观,特别是立言不朽的价值观深深地被曹丕所接受,他在《典论·论文》里说:"盖文章,经国之大业,不朽之盛事",并以周文王和周公旦为例,来说明"古之作者,寄身于翰墨,见意于篇籍，不假良史之辞，不托飞驰之势，而声名自传于后"的道理。又在《又与吴质书》中盛赞建安七子之一的徐干道："伟长独怀文抱质，恬淡寡欲，有箕山之志，可谓彬彬君子者矣。著《中论》二十余篇，成一家之言，辞义典雅，足传于后，此子为不朽矣。"还在《与王朗书》中曰："生有七尺之形，死唯一棺之土，唯立德扬名，可以不朽，其次莫如著篇籍。"如此，在曹丕看来立言不朽必须做到三点：一是要成一家之言。或像周文王演《易》，或像周公旦制《礼》，或像徐干著《中论》。二是要矢志不渝。周文王遭囚禁成其大作，周公旦负重任而成其鸿文，徐干恬淡寡欲而成其巨著。三者与常人的差异就在于不会因"贫贱则慑于饥寒，富贵则流于逸乐，遂营目前之务，而遗千载之功"①，不管是困厄还是显达，都能潜心凝虑地著书立说。三是要珍惜光阴。那"人人自谓握灵蛇之珠，家家自谓抱荆山之玉"②的建安七子，数年之间零落略尽，特别是那位"斐然有述作之意，其才学足以著书"③的汝南应场，美志不遂，便已辞世。于是，使曹丕倍感"古人贱尺璧而重寸阴，惧乎时之过已"的正确性，要振臂高呼"年寿有时而尽，荣乐止乎其身，二者必至之常期，未若文章之无穷"④也。

3. 以气为主的文学观点：气，原本是古代一个含义复杂的名词，是孟子第一个将气与人之情志结合起来，在《公孙丑上》提出了"夫志，气之帅也；气，体之充也；夫志至焉，气次焉"的观点。按今天的话说，情志是个性气质的主帅，个性气质是充满体内的力量。情志到了哪里，个性气质也随之在哪里表现出来。而曹丕继承了这个观点，在《典论·论文》里说："文以气为主，气之清浊有体，不可力强而致。"⑤因为文

①　严可均：《全上古三代秦汉三国六朝文》录曹丕《典论·论文》，中华书局 1958 年版，第 1098 页。

②　赵幼文：《曹植集校注》，录曹植《与杨德祖书》，人民文学出版社 1984 年版，第 153 页。

③　严可均：《全上古三代秦汉三国六朝文》录曹丕《又与吴质书》，中华书局 1958 年版，第 1089 页。

④　严可均：《全上古三代秦汉三国六朝文》录曹丕《典论·论文》，中华书局 1958 年版，第 1098 页。

⑤　严可均：《全上古三代秦汉三国六朝文》录曹丕《典论·论文》，中华书局 1958 年版，第 1098 页。

学作品是用来反映人的情志的，作家的个性气质又直接影响情志的如何抒发，阳刚者有之，沉郁者亦有之，这是由作家的个性气质所决定的，而作家的个性气质又是先天禀赋和长期养成的结果，是不可能勉其力而加以改变的。故此，曹丕要用气来评价作家，又在文中言道："徐干时有齐气，应场和而不壮，刘桢壮而不密，孔融体气高妙"①，还在《又与吴质书》里提到"公干有逸气，但未遒耳"。无论曹丕对这几位作家的评价中肯与否，其用气，即用个性气质来检验作家作品优劣的方法是显而易见的。自此，曹丕所确立的"文气说"便成为中国古代文论里的一个重要理论，不断被后人所运用与发挥，衍生出诸如刘勰在《文心雕龙》里提出的《体性》、《风骨》、《养气》等观点，而风靡百代。

4. 体别文异的创作标准：在曹丕著《典论·论文》之前，许多文体均已成熟，只是人们对文体的认识基本还停留在共有的规则上面，如孔子在《论语·阳货》里说："诗，可以兴，可以观，可以群，可以怨。迩之事父，远之事君，多识于鸟兽草木之名。"② 这是讲诗这类文体的政治教化效用。孟子在《万章章句上》里说"不以文害辞，不以辞害志"③，这是讲所有文体在遣辞用语时都要注意的问题。其余若墨子、庄子、荀子乃至汉代的司马迁、扬雄、王充等都有或多或少的论述，这些论述固然有极高的价值，但毕竟未涉及各类文体的特征，无疑存有缺憾，是曹丕首次在《典论·论文》中提出了"夫文本同而末异，盖奏议宜雅，书论宜理，铭诔尚实，诗赋欲丽"④ 的观点。他所说的"本"指的便是各类文体应当共同遵守的基本规则；所说的"末"，指的便是各类文体不同的特征，这种将"本"和"末"结合起来进行研究，以确立各类文体的特征，在中国批评史上意义重大。尽管曹丕所提出的创作标准，未必完全正确或被人所接受，但毕竟推动了后来的文体研究，如桓范的《世要论》、陆

---

① 严可均：《全上古三代秦汉三国六朝文》录曹丕《典论·论文》，中华书局 1958 年版，第 1097 页。

② 杨伯峻《论语译注·阳货》，中华书局 1980 年版，第 185 页。

③ 杨伯峻：《孟子译注·万章上》，中华书局 1960 年版，第 215 页。

④ 严可均：《全上古三代秦汉三国六朝文》录曹丕《典论·论文》，中华书局 1958 年版，第 1097 页。

机的《文赋》、挚虞的《文章流别论》，乃至刘勰的《文心雕龙》等，亦影响着一代又一代文人的创作。

5. 审己度人的美好文风：曹丕在《又与吴质书》里描绘邺下文人诗酒唱和的盛况："昔日游处，行则连舆，止则接席，何曾须臾相失。每至觞酌流行，丝竹并奏，酒酣耳热，仰而赋诗"①，即便在这种极其美妙的盛况下，也还存在着"贵远贱近，向声背实"，"闇于己见，谓己为贤"，"文人相轻，自古而然"的种种遗憾。这些遗憾，有的是前贤根据文人固有的弱点早就发现了的。如桓谭在《新论·闵友》里说："世咸尊古卑今，贵所闻贱所见也，故轻易之。"王充在《论衡·须颂篇》里说："俗儒好长古而短今。"有的则是曹丕的新见，他认为：汉代曾有班固嘲笑傅毅"下笔不能自休"之事，如今则有"斯七子者，于学无所遗，于辞无所假，咸以自骋骐骥于千里，仰齐足而并驰。以此相服，亦良难矣"之忧。这是因为各自禀赋的文气不同，各自擅长的文体不同，所以才会出现"各以所长，相轻所短"的现象。要摒弃这种现象，唯有"审己以度人"，即审视自己的短长以度量别人。为了阐明这一观点，他在《典论·论文》中还具体品评了建安七子的创作，指出王粲和徐干长于辞赋，陈琳和阮瑀长于章表书记，前者"虽张蔡不过"，后者亦"今之隽也"。他强调各类文体有所区别，只有"通才"才能兼善各种文体，至于各自禀赋的文气，那更是"不可力强而致"②。经过这番论述，他所倡导的审己度人的美好文风便跃然纸上，既可以用来引导文学批评，又可以用来增强作家修养，该观点之精当值得激赏。

二　论武：用兵方略与习武所得

曹丕酷爱并多方涉及武学，这自然和其父曹操所形成的"昼则讲武策"③，并著有《孙子注》等家风有关，也和他"生于中平之季，

---

① 严可均：《全上古三代秦汉三国六朝文》录曹丕《又与吴质书》，中华书局1958年版，第1089页。

② 严可均：《全上古三代秦汉三国六朝文》录曹丕《典论·论文》，中华书局1958年版，第1097页。

③ 陈寿：《三国志·魏书·武帝纪》注引《魏书》，中华书局1959年版，第54页。

长于戎旅之间"① 以及贵为帝王的阅历有关。他的武学观点，多见于
所作《典论·自叙》及书、铭、诏、策等各类文章中，主要有四点。

1. 奖掖军功，告慰亡灵：延康元年（公元 220 年），曹丕封张既
为凉州刺史，朱灵为鄃侯，并赏赐任城王彰食邑五千。三者或受封或
得赏的原因见《诏张既为凉州刺史》、《诏褒张既击胡》、《封朱灵为
鄃侯诏》、《任城王彰增邑诏》。张既的受封，是因为他"踰河历险，
以劳击逸，以寡胜众"②，使朝廷再无西顾之忧。加之他"谋略过人"
便得到了"便宜行事，勿复先请"③ 的用兵自主权。朱灵的受封，是
因为他"佐命先帝，典兵历年，威过方、邵，功踰绛、灌"④。时逢
曹丕初登帝位，正当用人之际，更需要这位"元功之将，社稷之
臣"⑤ 鼎力辅佐之。曹彰的增邑，是因为曹丕除了要遵循先王之道而
开国承家需并建兄弟之国来藩屏大宗外，还因为他奉命北伐并取得了
"清定朔土"⑥ 的赫赫战功。观此三者，则体现出曹丕奖掖军功的武
学观。其奖掖的前提一是立有战功，二是有勇有谋，三是威望过人或
能为藩屏。其目的，显然是要让这些将领更好地效命疆场，做朝廷靖
边安疆的股肱之臣。与之相辅的是告慰亡灵。黄初元年（公元 220
年）十一月，曹丕颁布《膑祭死亡士卒令》，之前，亦曾下宣《诏赐
张既子翁爵》、《诏官李通子基绪》、《策谥庞德》等。其内容有三点：
首先是殡葬与官祭阵亡士卒。由于连年征战，阵亡者甚多，有的还顾
不得收敛，曹丕为此"甚哀之"，并诏令郡国"给槥椟殡敛，送至其

　　① 严可均：《全上古三代秦汉三国六朝文》录曹丕《典论·论文·自叙》，中华书局
1958 年版，第 1096 页。
　　② 严可均：《全上古三代秦汉三国六朝文》录曹丕《诏褒张既击胡》，中华书局 1958
年版，第 1076 页。
　　③ 严可均：《全上古三代秦汉三国六朝文》录曹丕《诏张既为凉州刺史》，中华书局
1958 年版，第 1076 页。
　　④ 严可均：《全上古三代秦汉三国六朝文》录曹丕《封朱灵为鄃侯诏》，中华书局
1958 年版，第 1076 页。
　　⑤ 严可均：《全上古三代秦汉三国六朝文》录曹丕《封朱灵为鄃侯诏》，中华书局
1958 年版，第 1076 页。
　　⑥ 严可均：《全上古三代秦汉三国六朝文》录曹丕《任城王彰增邑诏》，中华书局
1958 年版，第 1076 页。

家，官为设祭"①。其次是赐爵或授官于功臣之子。张既"不幸薨陨"，曹丕念其击胡有功，故赐其子张翁嗣爵为关内侯。李通"不幸早薨"，念其在官渡之战时义拒袁绍的诱降且战功卓著，故封其子李基和李绪为奉义中郎将、平虏中郎将。最后是赠谥阵亡之将。庞德与蜀将关羽激战樊城，失利后被擒，拒不降伏而宁愿受死，曹丕认为他"式昭果毅，蹈难成名，声溢当时，义高在昔"②，故追赠庞德谥号为壮侯。据此看出曹丕告慰亡灵的方法多样，其目的是要和奖掖军功相互为用，令生者效法亡者而忠勇不贰乎？

2. 黜陟有方，运筹得度：曹丕深晓用人乃成败之关键的道理，并在黜陟或言罢免与晋升上颇费了一番心计。于禁是魏国名将之一，并且在洧水之难时得到过曹操"在乱能整，讨暴坚垒，有不可动之节，虽古名将，何以加之"③的赞誉。惜其晚节不保，在樊城之役中被擒降蜀，后又因关羽兵败被俘降吴。曹丕登基后，吴送于禁返魏，曹丕作《制复于禁等官》和《与于禁诏》。前诏言"昔荀林父败绩于邲，孟明丧师于肴，秦、晋不替，使复其位"，这使两位名将感激涕零而更加奋发有为，终于取得了秦霸西戎、晋获狄土的不凡业绩。后诏言"昔汉高祖脱衣以衣韩信，光武解绶以带李忠"，都是人主敬重有功之臣的举动。所以，曹丕要恢复于禁的官职，并将父王曾佩戴过的朱绂及远游冠赐给于禁。从诏文看，曹丕对于禁真是宽容大度，宠信有加，但实质是莫大的讽刺和嘲弄。查史，于禁被封为安远将军后，出使东吴前曹丕令其北诣邺谒高陵，并预先在陵屋画了幅樊城之役庞死于降的图画，使于禁"惭恚发病薨"④，这种明陟暗黜的手段不可谓不高明。又延康元年（公元220年），曹丕写密令问张既道"金城太守苏则，既有绥民平夷之功，闻又出军

① 严可均：《全上古三代秦汉三国六朝文》录曹丕《殡祭死亡士卒令》，中华书局1958年版，第1084页。

② 严可均：《全上古三代秦汉三国六朝文》录曹丕《策谥庞德》，中华书局1958年版，第1082页。

③ 陈寿：《三国志·魏书·张乐于张徐传》，中华书局1959年版，第522页。

④ 陈寿：《三国志·魏书·张乐于张徐传》，中华书局1959年版，第524页。

西定湟中"①，是否可加爵赐邑，这看出他在用人上的谨慎。其余如《出蒋济为东中郎将不听请留诏》、《诏征南将军夏侯尚》、《以蒋济为东中郎将代领曹仁兵诏》等，或以受任者为安邦定国之猛士而任之，或以受任者为心腹重臣而任之，或以受任者文武兼备而任之。用人之际，显见其有理有据，处之有方。另外，曹丕在运筹帷幄时，还处处体现出了用兵上的前后照应、首尾相顾的观点，他在《征吴设镇军抚军大将军诏》、《征吴临行诏司马懿》、《还洛阳诏司马懿》等诏书中都表示了这种用兵方略。后诏直接告知司马懿"吾东，抚军当总西事；吾西，抚军当总东事"，诏文含义明确，简洁晓畅。前两诏则阐明了之所以这样做的原因，一是伐吴期间要做到没有后顾之忧；二是效法汉高祖请萧何提供辎重粮草；三是仿照轩辕黄帝和周武王让贤臣镇守京师，以便车驾周行天下。其阐述之周详，使得诏书颇具说理之味道。

3. 安抚降者，威慑敌方：孟达原是蜀国将领，于延康元年（公元220年）七月举众降魏，这令曹丕十分喜悦，接连作了《孟达杨仆降附令》、《与孟达书》、《答孟达荐王雄诏》凡3篇文章。首篇言借鉴"春秋褒仪父"之意，封孟达为新城太守，至于因"风化动其情，而仁义感其衷"而来归附的氐王杨仆与其臣民，使之安居汉阳郡。次篇则说孟达的降魏如同"伊挚背商而归周，百里去虞而入秦"等，并将他所用的马匹及物品赐之，以彰显钟爱之心。末篇言孟达推荐王雄是"昔萧何荐韩信，邓禹进吴汉"，也是唯贤知贤，而王雄文武兼备，必将重用。这三篇文章，既抚慰了降者忐忑不安的心灵，又体现了他在武学上招叛纳降的仁者胸襟，引经据典，是其阐述该观点的方法也。孙权迫于形势，摇摆在魏蜀之间，黄初二年（公元221年）八月因被刘备击败而称臣于魏，曹丕遂作《策命孙权九锡文》和《册命孙权太子登为东中郎封侯文》，在文中他大谈自己奉天承运并欲效法前代明君广纳贤臣的愿望，极力称道孙权父子的归顺是"深睹历数，达见废兴"，相信他们定会"忠肃内发，款诚外昭，信著金石，

① 严可均：《全上古三代秦汉三国六朝文》录曹丕《问张既令》，中华书局1958年版，第1083页。

义盖山河"，所以，曹丕要分封孙权父子，使他们"绥安东南，纲纪江外"，并且像周公旦和萧何那样或"祚流七胤"或"一门十侯"。其后，曹丕又做过许多笼络孙权的事，如黄初三年（公元222年）五月以"又以素书所作《典论》及诗赋与权"①，作《报吴主孙权》、《又报吴主孙权》、《与孙权书》，既赞许孙权大破蜀军的功绩又赠送良马二匹，还直言"朕之与君，大义已定"，举止与言辞之间，极尽亲和之能事。事隔仅数月，吴主孙权复叛，曹丕便领兵征讨之，命曹休、张辽、臧霸出洞口，曹仁出濡须，曹真、夏侯尚、张郃、徐晃围南郑，可谓兵分三路，来势凶猛。曹丕还亲自作了《诏责孙权》和《伐吴诏》，两诏除遣责孙权前后不一背信弃义外，还将孙权比作了小丑和蚩尤，直斥其"凶顽有性"，自称是师出有名，定能一举歼灭之。这种威慑的确起到了迫使孙权悔改的作用，据《三国志·吴书·吴主传》载"故权卑辞上书，求自改厉"②，其中的原因除了吴国内部杨、越等地的内难未平外，曹丕的用兵与诏责该是一个重要的因素。

4. 酷爱兵器，自诩武功：曹丕自幼习武，他在《典论·自叙》里说"上以世方扰乱……又教余骑马，八岁而知骑射矣"③，这就和兵器结下了不解之缘。其所作《剑铭》，较详细地记载了建安二十四年（公元219年）他为太子时所造兵器的名称和形状。铸就的3柄剑名曰飞景、流采、华锋，统称百辟宝剑，其形状有的长4尺2寸，重1斤10两；有的长4尺2寸，重1斤4两，都经过清漳水的萃火，用玉石和犀牛角精心装饰，焕发流星彩虹般的光耀。铸就的3口刀名曰灵宝、含章、素质，统称百辟宝刀，其形状有的长4尺3寸6分，重3斤6两；有的长四尺3寸3分，重3斤10两；有的长4尺3寸，重2斤9两。或纹路似灵龟，或色彩如丹露，或光泽如崩霜。铸就的2把匕首名曰青刚、扬文。其尺寸重量不详，但形状或似坚冰，或似朝日，可见光彩耀目不同凡响。铸就的百辟露陌刀名曰龙鳞，长3尺2寸，状如龙纹。这9件兵器，据说都是在曹丕"君子虽有文事，必有

---

① 陈寿：《三国志·吴书·吴主传》引《吴历》，中华书局1959年版，第1125页。
② 陈寿：《三国志·吴书·吴主传》，中华书局1959年版，第1125页。
③ 严可均：《全上古三代秦汉三国六朝文》录曹丕《典论·自叙》，中华书局1958年版，第1096页。

武备矣"①的战略眼光下铸造的，也和曹丕"余好击剑，善以短乘长"②，从而仰慕孟劳和太阿等上世名器有关。在铸造过程中都经过能工巧匠的精心选材与竭尽技艺，始成时，有"五色充炉，巨橐自鼓。灵物仿佛，飞鸟翔舞"，真可谓稀世之利器矣。与之有关的，曹丕还作有《送剑书》和《露陌刀铭》，前篇言他有一枚"明珠标首，蓝玉饰靶"的宝剑，赐之左右，以除妖气。后篇言露陌刀是口久经镕炼譬诸麟角的吉祥的宝刀，愿永久地持有。以上3篇文章，均显现曹丕对兵器的酷爱，亦依稀透露其在武学方面的素养。而能更好地窥视其武功并了解其能力大小的当属《典论·自叙》。这篇文章，主要叙述的是他成长的过程，涉及武学的有两点：一是骑射，曹丕除了大谈自幼受到良好的武学教育外，特别提到的是建安十年（公元205年）春与族兄曹真猎于邺西之事，这次他们获9只麋鹿，30只雉兔，所得颇丰，体现出其骑射功夫极强，以至于成为他往后自夸的资本。有一次荀彧前来犒劳南征驻扎于曲蠡的军队，遇到曹丕谈及骑射之事，曹丕说"项发口纵，俯马蹄而仰月支"③不是什么难事，因为各类箭靶都是固定的，所以每发必中，并不足奇。而能称奇的是"驰平原，赴丰草，逐狡兽，截轻禽，使弓不虚弯，所中必洞"④。由此显见，他认为骑射真功夫在于实用，而不是只会射射箭靶，这又是他所坚持的一个武学观点。二是击剑，曹丕自言曾师从桓灵之时的名师虎贲王越之传承者史阿，技艺高超。有一次与剑术颇精的奋威将军邓展以甘蔗当剑比武，数次交锋，3中其臂。邓展不服，在左右大笑之中请求再试，结果被击中脑门子。这还不算，他还要对"善有手臂，晓五

---

① 严可均：《全上古三代秦汉三国六朝文》录曹丕《剑铭》，中华书局1958年版，第1097页。

② 严可均：《全上古三代秦汉三国六朝文》录曹丕《剑铭》，中华书局1958年版，第1097页。

③ 严可均：《全上古三代秦汉三国六朝文》录曹丕《典论·自叙》，中华书局1958年版，第1096页。

④ 严可均：《全上古三代秦汉三国六朝文》录曹丕《典论·自叙》，中华书局1958年版，第1096页。

兵，又称其能空手入白刃"① 的邓展说"愿邓将军捐弃故伎，更受要道"②，这明显在奚落和嘲笑对方，既让对方羞愧得无地自容，又再次表明他所持武学须实用的观点。而自身的武学素养，为其治国安邦奠定了良好的基础。

三　论政：受禅治国与以古鉴今

曹丕一生与政治结缘，作为三足鼎立时期而又长期事奉汉室并以魏代汉的一位大政治家，自然有其特殊的政治经历和卓越的政治才能，并逐渐形成了他的政治素养与政治观。

1. 以礼受禅，名利兼得：据陈寿《三国志·魏书·文帝纪》载：曹丕于延康元年（公元 220 年）十月"王升坛即阼……视燎成礼而反"③。整个以魏代汉的过程，由四个阶段组成。一是散布舆论，软性逼宫：先是老臣殷登借该年三月黄龙重现于谯的机会，传播太史令单飏 30 多年前的预言，让国人皆知"其国后当有王者兴"④。后是太史丞许芝大谈谶纬之学，散布《春秋汉含孳》曰："汉以魏，魏以徵"。《春秋玉版谶》曰："代赤者魏公子。"而曹丕在这时写了《以李伏言禅代合符谶纬令》、《辞许芝等条上谶纬令》、《答司马懿等再陈符命令》，明确地说谶言与祥瑞之事，是些"似是而非者"，甚至是"虚谈谬称"，自谦为"薄德之人"，虽承父业但毕竟"恩未被四海，泽未及天下"，故要效法周武王初期及伯夷、叔齐，不愿称帝。二是群臣劝进，撼动汉鼎：先有侍中刘廙、辛毗、刘晔等人的进言，后有辅国将军靖苑侯刘若等百二十人的上书，内容只有一个，即曹丕功高德隆且奉天承运，理应成为天子。而曹丕又写了《止群臣议禅代礼仪令》、《答董巴令》等，再次自谦不堪重任。三是献帝自请，屡遭辞让：据统

① 严可均：《全上古三代秦汉三国六朝文》录曹丕《典论·自叙》，中华书局 1958 年版，第 1096 页。

② 严可均：《全上古三代秦汉三国六朝文》录曹丕《典论·自叙》，中华书局 1958 年版，第 1096 页。

③ 陈寿：《三国志·魏书·文帝纪》，中华书局 1958 年版，第 62 页。

④ 陈寿：《三国志·魏书·文帝纪》，中华书局 1958 年版，第 58 页。

计，曹丕写就的《辞请禅令》、《三让玺绶令》、《上书三让禅》等有十二篇之多，其内容有三点:其一，明确下令奉还玺绶和罢设坛场，并表露不愿受禅之愿望;其二，以尧让许由、舜让善卷等为例，说明自己"求仁得仁"的心迹;其三，反复陈说诚惶诚恐，至使产生"伏听册告，肝胆战悸，不知所措"的心情;四是君命难违，恭敬从命。在献帝的多次请求和群臣的极力劝进下，曹丕终于以"天命不可拒，民望不可违"① 的理由接受了禅让。这个受禅的过程看似非常复杂，其实质却又非常明了简单，那就是让曹丕赢得了一个行尧舜禹之事的美誉，符合儒家"不愆不忘，率由旧章"② 的政治观。

2. 抚髀兴叹，以史为鉴:曹丕有 3 篇史论，《周成汉昭论》、《太宗论》和《论孝武》，写得十分精彩。其一，将周成王与汉昭帝进行了比较，认为世人皆赞美周成王而贬抑汉昭帝极不公正。周成王有圣考贤妣的美德熏陶和教化，又有周、召为保傅，吕尚为太师，是一个"沉渍玄流而沐浴清风者"，尚且还要听信二位叔父的谗言，猜疑周公旦，若不是"皇天赫怒，显明厥咎，犹启诸金縢，稽诸国史"，才醒悟过来，真是不能明辨是非的昏庸之辈。而汉昭帝既无武王与邑姜那样的圣父贤母，又无周召与吕尚那样的辅弼，然而，他"年在二七，早智夙达"，先是觉察到燕王旦与御史大夫桑弘羊等谋反，将其尽诛之，后是不信谗言，公然宣称大将军霍光是"国家忠臣"。假若让汉昭帝和周成王"均年而立，易世而化，贸臣而治，换乐而歌"，那么，汉昭帝是不会亚于周成王的。这就给后世一个启示:即一位帝王年幼时所受的教育和登基后所任用的臣子显得十分重要，其直接关乎治国的成败与身后的声名，不可不引以为戒矣。其二，对汉文帝刘恒做了番评价。首先是南越尉佗自立为帝，他不派兵征讨，反而"抚以恩德"，遂使其俯首称臣。其次是吴王诈病不朝，他不遣使严责，反而"赐之几杖"，使其感激涕零。再次是他"弘三章之教，恺悌之化"，使群臣及百姓畅所欲言。最后是任用贾谊等青年才俊。这四点，

---

① 严可均:《全上古三代秦汉三国六朝文》录曹丕《允受禅令》，中华书局 1958 年版，第 1085 页。

② 朱熹:《诗集传·诗经·大雅·假乐》，中华书局 1958 年版，第 195 页。

言明的是施政需要有汉文帝那样的"大人之量",方能长治久安,国富民强。其三,称颂汉武帝廓清边境而征讨匈奴的事迹。汉武帝在位正值汉室鼎盛时期,所谓"承累世之遗业,遇中国之殷阜,府库余金钱,仓廪畜腐粟",仗着富足的国力,他在四五十年间征匈奴40余次,"斩名王以千数,馘酋虏以万计",汉室雄师一路攻城略地,追亡逐北,"威震匈奴矣"。从该论中,可看出曹丕敬仰和羡慕汉武帝之情,其处乱世,嗟叹不能像汉武帝般纵横疆场而一统天下也。另外,查严可均《全上古三代秦汉三国六朝文》辑录,曹丕的《典论》里还有《论周成汉昭》和《论太宗》,其文字和内容与《周成汉昭论》以及《太宗论》大同小异,疑为重复,故不赘述。

3. 屡颁禁令,止错理乱:魏国初建,百废待兴,曹丕不断下诏,以便整肃朝纲和端正民风。黄初二年(公元221年)六月,他颁布《日食勿劾太尉诏》,明确"日食"这种灾异不能归罪于股肱之臣。黄初三年(公元222年)九月,他颁布《禁妇人与政诏》,宣称妇人参政是国乱根本,从今后群臣不得奏事太后,后族之家不得担辅政之任。在这前后,他曾下颁《制傍枝入嗣位不得加父母尊号诏》,责令诸侯入嗣皆不得追加其私考为皇为后。又下颁《禁复私仇诏》,禁止"丧乱以来,兵革纵横,天下之人,多相残害"的现象。黄初五年(公元224年)十月,下颁《议轻刑诏》,提出太山之哭者以为苛政甚于猛虎,而今要"广议轻刑,以惠百姓"。同年十二月,又颁《禁设非礼之祭诏》,宣称"自今其敢设非礼之祭,巫祝之言,皆以执左道论"。这些诏书,口吻强硬,含义明确,涉及如何对待天灾、宿怨、外戚、后宫、祭奠等问题,显见曹丕在黄初年间极欲励精图治的政治愿望及倾向。

4. 恩威并施,褒忠惩奸:赐爵、晋级、增邑、赏物是曹丕最常用的施恩方法。其中赐爵晋级的有《以张登为太官令诏》,擢拔他的理由是"忠义彰著,在职功勤"等;又有《诏赐温恢子生爵》,赐予他关内侯的原因是"恢有柱石之质……授之以万里之任,任之以一方之事",结果未遂而逝,故赐其子;还有《赐薛悌等关内侯诏》,赐爵的缘由是薛悌等是"驳吏"、"纯吏"。其中增邑赏物的有《任城王彰增邑诏》,增邑的理由是他"受命北伐,清定朔土";又有《下诏赐华歆衣》，赏物的原因是华歆为"国之俊老"；还有《赐故太尉杨彪几杖诏》，赏赐他几杖的缘由是他"年过七十，行不踰矩，可谓老成人矣"。这些都是恩及个人的事例，而泽被百姓的多为免租减税，如《复颍川一年田租诏》、《除禁轻税令》、《复谯租税令》，首篇言免除颍川一年田租的原因有两个：一是官渡之战时四方瓦解，只有该郡坚守节义，"丁壮荷戈，老弱负粮"，誓死不向袁氏投降。二是曹丕在此"登坛受禅"，这地方像汉高祖以秦中和光武帝以河内为王基一样，也是"翼成大魏"之地，因而要特别关照。次篇说解除禁令和减轻税收的原因是关卡渡口与池沼河流本来就是用来"通商旅……御灾荒"的，设禁及重税，不利于商贸的繁荣，所以要解除并轻税。第三篇谯这个地方是"霸王之邦，真人本出"，先王曹操便于此问世，如今曹氏显达，按礼不能忘本，所以要免除谯郡租税二年。诸如此类，曹丕的恩泽惠及方方面面，如《取士勿限年诏》、《抚劳西域奉献诏》，前者要打破年龄界限来选拔人才，后者抚慰犒劳来朝的西域使者，甚至对请辞的老臣他也要写一篇《止王朗让位诏》，诚恳地表示挽留。对触犯朝规的骨肉兄弟也要写一篇《改封曹植为安乡侯诏》，以示大度宽容。这些做法，毋庸置疑曹丕是在效法前代明君施仁政，所谓"为政以德，譬如北辰居其所而众星拱之"[1]，说的就是这种情况。曹丕施威的方法则主要是诏责和用刑。其中诏责的有《诏责孙权》，谴责他前些时自陈"长为外臣"并接旨"头尾击地"，恭顺万分，而近日又托词晚送其子到京城，并派孙长绪和张子布两个心腹陪同，是有"异心"。其中用刑的有《收鲍勋诏》、《械系令孤浚诏》等，前者言鲍勋"指鹿为马"，故收监交付廷尉处治。后者全文仅剩"浚何愚"三字，看出他因愚而受到械系的惩罚。另外，还有一篇《成皋令沐并收校事刘肇以状闻有诏》，其赞赏成皋令拘押刘肇的做法，称赞他"无所忌惮，自恃清名耶"，敢于将牧司之爪牙绳之以法，这类诏书现存的并不多，但也见出曹丕"惟辟作威"[2]的形象。

---

[1]　杨伯峻：《论语译著》，中华书局1980年版，第11页。

[2]　中华书局编辑部：《十三经注疏》录《尚书正义·洪范》，中华书局1979年版，第190页。

5. 诚内责谗，以防隐患：这个政治观主要见于曹丕所作《典论·内诫》和《典论·奸谗》。前篇直呼"三代之亡，由乎妇人，故《诗》刺艳妻，《书》诫哲妇"[1]。他以袁术、袁绍为例，阐明宠信妇人必将败亡的道理。袁术宠信冯氏女，遭众妻妾妒忌而被绞杀并悬之于厕梁，且诈称她是"哀怨自杀"。袁绍之妻刘氏，偏爱少子袁尚，欲立之为嗣，"绍死，僵尸未殡，宠妾五人，妻尽杀之"，还要残忍地将死者"髡头墨面，以毁其形"，不让她们"复见绍于地下"。后二子争国，被曹操剿灭之，落得"举宗涂地，社稷为墟"[2] 的悲惨境地。后篇言道："佞邪秽政，爱恶败俗"[3]，他以何进、袁绍、刘表亲近奸谗之人为例，来证明孔子"佞人殆"这一观点的可信性。大将军何进亲近吴匡、张璋，灵帝崩，在何进被宦党韩理等所害之时，吴、张二人也将其弟何苗杀死于北阙，遂灭何氏一族。袁绍亲近审配、郭图，两人顺从刘氏之意，假传绍之遗命奉袁尚为嗣，于是，引发了袁谭与袁尚的内战，让曹操趁机"席卷乎河朔，遂走尚枭谭"。刘表亲近蔡瑁、张允，二人诋毁表之长子刘琦而称赞少子刘琮，致使刘琦失宠而出为江夏太守，刘表病笃，蔡张将刘琦拒之门外而不得见。刘表卒，刘琮举州投降曹操，拱手献出偌大的荆州。曹丕的这两篇文章，所举之例皆近在眼前，体现了他得国后"安而不忘危，存而不忘亡，治而不忘乱"[4] 的国家安危观。

四　立论的文化价值

王世贞《艺苑卮言》曰："自三代而后，人主文章之美，无过于汉武帝、魏文帝者"。前者姑且不论，后者值得深究。魏文帝曹丕文章之

---

① 严可均：《全上古三代秦汉三国六朝文》录曹丕《典论·内诫》，中华书局 1958 年版，第 1094 页。

② 严可均：《全上古三代秦汉三国六朝文》录曹丕《典论·内诫》，中华书局 1958 年版，第 1094—1095 页。

③ 严可均：《全上古三代秦汉三国六朝文》录曹丕《奸谗篇》，中华书局 1958 年版，第 1093 页。

④ 中华书局编辑部：《十三经注疏》录孔颖达《周易·系辞下》，中华书局影印 1979 年版，第 88 页。

美，美就美在除词丰理沛外，还在论文、论武、论政之时提出并阐述了许多独到的观点，而这些观点基本上和儒家的政治观点相吻合，是中国历代帝王及臣民们所认同的正统文化，故具有很高的价值。

1. 展示了文化素养：曹丕在《典论·自叙》中说："余是以少诵诗论，及长而备历五经、四部、史汉、诸子百家之言，靡不毕览。"① 又道："余时年五岁，上以四方扰乱，教余学射，六岁而知射；又教余骑马，八岁而知骑射矣"②，这就在文学和武学两方面奠定了坚实的基础。同时，他多次随父出征，耳闻目睹其父曹操的运筹帷幄，以此增强了武学方面的素养；又在邺下和建安七子等文人诗酒唱和，无疑提高和拓展了文学方面的眼光。建安二十二年（公元 217 年），他被立为魏太子并入主东宫，这又使他积累了较为丰富的政治经验。而曹丕的文章，正是在往后辅政或主政的过程中，这三方面素养由内而外的自然表露，从而让世人看到了一位文化素养极高的帝王。

2. 丰富了文化内涵：曹丕有大量的文章传世，本已是一件不易的事，试想他贵为太子或皇帝，哪有闲暇来读书撰文，但他"研精典籍，留意篇章"，给后世留下了大量的翰墨。关键在于他能在建安和黄初这两个历史时期，以自身特殊的感受和亲身经历以及耳闻目睹的事实，来挥毫泼墨、撰文拟章，这就给后世留下了解并认知那两个历史时期的许多宝贵的资料。如那个时期的人怎样看待文学，那个时期的人怎样运用武学，又怎样复杂而又兵不血刃地改朝换代等。可以说，那两个历史时期因曹丕诸多文章的存在，并与众多才子的文章交相辉映而显得生动精彩，那两个历史时期的文化也因曹丕的努力而变得更为绚丽灿烂。

3. 提升了文化品位：在曹丕之前，论文论武者有之。尤其是武学有《孙子兵法》、《穰苴兵法》等专门的著作；而论文则限于只言片语，许多观点散见于诸子及史传之中，因此说曹丕的《典论·论文》是我国的第一篇文学专论。它不但给予文章"经国之大业，不

① 严可均：《全上古三代秦汉三国六朝文》录曹丕《典论·自叙》，中华书局 1958 年版，第 1097 页。

② 严可均：《全上古三代秦汉三国六朝文》录曹丕《典论·自叙》，中华书局 1958 年版，第 1096 页。

朽之盛事"① 的崇高地位，而且批评了"文人相轻，自古而然"② 等
恶习，品评了建安七子，指出了奏议、书论、铭诔、诗赋所谓"四
科"的艺术特点，提出了"文以气为主，气之清浊有体，不可力强
而致"③ 的文气说，这就超越了前代，让后世文人在创作或评价文学
作品时有章可循，也使文章在地位、风格、个性体现等方面得到升
华，特别是"文气说"，刘熙载在《艺概》里有："自《典论·论
文》以及韩柳，俱重一气字。"④ 可见其影响之深远。至于武学，前
代著者完全是从兵法家的角度，冷然而又严肃地来讲用计使谋，造势
攻略的，而曹丕则不然，他是用多年习武和用兵的亲身体会来谈论武
学的，不管是自诩武功、酷爱兵器，还是奖掖军功、告慰亡灵；不管
是运筹帷幄，知人善任，还是施恩降者，威慑敌方，这中间都充满了
"情"，一改前代兵法家之冷峻，那些个诏书、策命、敕令、书铭虽
不如兵法家写得精辟，但自身之情跃然纸上，品位之高，令读者歆
歆。曹丕的论政，更是时有出新。以魏代汉，本非易事，而他既得到
了江山社稷，又赢得了"行尧舜之事"的美誉，让前代美好的传说，
到他这里成为了现实。至于周成汉昭，早有定论，孰贤孰愚，而他却
从考妣辅弼和两位的所作所为中寻找评价的差异。他登基后，或整肃
朝纲，止错理乱；或诫内责谗，防止隐患，这些，均使原本凶险的政
治，显得文化味十足，使后世窥视那个时期的宫廷十分有趣。

4. 注重了文化效用：曹丕的绝大部分文章，皆是因人因事而作。
论文的代表作有《典论·论文》、《与吴质书》、《答卞兰教》、《与王
郎书》等，其目的是为了表明自己的文学观点，以廓清邺下文人错误
的追求和不良的风气。《以孔羡为宗圣侯置吏修庙诏》、《禁设非礼之
祭诏》，更是明确自己的思想倾向，实际效用自不待言。论武的代表
作有《典论·自叙》、《露陌刀铭》、《送剑书》等，其目的是告知臣

① 严可均：《全上古三代秦汉三国六朝文》录曹丕《典论·论文》，中华书局 1958 年
版，第 1098 页。
② 严可均：《全上古三代秦汉三国六朝文》录曹丕《典论·论文》，中华书局 1958 年
版，第 1097 页。
③ 严可均：《全上古三代秦汉三国六朝文》录曹丕《典论·论文》，中华书局 1958 年
版，第 1098 页。
④ （清）刘熙载：《艺概》，上海古籍出版社 1978 年版，第 38 页。

僚自己自幼习武并爱好兵器，使之敬畏不已。至于《诏张既为凉州刺史》、《伐吴临行诏司马懿》、《诏责孙权》等诏策类文章，那是要明告臣僚们其君王的意图如何，从而赴任的赴任、留守的留守、臣服的臣服，一旦颁下，轻慢不得。论政的代表作有《典论·内诫》、《典论·奸谗》、《周成汉昭论》等，其目的是总结历史和现实的经验教训，以便更好地治国。至于《日食勿劾太尉诏》、《禁复私仇诏》、《赐故太尉杨彪几杖诏》、《收鲍勋诏》、《除禁轻税诏》等，那更是为了整肃朝纲、端正民风、恩威并施，显示出治国的极大效用。从某种角度说，文章是一种精神产品，是精神文化、制度文化、物质文化这三个层次文化中最高层次的文化，而精神文化会对后两个文化产生作用，如曹丕的那些诏书、策命、敕令就会成为魏国的某种制度与民俗，甚至给臣民带来物质上的富足，反之亦然。

5. 发挥了文化功能：文化的范畴极广，其根本功能在于认同，或者说得更确切一点，就是某个民族、团体、阶层等对某种思想、制度、习俗、预言甚至建筑、物品、餐饮、服饰等的共同认知与接受。曹丕的文章，所反映出的尊儒反道的思想倾向，立言不朽的价值观念，知人善任的用人方略，恩威并施的施政措施等，无不是中国历代共同认同的思想和做法，而那些整肃朝纲、端正民风、以史为鉴、诫内责谗等文章的内容，也是历代特别是经过汉末大动乱后臣民们迫切需要并赞许的，甚至是以魏代汉这件本是要遭谴责的大事，也因为曹丕的一系列文章和举措，变成了效法三代圣君受禅，被当时的臣民们所认可与赞同，所谓民心所向、奉天承运。这样看来，曹丕真是把文化的功能发挥到极致。

清代学者吴景旭在《历代诗话》里说："魏文雄才智略，本非庸主"，笔者不敢苟同，曾撰《曹丕：因利乘便的一代帝王》，认为曹丕是因袭其父所创伟业，乘汉室式微之便利而获得政权的一位帝王。研阅曹丕的各类文章，更觉得曹丕是中国历史上难得的一位文化素养极高而又善于以文化统领臣民的帝王，其父魏武帝以武辅之文征伐四方，他以文辅之武治理天下，真可谓不朽者也。

曹

植

篇

第十二章　曹植的抱负与才华

　　曹植，是我国建安时期伟大的现实主义作家。他的诗文，语言精练，词采华茂，不但深刻揭露了统治阶级内部骨肉相残的残酷状况，也在一定程度上反映了人民生活的痛苦，因而博得历代文论者的推崇和赞赏。

　　但是，以伟大作家的身份名垂千古，流芳百世，这并不是曹植平生的抱负和努力奋斗的目标。

　　他同我国历史上许许多多的文学家相似，终其一生，都在以政治家（而且是大政治家）自期，自始至终未曾放弃过"戮力上国，流惠下民"①的雄心壮志，而将文学只视作"未足以揄扬大义，彰示来世"②的无用之物。因此，他从未对自己创作出许多惊绝千古的诗文而感到满意，相反，却为了不能实现自己胸中的政治抱负而长期苦闷抑郁。这种苦闷抑郁，又随着他在政治上的屡次失败，横遭猜忌，功名无望而变得愈加悲痛，愈难平息。

　　历代文论者，往往把曹植一生不能实现胸中抱负的原因，归结到他"不自雕励，饮酒不节"③而失宠于父，以及那位"以夺嫡为嫌"④的兄长不加举用上去，这自然有一定的道理。然而，笔者认为这些不是曹植理想破灭的主要原因。只要我们细读曹植现存的百余篇诗文，并结合历史加以研究，就会发现，曹植的政治见解与其父曹操和其兄曹丕有很大的不同，甚至可以说，他的政治见解同曹操、曹丕

---

①　赵幼文：《曹植集校注·与杨德祖书》，人民文学出版社1984年版，第154页。
②　赵幼文：《曹植集校注·与杨德祖书》，人民文学出版社1984年版，第154页。
③　陈寿：《三国志·魏书·任城陈萧王传》，中华书局1958年版，第557页。
④　陈祚明：《采菽堂古诗选》，上海古籍出版社2008年版，第184页。

长期所推行的以魏代汉的方针是格格不入的，是极力维护行将崩溃的东汉王朝的。所谓"大魏应灵符，天禄方甫始"①，所谓"皇父创迹于前，陛下光美于后"②，所谓"绍先周之旧迹，袭文武之懿德"③，说到底，只不过是曹植在其兄曹丕已经位登大宝后无可奈何而强挤出的阿谀奉承之词，而"闻魏氏代汉，皆发服悲哭"④，才是曹植政治见解的真实暴露。由于这个缘故，曹植肯定会受到其父曹操的冷遇，肯定会终身不被其兄曹丕举用，肯定会落得个理想破灭的悲剧性结局。

其次，笔者还认为，曹植并不具备一个政治家的卓越才能。反对其兄曹丕取代汉室社稷，这已经是不能顺应历史发展的政治见解，而始终看不清自己与曹丕父子的矛盾所在，一边充当着任人宰割的麋鹿的角色，一边还在炫耀自己"怀此王佐才，慷慨独不群"⑤，还在做着"排金门，蹈玉陛，列有职之臣，赐须臾之问"⑥的美梦，岂不是幼稚到了极点？

由此推断，曹植的政治才华是非常缺乏的，是和他胸中的抱负非常不相应的。

曹植整个一生都未能实现自己胸中的抱负，可是，在文学方面却意想不到地获得了巨大的成就。实际上，正是他胸中抱负极大而政治才能匮乏才使他领略了人生中一次又一次失败的痛苦，也正是这些失败的痛苦，迫使他去正视残酷的现实，并激起他创作的灵感，增长了他文学的才华，使他挥笔写下了许多"其音宛，其情危，其言愤切而有余悲"⑦的诗文，成为一位"誉冠千古"⑧的现实主义作家，这些还是值得后人加以肯定的。

---

① 赵幼文：《曹植集校注·大魏篇》，人民文学出版社 1984 年版，第 329 页。
② 赵幼文：《曹植集校注·魏德论》，人民文学出版社 1984 年版，第 215 页。
③ 赵幼文：《曹植集校注·庆文帝受禅表》，人民文学出版社 1984 年版，第 212 页。
④ 陈寿：《三国志·魏书·任苏杜郑仓传》，中华书局 1958 年版，第 492 页。
⑤ 赵幼文：《曹植集校注·薤露篇》，人民文学出版社 1984 年版，第 433 页。
⑥ 赵幼文：《曹植集校注·陈审举表》，人民文学出版社 1984 年版，第 445 页。
⑦ 宋长白：《柳亭诗话》，光绪壬午年十月刊本，第 489 页。
⑧ 罗仲鼎：《艺苑卮言校注》，齐鲁书社 1992 年版，第 112 页。

一　理想极大，才能缺乏

古今有志之士，想要在政治上干出一番伟大的事业，就必须具备有利的社会条件和卓越的才能。曹植得到过这样的社会条件，又因缺乏才能而错过了它，最终造成了理想破灭的悲剧性结局。

就曹植的生平事迹而论，他是个擅于"鸣俦啸匹侣，列坐竟长筵"①、"含欣而秉笔，大笑而吐辞"②的文人学士。可惜的是，他一直没有正确地认识自己，总以为自己武能领兵横扫吴蜀，轻而易举地"虏其雄率，歼其丑类"③；文能辅佐君主治理天下，肯定会"上同契于稷卨，降合颍于伊望"④。他根本就不甘心做一个作家，一个文人，所谓"君子通大道，无愿为世儒"⑤，就是他内心世界的坦率表露。他长期幻想着有朝一日，或者像田光、公叔之类的英雄豪杰去舍生忘死地报效朝廷，或者像伊尹、周公之类的贤士良臣去呕心沥血地佐王施政，要让自己"功存于竹帛，名光于后嗣"⑥，哪怕是"身分蜀境，首悬吴阙"⑦也在所不辞。

在魏、蜀、吴三国鼎立，人民迫切盼望中国再度统一，以便早日结束那种兵荒马乱、颠沛流离的苦难生活的特定历史环境里，曹植，这个魏王曹操的心爱之子，魏文帝的同胞兄弟，魏明帝的嫡亲叔父具有如此伟大的政治抱负，应该说是十分实际、十分可贵的。况且，历史也正需要一位伊尹、周公式的大政治家，来担负起统一中国、重新建立一个较为开明的封建王国的重任。假如曹植果真能够起到"混同宇内，以致太和"⑧的巨大作用，那是再好不过的了。可是尽管他怎

---

① 赵幼文：《曹植集校注·名都篇》，人民文学出版社1984年版，第484—485页。

② 严可均：《全上古三代秦汉三国六朝文》录曹植《与丁敬礼书》，中华书局1958年版，第1141页。

③ 赵幼文：《曹植集校注·求自试表》，人民文学出版社1984年版，第369页。

④ 赵幼文：《曹植集校注·玄畅赋》，人民文学出版社1984年版，第242页。

⑤ 赵幼文：《曹植集校注·赠丁翼》，人民文学出版社1984年版，第141页。

⑥ 赵幼文：《曹植集校注·自试表》，人民文学出版社1984年版，第506页。

⑦ 赵幼文：《曹植集校注·求自试表》，人民文学出版社1984年版，第369页。

⑧ 赵幼文：《曹植集校注·求自试表》，人民文学出版社1984年版，第368页。

样"愿得展功勤，输力于明君"①，那些美好的理想还是化作了泡影。这原因何在？原因就在于虽然曹植得到了实现胸中抱负的有利的社会条件，却没有卓越的才华去看准它，去抓紧它，去利用它。

"乐时物之逸豫，悲予志之长违"②，"亮吾志之不从，乃拊心以叹息"③，这些听起来仿佛是痛彻心扉的诗句，实际上，都是曹植认识不到自己志高才疏的致命弱点而发出的无用的感慨罢了。纵观历史，我们不难看到，曹植曾多次得到过实现胸中抱负的有利时机，但是，他在这些有利的时机里表现出的却是政治上的糊涂、轻率与无知，以此证明了他绝对不可能成为一位政治家，更不用说像伊尹、周公式的大政治家。

开始时，曹植是被其父曹操"特见宠爱"④的子嗣之一。他以"言出为论，下笔成章"⑤的文学才华，赢得了父王的欢心，另有丁仪、丁廙、杨修等名士作为羽翼，故而使魏王曹操产生了曹植是"儿中最可定大事"⑥的错觉。在这个时候，曹操选择了自己最欣赏的臣子邢颙来做曹植的家丞，并且通过一些军国大事来考验这个儿子。按理说曹植完全可以乘着这个有利的时机，毫无顾虑地去施展自己的政治才华了。那么，他究竟做了什么呢？

建安十九年，魏王曹操率师东征吴国孙权，临行时，曹操命令曹植留守魏都邺城，并且对他说道："吾昔为顿丘令，年二十三。思此时所行，无悔于今。今汝年亦二十三矣，可不勉与！"⑦这段话的意思非常明显，其一，曹操希望曹植在留守魏都邺城期间，多做出些有益的事情来，为今后的政治生涯铺平道路，奠定基础，好以此证明他的确是个治国安邦的杰出人才。其二，曹操暗示曹植很有可能被立为魏国太子，希望他能把留守邺城之事看成一生政治生涯的开始，不要

---

① 赵幼文：《曹植集校注·薤露行》，人民文学出版社1984年版，第433页。
② 赵幼文：《曹植集校注·临观赋》，人民文学出版社1984年版，第505页。
③ 赵幼文：《曹植集校注·感节赋》，人民文学出版社1984年版，第502页。
④ 陈寿：《三国志·魏书·任城陈萧王传》，中华书局1959年版，第557页。
⑤ 陈寿：《三国志·魏书·任城陈萧王传》，中华书局1959年版，第557页。
⑥ 中华书局编辑部：《曹操集·曹植私出开司马门下令》，中华书局1959年版，第49页。
⑦ 中华书局编辑部：《曹操集·戒子植》，中华书局1959年版，第66页。

等闲视之，玩忽职守，辜负了自己的一片苦心。可是，曹植没有领会父王曹操话中的意思，将此告诫当作了耳边风，从此后，仍然做着那些"斗鸡东郊道，走马长楸间"①，"清夜游西园，飞盖相追随"② 的荒唐事情，而在军国大事上却显不出半点才华，建立不起半点功绩，这怎能不使曹操感到他碌碌无为、好高骛远呢？

建安二十四年（公元 219 年），曹植虽然因"私开司马门"而宠爱日衰，再也没有希望来做魏国太子。但是，如果他能够汲取以往失败的惨痛教训，从此严肃地对待军国大事，恐怕也不至于沦落到终身当"圈牢之养物"③ 的可怜地步。将功抵过的机会，他不是没有的。遗憾的是，这年魏国军队在襄阳作战失利，将军曹仁被困于蜀将关羽所率领的汉兵之中，魏王曹操举用曹植为南中郎将前去救援，结果，曹植又将这样重要的军事行动视作了儿戏，竟然能做出"醉不能受命"④ 的荒唐之事。这就使曹操彻底改变了自己从前对曹植的所有好看法。于是，曹植的理想又一次破灭了，而人生悲剧也便从这里开始。

然而人生悲剧开始的原因还不仅仅在于曹植错过了实现胸中抱负的有利时机。我们假定他避免了以上所犯的所有错误，并且在军国大事上还做出一些成绩，那么，他胸中的抱负是否可以得到实现呢？答案是：他不但没有可能被立为魏国太子，不但没有可能被魏王重用，而且结局将比现在所知的更要糟糕，更要悲惨。这是因为他的那些不同于曹操和曹丕的政治见解，早就注定了他的最终失败，早就安排了他的悲惨命运。换句话说，要不是曹操和曹丕认准了他在政治上是个平庸之辈，就会因为政治见解的不同，更加警惕他，忌恨他，甚至会动用暴力，使他死于非命，以除掉心头之患。"使其嗣爵，必终身臣汉"⑤，这是前人对曹植政治见解的概括性总结，讲得极其准确。品

① 赵幼文：《曹植集校注·名都篇》，人民文学出版社 1984 年版，第 484 页。
② 赵幼文：《曹植集校注·公宴》，人民文学出版社 1984 年版，第 49 页。
③ 赵幼文：《曹植集校注·求自试表》，人民文学出版社 1984 年版，第 370 页。
④ 陈寿：《三国志·魏书·任城陈萧王传》，中华书局 1959 年版，第 558 页。
⑤ 张溥著，殷孟伦注：《汉魏六朝百三家集题辞注》，人民文学出版社 1981 年版，第 71 页。

味曹植的诗文，我们能够感觉到他是一位受儒家思想影响很深而又很推崇孔子的文人。他认为"自五帝典绝，三皇礼废，应期命世，齐贤等圣者，莫高于孔子"①，因此，孔子的那个"臣事君以忠"②的儒学教义，势必会被他用来对待汉家皇帝和评价魏王曹操。他把"挟天子以令诸侯"的父王总称作"皇佐"和"皇汉之明后"③，还在写诗作赋时也不忘讲几句"愿我君之自爱，为皇朝而宝己"④，"皇佐扬天惠，四海无交兵"⑤这样的话，来极力表露自己希望父王忠于东汉王朝的内心世界。直到曹操寿终正寝，他还在诗文中一味称颂父王忠于东汉王朝的功绩，却故意避开了曹操为曹丕奠定了取代汉室社稷基础的主题。所谓"微微汉嗣，我王匡之"⑥，所谓"帝嘉厥庸，乃位丞相"⑦，皆表明他是将父王视作了一位忠于东汉王朝的贤士良臣，并不视作一位欲夺汉鼎的叛逆者。而这些偏偏是魏王曹操生前所最反感的，最不爱听的。曹操毕竟是一位具有雄才大略的政治家，他目睹东汉王朝的破落，奋起与群雄逐鹿中原，目的就是为了再度统一中国，趁机取代汉室社稷。但是，出于政治上的需要，他暂时还不能废除汉家皇帝，还得利用这个傀儡去号令天下，取得各方势力的认同。所以，他在写诗撰文时，总喜欢用周文王来自许，并且在陈群等人提出"汉行气尽，黄家当兴"⑧的劝进之词时，他还是说"若天命在吾，吾为周文王矣"⑨，其意显然是想让子嗣来完成自己未竟的事业，像周武王伐商那样，最终取代汉室社稷。出于这个目的，他必然会将与其政治见解一致和文武之才兼备作为选择太子的主要标准。在这个标准的衡量下，曹植被淘汰了，曹丕被选中了。原因是曹植既没有曹操

① 赵幼文：《曹植集校注·学官颂》，人民文学出版社 1984 年版，第 115 页。
② 杨伯峻：《论语译注》，中华书局 1980 年版，第 30 页。
③ 赵幼文：《曹植集校注·宝刀赋》，人民出版社 1984 年版，第 160 页。
④ 赵幼文：《曹植集校注·离思赋》，人民文学出版社 1984 年版，第 40 页。
⑤ 赵幼文：《曹植集校注·赠丁仪王粲》，人民文学出版社 1984 年版，第 133 页。
⑥ 赵幼文：《曹植集校注·武帝诔》，人民文学出版社 1984 年版，第 199 页。
⑦ 赵幼文：《曹植集校注·武帝诔》，人民文学出版社 1984 年版，第 199 页。
⑧ 陈寿：《三国志·魏书·武帝纪》裴松之注引《魏氏春秋》，中华书局 1959 年版，第 53 页。
⑨ 陈寿：《三国志·魏书·武帝纪》裴松之注引《魏氏春秋》，中华书局 1959 年版，第 53 页。

那样的政治见解，又没有处理军国大事的政治才能，而曹丕却趁着曹植失宠于父的机会，想方设法来博取父王的欢心。他"御之以术"①，可谓智多计广；他"矫情自饰"②可谓举止谨慎；他使"宫人左右，并为之说"③，可谓甚得人心；他在诗文中多次用"皇帝"和"太王"这样的赞美之词来暗喻父王，可谓了解曹操的内心，迎合了曹操的思想。这样，就促使曹操做出了立曹丕为魏国太子的重大决定。史实证明，曹操的这个决定是正确的。曹丕继位不久，就采取了废汉献帝为山阳公，自立为大魏皇帝的政治措施，较好地完成了父王未竟的事业。假如当时曹操选择曹植来做魏国太子，他一生的心血恐怕会付诸东流，而那个魏武帝的冠冕也恐怕永远不会有幸戴在头上。

兄弟之间争夺继承权的斗争结束了，胜利者是曹丕，失败者是曹植。可惜曹植遭此惨败，还找不出自己失败的真正原因。他还在自比子臧、季札，还在以贤者自居。这本来是十分可悲的，但却迷惑了后世的许多文人学士。有人称赞道："陈思王可谓达理者也，以天下让，时人莫之知也"④；有人遗憾道："（曹植）稍自矜饬，夺储特反掌耳"⑤；有人叹息道："君王不得为天子，半为当时赋洛神"⑥，他们寻找出种种理由，来替曹植的失败进行辩解，进行开脱，进行袒护，甚至将魏祚短暂的原因也归结到曹植未被立为魏国太子的事情上，这未免把曹植捧得太高、看得太重了。统观曹植失败的整个过程，我们不难看出，他既没有"以天下让"过其兄曹丕，又不可能易如反掌地夺得继承权，更谈不上为了作一篇《洛神赋》而丢失了尊贵的皇位。他之所以败在曹丕之手，完全是因为在政治见解上不能迎合父王曹操，在政治才华上不如其兄曹丕。他也曾结交当时名士，来作为与曹丕争夺太子的帮手，其中有些人还在曹操面前，

---

① 陈寿：《三国志·魏书·任城陈萧王传》，中华书局1959年版，第557页。
② 陈寿：《三国志·魏书·任城陈萧王传》，中华书局1959年版，第557页。
③ 陈寿：《三国志·魏书·任城陈萧王传》，中华书局1959年版，第557页。
④ 河北师范学院中文系古典文学教研组：《三曹资料汇编》引王通《文中子·事君篇》，中华书局1980年版，第102页。
⑤ 河北师范学院中文系古典文学教研组：《三曹资料汇编》引李梦阳评点《曹子建集》，中华书局1980年版，第127页。
⑥ 叶葱奇：《李商隐诗集疏注·东阿王》，人民文学出版社1985年版，第265页。

称颂他"天性仁孝"①，并且用"当今天下之贤才君子，不问少长，皆愿从其游而为之死，实天所钟福于大魏，而永授无穷之祚"② 这样的话语，来极力劝谏曹操将曹植立为魏国太子。只是这些人皆非政治干才，仅会鼓唇弄舌，撰诗作文，故而虽能说动曹操之心，却不能促使曹操做出立曹植为太子的重大决定。加之曹植本人始终抱着对汉室愚忠之情不放，又不能利用适当的机会来显示自己的政治才能，结果只好被魏王曹操所遗弃，将天下拱手献于其兄。

从此，曹植只好在曹丕和曹叡的淫威下苦度生涯，即使胸中仍然有着"雒高念皇家，远怀柔九州"③ "国雒亮不塞，甘心思丧元"④ 的雄心壮志，也没有机会去实现它了。他叹息说"人生不满百，岁岁少欢娱"⑤，"往古皆欢遇，我独困于今"⑥，在这些无用的叹息里，他的人生悲剧也就愈演愈悲了。

二　矛盾犹存,不知症结

中国封建社会里的文人绝大部分是热衷功名的，曹植也不例外。他要想在其兄曹丕和其侄曹叡相继为帝的情况下，乞求得到一点实权，来实现自己胸中的政治抱负，就必须看清自己与曹丕父子产生矛盾的焦点在何处，然后设法去解开这个矛盾，以图得到魏王室的举用，逐渐达到他所梦寐以求的目的（当然，想完全达到是不可能的）。但是，他始终没有看清这个重要的问题，更没有想出有效的办法去解开这个矛盾。这就从另一个方面证明了曹植政治才华的缺乏。

在曹植看来，他之所以落得个终身做"圈牢之养物"的悲剧性结局，是因为有许多奸佞之徒在挑拨离间骨肉关系，是曹丕父子听信了

---

① 陈寿：《三国志·魏书·任城陈萧王传》引《魏略》，中华书局 1959 年版，第 562 页。

② 陈寿：《三国志·魏书·任城陈萧王传》引《魏略》，中华书局 1959 年版，第 562 页。

③ 赵幼文：《曹植集校注·鰕䱇篇》，人民文学出版社 1984 年版，第 381 页。

④ 赵幼文：《曹植集校注·杂诗》，人民文学出版社 1984 年版，第 65 页。

⑤ 赵幼文：《曹植集校注·游仙》，人民文学出版社 1984 年版，第 265 页。

⑥ 赵幼文：《曹植集校注·种葛篇》，人民文学出版社 1984 年版，第 315 页。

谗言，使自己蒙受了不白之冤。因此，他将自己理想破灭后的怨恨，统统集中到那些所谓的奸佞之徒身上。他说自己"昔以信人之心无忌于左右"①，结果却被"东郡太守王机、防辅吏仓辑等任所诬白，获罪圣朝"，才落得了"身轻于鸿毛，而谤重于泰山"②的地步。他愤怒地把这些奸佞之徒比作鸱鸮，比作豺狼，比作苍蝇，叱责这些奸佞之徒总是爱作"谗巧令亲疏"③的可耻事情。他极力表白自己"与国分形同气，忧患共之者"④，没有多大错误，却"无端"蒙受了"罪尤"⑤。他苦恼"君门以九重，道远河无津"⑥的不幸遭遇，哭诉自己想把一切去向魏王室"披心自说陈"都无法办到。于是，他指天起誓"宁做清水之沉泥，不为浊路之飞尘"⑦，并以楚国诗人屈原自况，多次痛苦地高呼"念先宠之既隆，哀后施之不遂"和"恨时王之谬听，受奸枉之虚词"，幻想着已居皇位的曹丕父子能够醒悟过来，举用他这个自认为是"王佐之才"的人物。这就把问题看得过于简单了。其实，曹丕早就对这个同胞兄弟恨之入骨，根本就不需要那些所谓的奸佞之徒来挑拨离间骨肉之情。事情十分明显，他们兄弟之间的矛盾开始在争夺太子之位时，恶化在魏氏取代汉室社稷之日。起初，曹丕亲眼目睹曹植被父王曹操"特见宠爱"，而且又有"丁仪、丁廙、杨修"等人"为之羽翼"⑧，被立为魏国太子的可能性大过自己，对此，他无计可施，终日生活在疑惧之中，只好借"虎啸谷风起，号罴当我道"⑨，"惜哉时不遇，适与飘风会"，"向风长叹息，断绝我中肠"这样的诗句来排遣心中的忧虑。亏得有那位足智多谋的贾诩传授

① 赵幼文：《曹植集校注·黄初六年令》，人民文学出版社 1984 年版，第 337—338 页。

② 赵幼文：《曹植集校注·黄初六年令》，人民文学出版社 1984 年版，第 337—338 页。

③ 赵幼文：《曹植集校注·赠白马王彪》，人民文学出版社 1984 年版，第 297 页。

④ 赵幼文：《曹植集校注·求自试表》，人民文学出版社 1984 年版，第 371 页。

⑤ 赵幼文：《曹植集校注·浮萍篇》，人民文学出版社 1984 年版，第 311 页。

⑥ 赵幼文：《曹植集校注·当墙欲高行》，人民文学出版社 1984 年版，第 366 页。

⑦ 赵幼文：《曹植集校注·九咏》，人民文学出版社 1984 年版，第 520 页。

⑧ 陈寿：《三国志·魏书·任城陈萧王传》，中华书局 1959 年版，第 557 页。

⑨ 丁福保：《全汉三国魏晋南北朝诗》录曹丕《十五》，中华书局 1959 年版，第 127 页。

给他"恢崇德度，躬素士之业，朝夕孜孜，不违子道"的自固之术，并且亲自去提醒曹操莫忘"袁本初，刘景升父子"①的惨痛教训，才得以保住太子的地位。魏王曹操死后，曹丕继位，督军御史中丞司马懿，侍御史郑浑，辅国将军刘若，侍中刘廙等人极力劝说曹丕接受汉献帝的"禅让"，而曹植身为其弟，不但没有积极加入这些人的行列，来拥护曹丕位登大宝，反而在曹丕为帝之时"发服悲哭"②，哀悼东汉王朝的灭亡，这岂能不使曹丕父子猜忌他的所作所为。至如今，曹植仿佛将这些重大的事情已经淡忘，在得不到魏王室举用，胸中抱负无法实现的情况下，他不去责问自己以往的过失，却要来谴责曹丕父子听信了谗言，这自然解不开他同曹丕父子的矛盾，相反会增多曹丕父子对他的恶感和警惕。要知道，曹丕父子是绝对不会把昔日的仇隙轻易地化为乌有的。

曹植如果能够觉察到这一点，并且埋藏起自己胸中的政治抱负，确实去过那种"心甘田野，性乐稼穑"的恬静生活，也许他的命运就会有些稍微好转。但是，他毕竟是个功名心很强的文人，始终泯灭不了"辅君匡济，策功垂名"的政治抱负。他身处逆境，仍然在说："闲居非吾志，甘心赴国忧"，仍然幻想着"甘赴江湘，奋戈吴越"③，使"名挂史笔，事列朝荣"④。他认为自己理想破灭的原因除了有那些奸佞之徒在作怪外，还有"大德固无俦"⑤的因素存在，并且相信总有一天自己会被曹丕父子理解，重新得到实现胸中抱负的机会。因此，他一方面用许多娓娓动听的话语去打动曹丕父子的心灵。既使劲称颂曹丕父子具有"武则肃烈，文则时雍"⑥，"德象天地，恩隆父母"，"贤圣继迹，奕世明德"⑦，"不忝先功，保兹皇极"的才华与美德，又表白自己同他们有着"骨肉天性然"⑧的深情厚谊，指出不

① 陈寿：《三国志·魏书·荀彧荀攸贾诩传》，中华书局1959年版，第331页。
② 陈寿：《三国志·魏书·任苏杜郑仓传》，中华书局1959年版，第492页。
③ 赵幼文：《曹植集校注·责躬表》，人民文学出版社1984年版，第270页。
④ 赵幼文：《曹植集校注·求自试表》，人民文学出版社1984年版，第369页。
⑤ 赵幼文：《曹植集校注·鰕䱇篇》，人民文学出版社1984年版，第381页。
⑥ 赵幼文：《曹植集校注·责躬表》，人民文学出版社1984年版，第269页。
⑦ 赵幼文：《曹植集校注·承露盘铭》，人民文学出版社1984年版，第477页。
⑧ 赵幼文：《曹植集校注·豫章行》，人民文学出版社1984年版，第415页。

应当出现这种"昔为同池鱼，今为商与参"① 的情况，试图使曹丕父子和他重归于好。另一方面，他多次呈献表章，请求自试，向曹丕父子陈说自己的政治抱负。他说自己"常恐先朝露，填沟壑，坟土未干，而身名并灭"②。所以甘愿为魏王室"策马执鞭，首当尘露"③，或者"西属大将军，当一校之队；若东属大司马，统偏师之任"④，或者，"将部曲，倍道奔赴。夫妻负襁，子弟怀粮，蹈锋履刃，以殉国难"，希望使曹丕父子体察他的心情。

这样做的结果如何呢？结果是"每欲求别见独谈，论及时政，幸冀试用，终不能得"，他被当作了"圈牢之养物"，毫无自由地供养起来。

原因在何处？这原因就在于曹植未能看清曹丕父子同他矛盾有多深。他不甘心做一个"浮湛翰墨，不及世事"的闲散文人，不甘心往日的理想成为泡影，不甘心自认的政治才华无处使用。相反，他要积极用世，要为实现政治抱负去不断追求，去不断奋斗。这种精神自然是无可非议的。但从另一角度看，恰好再一次证明了曹植政治才华的缺乏。他不知道，其兄猜忌的就是这位同胞兄弟的抱负太大，担心的就是这位同胞兄弟是否真有政治才华，害怕的就是这位同胞兄弟一朝得志对自己和子嗣产生的后果不良。而曹叡秉承其父的旨意，自然也会有这些疑虑。所以，曹植越是这样做，他被魏王室举用而实现胸中政治抱负的可能性也就越加渺茫。

按理说，曹叡即位后，曹丕和曹植之间的矛盾已成为历史，再不需要去苦苦追究了。可是，曹叡对这位亲叔父的戒备之心仍旧不亚于曹丕。更没有施舍给曹植实现政治抱负的机会，其结果也是曹植太喜欢插手军国大事，太喜欢干预时政，总以为自己高人一等，而实际上却是迂腐无能等原因造成的。

景初元年（公元237年），公孙渊在辽东起兵反魏。次年，曹叡诏使太尉司马懿领兵前去讨伐平乱。曹植在《谏伐辽东表》里向曹

---

① 赵幼文：《曹植集校注·种葛篇》，人民文学出版社1984年版，第315页。
② 赵幼文：《曹植集校注·求自试表》，人民文学出版社1984年版，第370页。
③ 赵幼文：《曹植集校注·陈审举表》，人民文学出版社1984年版，第446页。
④ 赵幼文：《曹植集校注·求自试表》，人民文学出版社1984年版，第369页。

叡陈述了自己对此事的看法：

> 臣伏以辽东负阻之国，势便形固，带以辽海。今轻车远攻，师疲力屈，彼有其备，所谓以逸待劳，以饱待饥者也。以臣观之，诚未易攻也。……东有待衅之吴，西有伺隙之蜀。吴起东南，则荆扬骚动，蜀应西境，则雍凉三分。……窃为陛下不取也。

前人曾赞此表所发见解老谋深算，其实不然。事实是，司马懿早就判断出公孙渊见王师前来会采取"先拒辽水，后守"①的错误战略。而自己只需要"往百日，攻百日，还百日"②，就可以完成这个重大使命。结果，司马懿果真在这年的八月"围公孙渊于襄平，大破之，传渊首于京都"，达到了"海东诸郡平"③的出师目的，由此可见，曹植在《谏伐辽东表》里所发表的见解是不正确的。他既高估了公孙渊的才智与力量，又分析错了当时的天下局势，再一次暴露了政治才华的缺乏。

仅此一例，就可以看出，曹叡不举用这位亲叔父是事出有因。他了解曹植是位只会吹嘘自己武比孙膑、吴起，文比伊尹、周公的空谈家。做不了什么实际事情，故此，曹叡宁肯请司马懿这样的异族卿士来辅佐施政，也不想请这位叔父到朝廷里来乱发议论。

于是，曹植的理想彻底破灭。他绝望地高呼："进无路以效公，退无隐以营私，俯无鳞以游遁，仰无翼以翻飞。"④ 在残酷的现实当中，他受尽了抑郁悲愤的煎熬和折磨，顿起了"九州不足步，愿得陵云翔"⑤，"昆仑本吾宅，中州非吾家"⑥ 这些超脱尘世的念头。然而，

① 陈寿：《三国志·魏书·明帝纪》注引干宝《晋纪》，中华书局 1959 年版，第 111 页。

② 陈寿：《三国志·魏书·明帝纪》注引干宝《晋纪》，中华书局 1959 年版，第 111 页。

③ 陈寿：《三国志·魏书·明帝纪》，中华书局 1959 年版，第 113 页。

④ 赵幼文：《曹植集校注·临观赋》，人民文学出版社 1984 年版，第 505 页。

⑤ 赵幼文：《曹植集校注·五游咏》，人民文学出版社 1984 年版，第 401 页。

⑥ 赵幼文：《曹植集校注·远游篇》，人民文学出版社 1984 年版，第 402 页。

在现实当中寻找不到的东西在幻想当中也是照样寻找不到的。幻想虽然安慰了他痛苦的心灵，却改变不了他"汲汲无欢"[①]的命运，他终于怀着壮志未酬的遗恨和苦闷，结束了自己悲剧性的一生。

三　两点假设，丰碑永存

在中国历史上，我们再也无法找到那位自诩为伊尹、周公式的政治家曹植了，而文学家曹植却与世并存下来。历代公认，曹植是建安时期"隐括《风》、《雅》，组织屈宋，洵为一代宗匠"[②]的文坛伟人。他的诗文"骨气奇高，词采华茂，情兼雅怨，体被文质"[③]，可称作"诗家之隋珠，词林之和璧"[④]，只有陶渊明、李白、杜甫、苏轼等人的作品能够与之媲美。这些评价是较为中肯的。

曹植的真正才华在文学方面，这是毋庸置疑的。但是，我们必须看到，假若曹植未曾有过那些有志莫伸的抑郁悲愤，未曾有过理想破灭的忧愁苦闷，他的思想也就不会从一位贵族公子迅速地转化成为一位敢于正视残酷现实的进步文人，他的艺术水平也就不会从《公宴》、《斗鸡》之类的作品上发生一个前所未有的飞跃。只要缺少了这些抑郁悲愤与这些忧愁苦闷，他就只能成为当时文坛上一位不显眼的作家，而没有希望成为"气吞七子建安中"[⑤]的伟大人物了。这在他的前半生里已经得到过很好的证明。

或许，有人会说，曹植天资聪颖，当时被曹操立为魏国太子或者被曹丕父子举用，仍然可以成为一位伟大的现实主义作家。笔者认为，政治上的成功和仕途上的顺利，将约束和促使曹植终身去从事政治。就他的政治才华而言，他既挽救不了行将崩溃的东汉王朝，又无法完成统一中国的大业，哪怕有幸维持住三足鼎立的政治局面，也不

---

①　陈寿：《三国志·魏书·任城陈萧王传》，中华书局1959年版，第576页。

②　吴淇著，汪俊、黄敬德点校：《六朝诗选定论》，广陵书社2009年版，第108页。

③　陈延杰：《诗品注》，人民文学出版社1961年版，第20页。

④　河北师范学院中文系古典文学教研组：《三曹资料汇编》录张炎《曹集考异》，中华书局1980年版，第143页。

⑤　张玉毂：《古诗赏析》，上海古籍出版社2000年版，第2页。

可能使魏国繁荣昌盛起来。假如此时，他依旧喜欢作诗撰文，也会由于位尊俸厚、长期生活在宫廷之中，继续去写《公宴》、《斗鸡》之类的作品，诗文的思想性和艺术性都不会有多大的提高。这样发展下去，他在中国历史上恐怕最多只能占个封建官僚御用文人的地位，顶多给后世留下一些为统治阶级歌功颂德和粉饰太平的作品。那么，这个曹植比起我们现在所能知道的曹植价值要微小得多。

或许，有人会说，曹植专心致志地去搞文学创作，不要有或者放弃掉那些政治抱负，他的成就可能会更大些。笔者认为，曹植如果这样做，他不但不可能取得更大的成就，而且连现在所取得的成就都无法达到。因为曹植的诗文，大部分是他政治抱负未能实现以及他为这个抱负所努力、所追求而遭失败后内心痛苦的真实写照。要是没有或者放弃掉他的政治抱负，他就只能算作一位胸无大志、畏首畏尾的庸人和懦夫，除了去写一些吟咏风花雪月的作品外，再也不会有多少造就。这样，他的诗文便永远不会放射出璀璨的光辉，而博得历代文论者的推崇和赞赏。

由此证明，曹植在文学上的成功是用政治上的失败换取来的。或者说得更确切一点，曹植政治上的失败造就了曹植文学上的成功，曹植理想的破灭造就了曹植理想之外的成功。他无意中完成了“骋我径寸翰，流藻垂华芬”[①] 的伟大事业，在自己从未重视过（或者说从未看起过）的文学领域里树起了一块历史的丰碑，并以此宣告了他永恒的存在。因此，他大可不必为自己没有成为伊尹、周公之类的大政治家而去抑郁苦闷，相反，却应该为自己取得了比实现政治抱负所要取得的还要多得多的成就和赞誉而感到欣慰。

[①]   赵幼文：《曹植集校注·薤露行》，人民文学出版社1984年版，第433页。

第十三章　曹植失败与成功的原因

在中国历史上，只有极个别的作家有类似曹植的经历：一生以政治家自期，而且有条件参与朝政，最终却横遭猜忌，屡受冷遇，落得壮志难酬、抑郁苦闷的结局。也只有极个别的作家能像曹植那样天资聪慧，才思敏捷，以失败为成功的契机，奋笔疾书悲愤和忧郁，取得惊绝千古的文学业绩。

然而，曹植毕竟还有特殊的成败原因和人生轨迹，以及伴陪着他的个性特点和情感起伏所创作的文章与诗句。

一　刿目钺心的失败过程

曹植一生曾陪伴魏王曹操、魏文帝曹丕、魏明帝曹叡三代君王。这个伴君的过程，实际是魏王室创业、建国、延祚的过程。作为王室成员，他有幸目睹和经历了连年征战、以魏代汉、内忧外患等重大事件，亦坚信自己能够实现"戮力上国，流惠下民"[1] 的政治理想，但是，事与愿违，他的理想一次次地幻灭。这原因何在？就在于他失宠于父，构怨于兄，见疑于侄，乃至于其间所暴露的政治幼稚、任性放纵、行为乖舛等缺点。

1. 失宠于父：起初，曹植以"言出为论，下笔成章"[2] 的才能被其父曹操"特见宠爱"[3]，曹操曾先后选拔"德行堂堂"[4] 的邢颙和

---

① 赵幼文：《曹植集校注·与杨德祖书》，人民文学出版社1984年版，第154页。
② 陈寿：《三国志·魏书·任城陈萧王传》，中华书局1959年版，第557页。
③ 陈寿：《三国志·魏书·任城陈萧王传》，中华书局1959年版，第557页。
④ 陈寿：《三国志·魏书·崔毛邢何鲍司马》，中华书局1959年版，第382页。

"温厚廉让"的司马孚来担任曹植的家丞或文学掾，其意显然是为了曹植能在两位贤臣的影响下，真正成为继承和光大其父所创伟业的栋梁之材。遗憾的是，曹植并不领会曹操的良苦用心，先是"疏简"邢颙，后是"不合意"司马孚，逐渐暴露了他"负才凌物"[1]和"礼贤不足"的缺陷。随后，曹植又做出一件件无法让曹操满意甚至令曹操感到失望的事情。其一，建安十九年（公元214年）七月，曹操东征孙权，曹植留守邺城，父对子言："吾昔为顿丘令，年二十三。思此时所行，无悔于今。今汝年亦二十三矣，可不勉与"[2]，话中之意是要曹植效法乃翁，将留守邺城视作政治生涯的起点。然而，曹植将此告诫束之高阁，期间依旧做着"觞酌凌波于前，箫笳发音于后"[3]之类的荒唐事情，而在军国大事上却显示不出半点才华，这岂能不使曹操感到他碌碌无为。其二，建安二十二年（公元217年），曹植"私开司马门"，使曹操十分恼怒，接连颁下了两道命令，直言始者谓"子建，儿中最可定大事，自临淄侯植私出，开司马门至金门，令吾异目视此儿矣"[4]。不难发现，曹植任性而行的性格所引发的放肆的行为又一次损害了他在曹操心目中的形象，令曹操是何等的鄙视与失望。其三，建安二十四年（公元219年）八月，魏军败北襄阳，主将曹仁所率之师被蜀将关羽挥兵围困，曹操欲举用曹植为南中郎将，火速前去救援，结果，曹植竟然"醉不能受命"[5]，这势必让曹操觉得他徒有虚名，视军国大事为儿戏。从此，曹植失去了曹操的宠爱，再也没有或者说再也不可能得到曹操的重用。然而，失宠的原因还不仅仅局限于他曾经任性放纵，而更在于他始终与其兄曹丕为敌，网罗党羽，图谋夺嫡，其间所暗藏的萧墙之祸，值得曹操提防和忧虑。

　　2. 构怨于兄：历代文人皆指责曹丕虐待曹植，或言其"以夺嫡

---

　　① 上海古籍出版社：《二十五史·晋书·安平献王孚传》，上海古籍出版社1986年版，第125页。

　　② 中华书局编辑部：《曹操集·戒子植》，中华书局1979年版，第156页。

　　③ 赵幼文：《曹植集校注·与吴季重书》，人民文学出版社1984年版，第142页。

　　④ 中华书局编辑部：《曹操集·曹植私出开司马门下令》，中华书局1979年版，第172页。

　　⑤ 陈寿：《三国志·魏书·任城陈萧王传》，中华书局1959年版，第558页。

为嫌"①，或言其"深怀猜忌"②；其实，在曹氏兄弟的骨肉相残中，曹丕有许多难言的苦衷。首先，曹植是曹丕嫡位的争夺者。为得到魏国太子的冠冕，他的羽翼杨修和丁廙，有时在曹操面前称颂曹植"天性仁孝，聪明智达，博学渊识，文章绝伦"③，有时在曹操面前状告曹丕"以车载废簏，内朝歌长吴质与谋"④；而曹植在怂恿党羽褒己贬兄的同时，依旧与曹丕诗酒唱和，并写出"清夜游西园，飞盖相追随"⑤ 这种赞美手足之情的诗句。这样做的结果，逐渐使曹操产生了曹植"辞多华，而诚心不及"⑥ 的狐疑，更使曹丕谨慎地恪守起"恢崇德度，躬素士之业，朝夕孜孜，不违子道"⑦ 的自固之术，并于建安二十二年（公元 217 年）击败曹植而成为魏国太子。可以说，曹植争夺太子地位的过程，实际上是一个不孝不悌欺父凌兄的过程。假设容忍其继续，在魏国势必会重演袁本初、刘景升父子所演过的历史悲剧。其次，曹植是曹丕政治的反对者。建安二十五年（公元 220 年）十月，曹丕威逼汉献帝禅让，身为其弟的曹植却"闻魏氏代汉，发服悲哭"⑧，这番哀悼自然使曹丕恼怒，故其曰："人心不同，当我登大位之时，天下有哭者。"⑨ 最后，曹植是曹丕名誉的诋毁者。曹丕在即位之初，也曾采取过某些缓和兄弟间矛盾的措施。一是在黄初二年（公元 221 年），当曹植"醉酒悖慢，劫胁使者"⑩ 之后，曹丕不予治

---

① 陈祚明：《采菽堂古诗选》，上海古籍出版社 2008 年版，第 184 页。

② 游国恩等：《中国文学史》，高等教育出版社 1963 年版，第 217 页。

③ 陈寿：《三国志·魏书·任城陈萧王传》引《文士传》，中华书局 1959 年版，第 562 页。

④ 陈寿：《三国志·魏书·任城陈萧王传》引《世说新语》，中华书局 1959 年版，第 560 页。

⑤ 赵幼文：《曹植集校注·公宴》，人民文学出版社 1984 年版，第 49 页。

⑥ 陈寿：《三国志·魏书·王卫二刘傅传》引《世说新语》，中华书局 1959 年版，第 609 页。

⑦ 陈寿：《三国志·魏书·荀彧荀攸贾诩传》，中华书局 1959 年版，第 331 页。

⑧ 陈寿：《三国志·魏书·任苏杜郑仓传》，中华书局 1959 年版，第 492 页。

⑨ 陈寿：《三国志·魏书·任苏杜郑仓传》，裴松之注引《魏略》，中华书局 1959 年版，第 493 页。

⑩ 陈寿：《三国志·魏书·任城陈萧王传》，中华书局 1959 年版，第 561 页。

罪，并宽容地说："植，朕之同母弟，朕于天下无所不容，而况植乎。"① 二是黄初三年（公元 222 年），曹丕将曹植加封为鄄城王，并加封曹植的两个儿子为乡公。而在此期间，曹植一方面极力称颂曹丕建立了"皇父创迹于前，陛下光羡于后"② 的业绩，并虚假地表达着自知"罪深责重，受恩无量"③ 的感激之情；另一方面无情地挥动诋毁曹丕的如椽巨笔，所谓"君不我弃，谗人所为"④，所谓"谗言三至，慈母不亲"⑤，这些听起来仿佛痛彻肺腑的诗句，实质上或直率或含蓄地表露了他心中的不满和怨恨。黄初四年（公元 223 年）六月，曹植被逼作《七步诗》，加之曹彰的暴卒，致使手足间的矛盾更加激化，随后，曹植创作了《赠白马王彪》、《高台多悲风》、《自戒令》等作品，笔墨之中，他更加明显地哭诉曹丕对其进行了种种的虐待。总之，在曹植的笔下，魏文帝曹丕成了一位听信谗言、昏庸无能、鲜仁寡义、暴虐乖戾的昏君。尽管期间曹丕有过"东征，还过雍丘，幸植宫，增邑五百"⑥ 这番主动消释前嫌的举动，然而，曹植的笔依旧不肯停歇。于是，曹植要实现理想的希望也就变得越加渺茫，致使曹丕临终，也只召曹真、陈群、司马懿等人前来为曹叡辅政，而不想起用这位所谓的"与国分形同气，忧患共之者"⑦ 了。

3. 见疑于侄：按理说，曹丕死后，往日仇隙已成了过眼烟云；然而，其子曹叡又还是对曹植戒心重重，甚至将叔侄关系搞得比兄弟关系还要冷漠，竟然达到了"植每欲求别见独谈，论及时政，幸冀试用，终不能得"⑧ 的程度。这原因何在？还在于曹植不断地干预朝政，并做了许多引起曹叡疑心的事情。其一，太和二年（公元 228 年）四月，天下讹传曹叡暴卒，群臣欲迎立雍丘王曹植为帝，最后以

① 陈寿：《三国志·魏书·任城陈萧王传》，注引《魏书》，中华书局 1959 年版，第 562 页。

② 赵幼文：《曹植集校注·魏德伦》，人民文学出版社 1984 年版，第 215 页。

③ 赵幼文：《曹植集校注·谢初封安乡侯表》，人民文学出版社 1984 年版，第 237 页。

④ 赵幼文：《曹植集校注·当墙欲高行》，人民文学出版社 1984 年版，第 541 页。

⑤ 赵幼文：《曹植集校注·乐府歌》，人民文学出版社 1984 年版，第 365 页。

⑥ 陈寿：《三国志·魏书·任城陈萧王传》，中华书局 1959 年版，第 576 页。

⑦ 赵幼文：《曹植集校注·求自试表》，人民文学出版社 1984 年版，第 371 页。

⑧ 陈寿：《三国志·魏书·任城陈萧王传》，中华书局 1959 年版，第 576 页。

曹叡的还都结束了闹剧。其二，曹植先后上呈《求自试表》和《陈审举表》，大谈其"名挂史笔，事列朝荣"①的壮志，炫耀其"承教于武皇帝，伏见行师用兵之要，不必取孙、吴而暗与之合"②的才能，一旦得志，难以控制。其三，曹植先后作《求通亲亲表》、《和求免取士息表》，公然反对朝廷禁止藩国兄弟通问的法令，抵制朝廷征调藩国士人子嗣以充军力的举措，使曹叡有令难行。总之，曹植不甘寂寞，绝不想真正做一个"心甘田野，性乐稼穑"③的闲散文人。可以说，曹植的存在，本身就构成了对曹叡的威胁，何况他还要屡屡上书请求辅政，并使得曹叡跋前踬后，进退维谷，这样做的结果，只会使曹叡心存猜忌，若加之以父辈间的仇隙，曹植要实现理想也就更加渺茫无期。

曹植在太和六年（公元232年）十一月发疾身亡。魏国的三代君王，均和他血脉相连，给予他的却是理想的破灭与人生的苦难，这种失败真可谓惨绝人寰；而失败又造成了他文学上的成功，或者换句话说，曹植理想的破灭造就了曹植理想之外的成功，因为他只将文学视作"未足以揄扬大义，彰示来世"④的无用之物，他根本就不甘心做一位作家，一个文人，所谓"君子通大道，无愿为世儒"⑤就是他内心坦率的表白；然而，残酷的现实一次次地打破了他要成为周公和伊尹式的政治家的美梦，反而让他在自己从未看起过或者说从未重视过的文学领域里树起了一块历史的丰碑，他无意中完成了"骋我径寸翰，流藻垂华芬"⑥的伟业，并以此宣告了他永恒的存在，其中的原委，很值得后世回味。

二　卓荦超伦的成功因素

历代公认，曹植是建安时期"隐括《风雅》，组织屈宋，洵为一

① 赵幼文：《曹植集校注·求自试表》，人民文学出版社1984年版，第369页。
② 赵幼文：《曹植集校注·陈审举表》，人民文学出版社1984年版，第445页。
③ 赵幼文：《曹植集校注·乞田表》，人民文学出版社1984年版，第414页。
④ 赵幼文：《曹植集校注·与杨德祖书》，人民文学出版社1984年版，第154页。
⑤ 赵幼文：《曹植集校注·赠丁廙》，人民文学出版社1984年版，第141页。
⑥ 赵幼文：《曹植集校注·薤露行》，人民文学出版社1984年版，第433页。

代宗匠"① 的文坛伟人。得此赞誉，乃在于他的笔墨成功地运用了《诗》、《骚》所创造的多种艺术手法，并融入了天才的独创，真实地反映了那个时代的风云变幻，特别是魏王室内部的骨肉相残；同时，抒发了他为此而滋生的理想与忧惧等情怀，使之具有强烈的时代特点和主观色彩。他的作品，堪称"诗家之隋珠，词林之和璧"②，取得巨大成功的因素，是他所具有的非凡的经历、独特的个性、复杂的思想、出众的才华。

1. 非凡的经历：曹植一生除幼年外曾经历了建安、黄初、太和三个时期。建安时期，即从建安九年（公元204年）到建安二十四年（公元219年），是曹植的青少年时期。在这个时期，他主要生活于邺城，而生活的内容有三：其一，随军出征。如建安十二年（公元207年）北征乌桓，建安十六年（公元211年）西征关右，建安十七年（公元212年）东征孙权。这种"生乎乱，长乎军"③ 的生活，有助于他拓宽视野，增长才干，并创作出以《白马篇》、《泰山梁甫行》等为代表的或抒发理想或关注民瘼的诗篇。其二，宴饮游乐，诗酒唱和。曹魏政权所在之地邺城是冠盖辐辏之地，也是文人学士云起龙骧之地，诸多名士皆在公干之余，围绕在曹植和曹丕的周围，或开怀畅饮，或走马斗鸡，或登高览胜；酒酣耳热，泼墨如雨，各自依仗着满腹才学"纵辔以骋节，望路而争驱"④，结果形成了建安文坛"俊才云蒸"的可喜局面。而曹植所作的《公宴》、《斗鸡》、《娱宾赋》等便是这段生活的真实写照，笔墨之间，不乏优哉游哉和风流自赏的贵公子情怀。其三，立太子之争。在魏王曹操的二十五位子嗣中，最应立为太子的是刘夫人所生的长子曹昂，但在建安二年（公元197年）征张绣之役中，他为掩护曹操不幸阵亡。其次，曹操属意生性聪慧的曹冲，可惜他在建安十三年（公元208年）因病夭折。随后，曹操倾向于曹丕。一是曹丕在子嗣中年龄最长，符合封建时代"立嫡以长"

① 吴淇著，汪俊、黄敬德点校：《六朝选诗定论》，广陵书社2009年版，第108页。
② 河北师范学院中文系古典文学教研组：《三曹资料汇编》录张炎《曹集考异》，中华书局1980年版，第143页。
③ 赵幼文：《曹植集校注·陈审举表》，人民文学出版社1984年版，第445页。
④ 郭晋稀：《文心雕龙注译·明诗》，甘肃人民出版社1982年版，第58页。

的传统；二是曹丕自幼就具有"能属文，有逸才，遂博贯古今经传诸子百家之书。善骑射，好击剑"①的才能，符合曹操向来提倡的"唯才是举"的用人方略。所以，早在建安十六年（公元211年），曹操就封曹丕为五官中郎将、丞相副，而曹植仅为平原侯，其地位相去曹丕甚远。又在建安二十二年（公元217年），曹操确立曹丕为太子，并在《立太子令》中明确说："汝等悉为侯，而子桓独不封，而为五官中郎将，此是太子可知也"②，遗憾的是，曹植始终未能猜透曹操的心思，凭借着羽翼的舆论和自身的才华，频繁地向太子地位发动冲击，夺位的失败，给他以后的生活罩上了浓重的阴影，自然构成了骨肉间的仇隙。黄初年间，即从黄初元年（公元220年）到黄初七年（公元226年），曹植正当中年，主要辗转迁徙于临淄、鄄城、雍丘等地，生活中多有不幸和忧惧。其一，羽翼被杀。据《三国志·魏书·任城陈萧王传》载，"文帝即王位，诛丁仪、丁廙并其男口"③。曹丕杀丁氏的原因，除其在"职事"上有机可乘，更重要的是曾向曹操进言，谓将曹植立为太子"上应天命，下合人心"④，并始终与曹植交往甚密。其二，远离京师与曹彰的暴卒。以魏代汉后，曹丕令"封建侯王，皆使寄地"⑤，并且取消旧有的朝聘之仪、会同之制，使得诸侯王特别是曹植"连遇瘠土，衣食不继"⑥，求祭先王而不得。黄初四年（公元223年）五月，曹植奉诏同诸侯王一起到洛阳会节气，期间任城王曹彰辞世。虽说对其之死众说纷纭，但有两点很明确：一是曹彰有"横行燕代，威慑北胡"之神武；二是曹彰有替曹植"问玺绶"⑦之异志。其三，屡遭监国使者和地方官员的举报。由于构怨

① 陈寿：《三国志·魏书·文帝纪》裴松之注引《魏书》，中华书局1959年版，第57页。
② 中华书局编辑部：《曹操集·立太子令》，中华书局1959年版，第49页。
③ 陈寿：《三国志·魏书·任城陈萧王传》，中华书局1959年版，第561页。
④ 陈寿：《三国志·魏书·任城陈萧王传》裴松之注引《魏略》，中华书局1959年版，第562页。
⑤ 陈寿：《三国志·魏书·武文世王公传》引《袁子》，中华书局1959年版，第591页。
⑥ 赵幼文：《曹植集校注·迁都赋序》，人民文学出版社1984年版，第392页。
⑦ 陈寿：《三国志·魏书·任城陈萧王传》裴松之注引《魏氏春秋》，中华书局1959年版，第557页。

于兄的原因，曹植在黄初年间受到严密的监视，虽居遥远的异县，但亦动辄得咎。黄初二年（公元 221 年），被监国使者灌均上疏奏其"醉酒悖慢，劫胁使者"①，他被召至洛阳，交付百官议治其罪，或曰贬为庶人，或曰论以"大辟"，幸亏在生母卞氏的干预下得到了曹丕的宽恕，被贬为安乡侯。黄初三年（公元 222 年），他又被东郡太守王机、防辅吏仓辑等诬告，所告内容不详，然又经朝廷"百寮之典议"，被遣归邺城旧居，闭门思过。黄初四年（公元 223 年），在雍丘，他"又为监国所举"。太和时期，即从太和元年（公元 227 年）到太和六年（公元 232 年），是曹植的中晚年。其间，他以魏明帝曹叡唯一的嫡亲叔父的关系得到了某种程度的优礼相待，又开始关注起军国大事；同时，亦因为屡次请求辅政而不得"列有职之臣，赐须臾之问"② 而更加抑郁苦闷。其生活内容有两点，第一，请求自试与干预朝政，曹叡登基，曾将曹丕生前所用衣被 13 种赐给曹植，亦将曹植由贫瘠的雍丘徙封到沃饶的东阿，这无疑造成了曹植的错觉，误以为又遇到了实现理想的时机，便接二连三地献《求自试表》、《陈审举表》、《求免取士息表》、《求通亲亲表》等章表。第二，壮志犹存与抱憾终身。就曹植而言，黄初七年（公元 226 年）五月的曹丕之死，无疑意味着结束了诚惶诚恐昧死请罪的局面，于是，往昔的建功立业的壮志又激荡于心怀，促使他在太和年间创作出了《鰕鳝篇》、《杂诗·仆夫早严驾》等诗篇，然而，曹叡只给了他在物质和名位方面的某些小恩小惠，对他的戒备却根深蒂固，为此，曹植又陷入了无望与痛苦的境地。他嗟叹"怀此王佐才，慷慨独不群"③，"忠信事不显，乃有见疑患"④，甚至求助于虚无缥缈的神仙，创作了《飞龙篇》、《桂之树行》等游仙诗，借以排遣心中的忧郁与不满。可是，在现实当中得不到的在幻想当中依然无法得到，他终于在"汲汲无欢"中结束了年仅 41 岁的生命，诸多诗文，留下的是无穷的遗憾与悲愤。

---

① 陈寿：《三国志·魏书·任城陈萧王传》，中华书局 1959 年版，第 561 页。
② 赵幼文：《曹植集校注·陈审举表》，人民文学出版社 1984 年版，第 445 页。
③ 赵幼文：《曹植集校注·薤露行》，人民文学出版社 1984 年版，第 433 页。
④ 赵幼文：《曹植集校注·怨歌行》，人民文学出版社 1984 年版，第 362 页。

2. 独特的个性：纵观曹植的一生，不难断言他是位"含欣而秉笔，大笑而吐辞"① 的纯粹文人。在他身上，有三点明显的个性特征：一是性情宽和，举止坦率。史载曹植"性简易，不治威仪"② 即言此也。他十分重视友情，以贵公子之身份而能平交文人学士，刘桢敢于批评他"习近不肖，礼贤不足"③，丁廙敢于请他润饰文章；至于诗酒唱和时那种"我归宴平乐，美酒斗十千……鸣俦啸匹侣，列坐竟长筵"④ 的情景，更能看出他与诸多文人桴鼓相应之风采。更甚者，他极不善于掩饰心中的所想所思。胸怀大志，便直言"上同契于稷卨，降合颖于伊望"⑤；心存怨气，便直言"恨时王之谬听，受奸枉之虚辞"⑥；对曹丕以魏代汉有所不满，就公然"发服悲哭"⑦；想仿效周公临朝辅政，就冒昧"敢陈闻于陛下"⑧；于是，自然会频添曹丕和曹叡的猜忌，致使他失意一生而以诗代泣了。二是任性而行，不自雕励。对于喜欢或是想做的事情，曹植总是不考虑后果而任达不拘。所谓"长筵坐戏客，斗鸡观闲房"⑨，所谓"办中厨之丰膳兮，作齐郑之妍倡"⑩，这些虽属生活细节，但亦显得过分放纵和随心所欲。折射到政治方面，他也是胸无城府，极难控制自己的情绪。建安年间的"私开司马门"和"醉不能受命"，黄初年间的求祭先王和劫胁使者，太和年间的请求自试和谏伐辽东，尽管某些事情言之有理，但毕竟是他不善于审时度势而采取的不合时宜之举。因此，他 次次地失败，或被曹操异目相视，或被曹丕威逼请罪，或被曹叡以礼拒绝。三是放浪形骸，饮酒不节。曹植明知贪杯的危害，也曾在所作《酒赋》中大谈酒为"荒淫之源"的道理，然而，在"群庶崇饮，日

---

① 严可均：《全上古三代秦汉三国六朝文》录曹植《与丁敬礼书》，中华书局 1958 年版，第 1141 页。

② 陈寿：《三国志·魏书·任城陈萧王传》，中华书局 1959 年版，第 557 页。

③ 陈寿：《三国志·魏书·崔毛徐何邢鲍司马传》，中华书局 1959 年版，第 383 页。

④ 赵幼文：《曹植集校注·名都篇》，人民文学出版社 1984 年版，第 484—485 页。

⑤ 赵幼文：《曹植集校注·玄畅赋》，人民文学出版社 1984 年版，第 242 页。

⑥ 赵幼文：《曹植集校注·九愁赋》，人民文学出版社 1984 年版，第 252 页。

⑦ 陈寿：《三国志·魏书·任苏杜郑仓传》，中华书局 1959 年版，第 492 页。

⑧ 赵幼文：《曹植集校注·求自试表》，人民文学出版社 1984 年版，第 371 页。

⑨ 赵幼文：《曹植集校注·斗鸡》，人民文学出版社 1984 年版，第 1 页。

⑩ 赵幼文：《曹植集校注·娱宾赋》，人民文学出版社 1984 年版，第 47 页。

富月奢"的世风影响下,曹植与酒结下了不解之缘。他借酒广交才俊之士,叙说"吾与二三子,曲宴此城隅"①的欢快,他借酒倾诉离愁别恨,抒发"亲昵并集送,置酒此河阳"②的伤感,甚至将"举泰山以为肉,倾东海以为酒"视作大丈夫之乐,爱酒爱到了连见到一只盛酒的盌,也要作篇《车渠碗赋》来加以赞赏。酒陡长了他的豪气,使其举杯高呼"君子通大道,无愿为世儒"③;酒平添了他的才情,使其创作了大量"藏之于名山,传之于同好"④的诗文;同时,酒也给他带来了诸多的麻烦,因酒"醉不能受命"⑤,因酒"劫胁使者",甚至于因酒搞得"颜色瘦弱",还要曹叡来提出"宜当节水加餐"⑥的建议。酒陪伴了曹植一生,给过他潇洒,给过他狂放,但给予最多的是政治理想的破灭和痛苦。而这种痛苦,又促使他创作了许多"骨气奇高,词采华茂"⑦的作品,并且让后世文人难以追及他那"纵辔以骋节"⑧的俊逸的步伐了。

3. 复杂的思想:曹植生活的时代是一个军阀混战、民不聊生的时代,这个时代,各家思想并存,而占主导地位的是儒、道、玄三家,曹植正是这三家思想的融合体。儒家思想,激励他积极入世,具体表现在两个方面:其一,执着地追求建功立业的理想。自幼,曹植便领略了随军征战之苦,而企盼着"四海无交兵"⑨的太平盛世。为让愿望变成现实,他立下了"戮力上国,流惠下民"的雄心壮志,并且豪迈地声称"国雠亮不塞,甘心思丧元"⑩,"捐躯赴国难,视死

① 赵幼文:《曹植集校注·赠丁廙》,人民文学出版社 1984 年版,第 141 页。
② 赵幼文:《曹植集校注·送应氏》,人民文学出版社 1984 年版,第 4 页。
③ 赵幼文:《曹植集校注·赠丁廙》,人民文学出版社 1984 年版,第 141 页。
④ 赵幼文:《曹植集校注·与杨德祖书》,人民文学出版社 1984 年版,第 154 页。
⑤ 陈寿:《三国志·魏书·任城陈萧王传》,中华书局 1959 年版,,第 558 页。
⑥ 严可均:《全上古三代秦汉三国六朝文》录魏明帝《与陈王植手诏》,中华书局 1958 年版,第 1103 页。
⑦ 陈延傑:《诗品注》,人民文学出版社 1961 年版,第 20 页。
⑧ 郭晋稀:《文心雕龙注译·明诗》,甘肃人民出版社 1982 年版,第 58 页。
⑨ 赵幼文:《曹植集校注·赠丁仪王粲》,人民文学出版社 1984 年版,第 133 页。
⑩ 赵幼文:《曹植集校注·杂诗·飞观百余尺》,人民文学出版社 1984 年版,第 65 页。

忽如归"①。即使在他受到虐待和冷遇的中晚年，也是雄心犹存，壮志未泯。黄初时期所作的颇多忧生之嗟的一系列诗文，究其实质，忧的还是功名未就，报国无门。所谓"恨人神之道殊，怨盛年之莫当"②，所谓"知犯君之招咎，耻干媚而求亲"③，皆含蓄地表露了他对理想的渴求以及理想破灭的痛苦；其二，谴责战乱造成的灾难。建安十二年（公元207年），曹植随军北征乌桓，作《泰山梁甫行》，诗描绘了异域的风土和百姓的贫苦，明显地流露了对边海民生活的关切与同情。建安十六年（公元211年），曹植随军西征，途经洛阳，作《送应氏》，诗描绘了昔日繁华的京都因战乱而破败不堪的景象，明显地流露了对国事的关心和伤感。这类作品，虽在曹植一生中所写不多，但和曹操的《蒿里》、王粲的《七哀》有异曲同工之妙，堪称汉末诗史。道家思想，有助于他超尘拔俗，在抑郁苦闷的生活里寻找到精神寄托。曹植信道，是黄初与太和年间的事。究其原因，是他有许多"人生不满百，岁岁少欢娱"④的体验。他写过一篇《释疑论》，列举了许多似是而非的事情，来证明道术的确值得信奉，并公然宣称"但恨不能绝声色，专心以学长生之道耳"⑤。在他的笔下，神仙世界景色瑰丽，逍遥自在，明显地同所生活的社会形成了极大的反差。神仙世界给他带来自由，带来美好，带来愉悦，怎能不让他展开虚幻的畅想。虽然，他未能通过求仙访道获得长生，但毕竟暂时地排遣了苦闷，暂时得到了欣慰，并使他创作了许多远离尘嚣的浪漫诗篇。玄学思想，促使他形成了不拘礼法、我行我素的人生观。玄学，兴起于各家思想都得到发展的魏晋时代，故又称魏晋玄学。它是一种思辨宇宙、人生以及人类思维的哲学。而这种哲学的风行又直接影响着魏晋文人去追求更为符合人类本性的生活，曹植便是其中的一个。他要用短暂的人生去尽情地享受，斗鸡、走马、游冶、览胜，最贪杯恋盏，

---

① 赵幼文：《曹植集校注·白马篇》，人民文学出版社1984年版，第412页。
② 赵幼文：《曹植集校注·洛神赋》，人民文学出版社1984年版，第284页。
③ 赵幼文：《曹植集校注·九愁赋》，人民文学出版社1984年版，第253页。
④ 赵幼文：《曹植集校注·游仙》，人民文学出版社1984年版，第265页。
⑤ 赵幼文：《曹植集校注·释疑论》，人民文学出版社1984年版，第396页。

留下了"陈王昔时宴平乐，斗酒十千恣欢谑"①的佳话。他也想用短暂的人生达到最大的满足，恃才邀宠，争当太子，请求自试；屡遭挫折后，又转向求仙访道，服食丹药，力图长生不老。他任性而行，"私开司马门"，劫胁监国使者，谏取诸国士息；之所以这样做，是因为他要实现自己的人生价值，提高自己的生命质量，故而做人做得恣情放纵，任凭沉浮。这一切，皆证明他的确是在玄学思想影响下诞生的新生代的代表，超越了受儒家思想禁锢的汉代文人，而能以新的目光和情趣去观察社会与人生了。也许，这就是他之所以在文学创作上能超越除屈原外所有前代作家的原因之一。

　　4. 出众的才华：曹植的才华被历代文人所称道，如谢灵运说："天下才有一石，曹子建独占八斗。"②他的才华，来自于天资聪慧和自幼勤奋好学。史载其年仅十余岁"能诵读诗论及辞赋数十万言"③，这就为今后的文学创作奠定了坚实的基础。他的才华也来自父亲曹操的潜移默化，那种"魏武以相王之尊，雅爱诗章"④和"登高必赋，及造新诗，被之管弦，皆成乐章"⑤的风采与造诣，必然给子嗣以极大的影响。他的才华，更来自邺下文人诗酒唱和之时的相互切磋，如登高作赋，游苑吟诗，览胜撰文，当此际"人人自谓握灵蛇之珠，家家自谓抱荆山之玉"，这种盛事，的确让曹植受益匪浅，激情萌发，学识大长。他的才华，还来自在黄初与太和年间为遭遇不幸而产生的忧郁悲愤，所谓"诗三百篇，大抵圣贤发愤之所为作也"⑥，而曹植正应了这种情况。他的诗文大部分是发愤之作，故显得情文并茂、符采相济。然而，值得注意的是曹植的才华仅体现在"善属文"⑦方面，尽管有人

　　①　清·王琦注：《李太白全集·将进酒》，中华书局 1977 年版，第 180 页。
　　②　河北师范学院中文系古典文学教研组编：《三曹资料汇编》，中华书局 1980 年版，第 95 页。
　　③　陈寿：《三国志·魏书·任城陈萧王传》，中华书局 1959 年版，第 557 页。
　　④　郭晋稀：《文心雕龙注译·时序》，甘肃人民出版社 1982 年版，第 523 页。
　　⑤　陈寿：《三国志·魏书·武帝纪》裴松之注引《魏书》，中华书局 1959 年版，第 54 页。
　　⑥　严可均：《全上古三代秦汉三国六朝文》录司马迁《报任少卿书》，中华书局 1958 年版，第 272 页。
　　⑦　陈寿：《三国志·魏书·任城陈萧王传》，中华书局 1959 年版，第 557 页。

称颂他有"盖世之才"①，也有人遗憾道："魏之不能用植，固亦天弃之矣"②，但还是掩盖不了曹植缺乏政治才华的基本事实，因为他的失宠于父、构怨于兄、见疑于侄的过程以及期间的种种表现，足以说明他在政治方面是何等的幼稚，何等的天真。或许，正是这种欠缺，才让他保持了那一份对人生的热爱与珍惜，从而取得了"文才富艳，足以自通后叶"③ 的巨大成功。

　　综上所述，不难发现曹植成败的原因极其复杂，但理清头绪，就能看出最主要的原因是他的思想、个性以及由此而引发的各种矛盾，而形成其思想的根源是他所生活的时代，培植其个性的基础是他所生活的环境，造成其矛盾的因素是他所生活的家庭，三者相互作用，勾画出他复杂的人生。至于他的经历、才华，应该是促使他成败的次要原因，假设他不是东汉末年曹操的子嗣，也就不会有特殊的际遇和良好的教育，并以此带来成功的喜悦和失败的痛苦，于是，也就不会有"气吞七子建安中"④ 的曹植了。

---

　　① 刘克庄：《后村诗话》，中华书局 1983 年版，第 2 页。
　　② 河北师范学院中文系古典文学教研组编：《三曹资料汇编》引李梦阳、王世贞语，中华书局 1980 年版，第 1270 页。
　　③ 陈寿：《三国志·魏书·任城陈萧王传》，中华书局 1959 年版，第 577 页。
　　④ 张玉毂：《古诗赏析》，上海古籍出版社 2000 年版，第 2 页。

第十四章　骨肉相残，孰是孰非

　　论及三国时期曹氏兄弟的骨肉相残，历代文人皆归咎曹丕，或言他威逼曹植七步作诗，或言他凌辱曹植累迁瘠土，乃至于使曹植一生都未能实现"戮力上国，流惠下民"[①]的雄心壮志，最终落了个"圈牢之养物"[②]的悲惨结局。但是，笔者发现，历代文人在审视这种表象的同时，却忽略了曹丕为何要虐待曹植的关键性问题，即使偶尔有人触及，亦是用同情曹植的口吻来说几句"君王不得为天子，半为当时赋洛神"[③]之类的不着边际的话，甚至还要谴责曹丕"深怀猜忌"[④]。这种同情受害者的善良之心无可非议，但难免存在某种程度的偏颇。有鉴于此，笔者试图从剖析曹植的所作所为入手，力求辨清析明曹氏兄弟骨肉相残的深层原因。

一　曹植是曹丕地位的争夺者

　　建安十八年（公元213年）五月，汉献帝刘协策命曹操为魏公；七月，始建魏国社稷宗庙。建安二十二年（公元217年）十月，曹操确立曹丕为魏国太子。其间四年有余，魏国太子的位置始终空缺。若再上推到建安十三年（公元208年）曹操为丞相执掌国政，其间九年有余，都存在着谁来继位的问题。这就给曹操的诸多子嗣特别是曹丕和曹植留下了许多疑惑和企盼，并误导曹植殚精竭虑地去争夺魏国太

---

① 赵幼文：《曹植集校注·与杨德祖书》，人民文学出版社1984年版，第154页。
② 赵幼文：《曹植集校注·求自试表》，人民文学出版社1984年版，第370页。
③ 叶葱奇：《李商隐诗集疏注·东阿王》，人民文学出版社1985年版，第265页。
④ 游国恩等：《中国文学史》，人民文学出版社1992年版，第253页。

子的冠冕。

1. 恃才邀宠:在魏公曹操的二十五位子嗣中,聪慧如曹冲,不幸夭折;孝悌如曹昂,不幸战死;其余要算曹丕和曹植最为杰出。史载曹丕"年八岁,能属文。有逸才,遂博贯古今经传诸子百家之书。善骑射,好击剑"①,加之他在子嗣中年龄最长,符合封建时代立嫡以长的传统,于是,自然而然地成了曹操心目中魏国太子理想的人选。早在建安十一年(公元206年),曹操就对曹丕初生的儿子曹叡说:"我基于尔三世矣"②,言外之意,开创曹氏伟业的二世便是曹丕。又在建安十六年(公元211年),曹操封曹丕为五官中郎将、丞相副,并让他担当起留守邺城的重任。建安二十二年(公元217年),曹操颁下立《太子令》,明确告知诸子嗣曰:"汝等悉为侯,而子桓独不封,而为五官中郎将,此是太子可知也。"③遗憾的是,曹植自始至终都未能猜透曹操的良苦用心,总是依仗着自己"年十岁余,诵读诗、论及辞赋数十万言,善属文"④的深厚功底,施展才华,求宠争位。建安十五年(公元210年),曹操率诸多子嗣登临新建成的铜雀台,并命令每人各作一篇赋,曹植"援笔立成,可观"⑤。加之在此之前,曹操曾读过曹植的文章后惊讶地问:"汝倩人邪?"⑥也得到过曹植"言出为论,下笔成章,顾当面试,奈何倩人"⑦的肯定回答。铜雀台上的面试,使曹操对曹植"甚异之"⑧,尤疑提高了曹植在曹操心目中的地位。其后,曹植又充分发挥了他"每进见难问,应声而对"⑨的才华,并辅之以大量的诗文,期间的主要作品有《白马篇》、《公宴篇》、《离思赋》等,归纳内容有三点:一是抒发"捐躯

---

　　①　陈寿:《三国志·魏书·文帝纪》,裴松之注引《魏书》,中华书局1959年版,第57页。

　　②　陈寿:《三国志·魏书·明帝纪》,裴松之注引《魏书》,中华书局1959年版,第91页。

　　③　中华书局编辑部:《曹操集立太子令》,中华书局1959年版,第49页。

　　④　陈寿:《三国志·魏书·任城陈萧王传》,中华书局1959年版,第557页。

　　⑤　陈寿:《三国志·魏书·任城陈萧王传》,中华书局1959年版,第557页。

　　⑥　陈寿:《三国志·魏书·任城陈萧王传》,中华书局1959年版,第557页。

　　⑦　陈寿:《三国志·魏书·任城陈萧王传》,中华书局1959年版,第557页。

　　⑧　陈寿:《三国志·魏书·任城陈萧王传》,中华书局1959年版,第557页。

　　⑨　陈寿:《三国志·魏书·任城陈萧王传》,中华书局1959年版,第557页。

赴国难，视死忽如归"的壮志；二是记写"终宴不知疲，清夜游西园"的生活；三是倾吐愿父王"为皇室而宝己"的情怀。这三点内容本身无可非议，但换个角度看，曹植为了得到其父的青睐，是否在有意地显露自己的仁孝，张扬自己的志向，并将他与曹丕的矛盾掩盖于华辞丽藻之间呢？于是，经过这番努力，心血没有白费，他被曹操视作了"儿中最可定大事"①者。

2. 网罗党羽：曹植为了增强与曹丕争夺魏国太子的力量，不断地扩大政治势力，他的羽翼极多，最为著名的有丁仪、丁廙、杨修、贾逵、王凌、邯郸淳、荀恽、孔桂、杨俊等人。值得注意的是曹植交友的方法。首先，他巧妙地利用了某些人和曹丕的矛盾。据曹植本传注引《魏略》的记载，曹操曾有意将爱女许配名士丁仪，而曹丕以"正礼（丁仪字）目不便"为由进行劝阻，使得姻缘无望。这自然让丁仪与其弟丁廙极为恼恨，故疏远曹丕亲近曹植，而曹植也趁机作诗相赠，所谓"思慕延陵子，宝剑非所惜"②，将彼此的关系比作了延陵季子与徐君的关系。所谓"大国多良材，譬海出明珠"③，称颂对方是国之栋梁、海之明珠。加之以频繁的游乐宴饮，使得丁氏兄弟感激涕零，为他奔走于先后。其次，他以才学和狂放的性格赢得了某些人的信从。据《三国志》引《魏略》的记载，邯郸淳造访曹植，曹植先为他披散头发，袒胸露臂地表演"胡舞五椎锻"，又给他"跳丸击剑"和"诵俳优小说数千言"，然后重整衣冠，饮酒交谈。谈话的内容涉及混元造化、品物区别、历代贤圣名臣之高低、古今文章赋诔之优劣以及挥师用兵的机巧等。曹植广博的学识，使邯郸淳佩服之至，直呼他为"天人"，再也不离左右。最后，他广交文友，聚集了不少名士谋臣。杨修原是曹操极为欣赏的臣子，史载其"颇有才策"④，曹植为得到他的鼎力相助，在《与杨德祖书》中一边评论诸多文士的优劣，一边大谈其"建永世之业，流金石之功"的志向，

---

① 陈寿：《三国志·魏书·任城陈萧王传》裴松之注引《魏武故事》，中华书局1959年版，第558页。

② 赵幼文：《曹植集校注·赠丁仪》，人民文学出版社1984年版，第129页。

③ 赵幼文：《曹植集校注·赠丁廙》，人民文学出版社1984年版，第141页。

④ 陈寿：《三国志·魏书·任城陈萧王传》，中华书局1959年版，第558页。

成了知音，并把同任主簿的贾逵和王凌拉到身边，一起为曹植的争位出谋划策。曹植仅建安年间与之诗酒唱和或往来赠送的诗文多达十余篇，可谓自先秦以来写这类诗文的第一人。这些得到诗文者，有的成了曹植的刎颈之交，如丁仪、丁廙、杨修、荀恽；有的左右摇摆，如吴质、陈琳、徐干、王粲；但无论其中的哪位在曹植争位问题上的态度如何，客观上均起到了扩大曹植影响，增重曹植分量的作用。

3. 阳奉阴违：从表面看，建安时期的曹植还很敬重曹丕，他写过许多诗文，借以记叙或倾吐深厚的手足之情。所谓"欣公子之高义兮，德芬芳其若兰"①，所谓"翩翩我公子，机巧忽若神"② 等，皆能令人陶醉与痴迷。但在暗地里，曹植又做过许多有损于曹丕的事。据《三国志·魏书·任城陈萧王传》注引《文士传》记载，曹植的羽翼丁廙曾在曹操面前极力称赞曹植"天性仁孝，聪明智达，博学渊识，文章绝伦"③，并且说当今天下的贤才君子都愿为曹植去献出生命，曹植的存在是苍天赐予魏国永远享有社稷的福祉。且不论丁廙此举是否受到曹植的指使，就其敢公然劝说曹操立曹植为魏国太子这番话而言，无疑是对曹丕的一次贬低与谗间。又据《世说新语》记载，杨修也曾在曹操面前告过曹丕"以车载废簏，内朝歌长吴质与谋"④ 的黑状，显然要再一次置曹丕于死地。其余如邯郸淳、孔桂、杨俊等皆有过类似的言行，而曹植本人，却坐视这些羽翼翻云覆雨，时而还要写几句"我岂狎异人，朋友与我俱"⑤ 之类的诗加以鼓励，这看似暧昧实则明显的态度，不得不令人质疑。在曹植与其羽翼的频繁活动下，曹操曾为立谁为魏国太子的问题上有过一段时间的犹豫，也曾说"植，吾爱之，吾欲立之为嗣"⑥ 之类的话。更使曹丕如坐针毡，一

---

① 赵幼文：《曹植集校注·娱宾赋》，人民文学出版社 1984 年版，第 47 页。

② 赵幼文：《曹植集校注·待太子坐》，人民文学出版社 1984 年版，第 178 页。

③ 陈寿：《三国志·魏书·任城陈萧王传》裴松之注引《文士传》，中华书局 1959 年版，第562 页。

④ 陈寿：《三国志·魏书·任城陈萧王传》裴松之注引《文士传》，中华书局 1959 年版，第560 页。

⑤ 赵幼文：《曹植集校注·赠丁廙》，人民文学出版社 1984 年版，第 141 页。

⑥ 陈寿：《三国志·魏书·任城陈萧王传》裴松之注引《文士传》，中华书局 1959 年版，第562 页。

度生活在"虎啸谷风起，号罢当我道"① 的惶惶不可终日之中。如果不是曹植犯有"私开司马门"和"醉不能受命"的错误，如果不是曹丕从贾诩那里得到并遵循了"恢崇德度，躬素士之业，朝夕孜孜，不违子道"② 的自固之术，那么，就难以预料魏国太子的冠冕究竟会戴到谁的头上。

历时九年有余的明争暗斗终于结束了，胜利者是曹丕，失败者是曹植。争夺之间，其实早就为日后的骨肉相残埋下了伏笔。必须看到，是曹植要想方设法地争夺原该属于曹丕的魏国太子的地位，使一母同胞的手足产生了仇隙，于是，从失败之日起，曹植便书写起了自己的人生悲剧。

二　曹植是曹丕政治的反对者

建安二十五年（公元 220 年），曹植写下了人生悲剧最浓重的一笔。该年，发生了许多大事。首先是曹操的病逝，其次是曹丕的继位，随后是献帝的禅让。按理说，曹植如果真的牢记着自己是位"与国分形同气，忧患共之者"③，就应该在这多事之秋以曹氏基业为重，拥戴曹丕，化解手足之间的矛盾。遗憾的是，曹植固有的"大德固无俦"的孤傲性格，以及"齐贤等圣，莫高于孔子"④ 的奉儒忠君思想，反而促使他又做出了许多激化矛盾的事情。

1. 索要玺绶：该年正月，曹操病逝于洛阳，而曹丕被立为魏国太子已有三年，继位为王本无问题。但是，素以"少善射御，膂力过人"⑤ 著称、时任鄢陵侯行越骑将军的曹彰前来奔丧，竟然向贾逵索要先王玺绶，并且对曹植说："先王召我者，欲立汝也。"⑥ 这件事，

---

①　丁福保：《全汉三国晋南北朝诗》录曹丕《十五》，中华书局 1959 年版，第 127 页。

②　陈寿：《三国志·魏书·荀彧荀攸贾诩传》，中华书局 1959 年版，第 331 页。

③　赵幼文：《曹植集校注·求自试表》，人民文学出版社 1984 年版，第 371 页。

④　赵幼文：《曹植集校注·学官颂》，人民文学出版社 1984 年版，第 115 页。

⑤　陈寿：《三国志·魏书·任城陈萧王传》，中华书局 1959 年版，第 555 页。

⑥　陈寿：《三国志·魏书·任城陈萧王传》裴松之注引《魏略》，中华书局 1959 年版，第557 页。

不管曹植事先知否，也无论曹植事后态度如何，客观上都会引起曹丕的猜忌和提防。

2. 以诗哭友：该年二月，曹丕"诛丁仪、丁廙并其男口"①。曹丕即位之初便杀丁氏的原因，除其在"职事"上有所失误，更重要的是丁廙曾向曹操进言，谓将曹植立为太子是"上应天命，下合人心"②，并始终与曹植交往甚密。曹丕这样做的目的：一是剪除曹植的羽翼，二是警告曹植不得胡闹。然而，曹植并未收敛，反而作了《野田黄雀行》。在诗中他将曹丕比作设置罗网者，将丁氏比作落网的黄雀，并想象自己成了"拔剑削罗网"的少年，救罹难者重返苍天。这无疑是在向曹丕公然挑战，心中的不平之气溢于笔端，又怎能不使曹丕怀恨与气恼。

3. 求祭先王：该年二月，曹丕沿袭先王"封建侯王，皆使寄地，无朝聘之仪，无会同之制"的惯例，诏令所有诸侯返归封国。曹植就国临淄，仅寂寞一月有余，就作《求祭先王表》。该表中所倾吐的亡父之悲，所抒发的恳切之情，的确给曹丕出了道极难的难题。若应允，便会使返回封国的诸侯纷纷仿效；若不应允，便会蒙受不仁不孝的罪责。无奈之中，曹丕作《止临淄侯植求祭先王诏》。在诏书里，他不得不褒奖曹植求祭先王之情的"悲伤感切"，不得不把阻止曹植的理由推到博士鹿优所呈表章，不得不表明自己"开国承家，顾迫礼制"的态度。所有这些琐碎的解释皆证明曹丕的确被曹植逼到了左右不是、跋前踬后的程度，又如何不使他滋生出施虐之心呢。

4. 发服悲哭：该年十月，汉献帝刘协以"众望在魏"③，决定禅位。曹丕先是作《止群臣议禅代礼仪令》等近二十篇文章表示推辞，后又在司马懿、李伏、陈矫等百二十位公卿大夫的劝进下欣然接受。曹丕成为九五至尊后，改年号为黄初，群臣庆贺，而曹植闻魏氏代汉，"发服悲哭"④。这使得曹丕极为恼怒，事隔很久，还要咬牙切齿

---

① 陈寿：《三国志·魏书·任城陈萧王传》，中华书局 1959 年版，第 561 页。
② 陈寿：《三国志·魏书·任城陈萧王传》裴松之注引《魏略》，中华书局 1959 年版，第562页。
③ 陈寿：《三国志·魏书·文帝纪》，中华书局 1959 年版，第 62 页。
④ 陈寿：《三国志·魏书·任苏杜郑仓传》，中华书局 1959 年版，第 492 页。

地说:"人心不同,当我登大位时,天下有哭者。"① 尽管事后曹植也写过《庆文帝受禅表》、《庆文帝受禅上礼章》等,但他违迕父兄意志既成事实,就很难得到曹丕的原谅与赦宥了。再联想往昔,曹植总是不能接受其父"若天命在吾,吾为周文王矣"② 的深刻含义,总是在写诗作赋时要讲几句"愿我君之自爱,为皇朝而宝己"③ 这样的话,他忠于汉室、反对禅让之心亦昭然若揭了。

然而,这个时期的曹丕还能够容忍曹植,或许是他正忙于立国改制,或许是他抛不开手足之情,总之,他在黄初二年(公元 221 年)七月,将鄢陵侯曹彰、彭城王曹据、寿春侯曹彪等兄弟统统晋爵为公。黄初三年(公元 222 年)三月,又将曹彰等兄弟十一人晋封为王。只有曹植,在这期间未被赐爵为公,而封为鄄城王也比其他兄弟晚了一月。这原因何在? 就在于曹植"醉酒悖慢,劫胁使者"④,这无疑是对曹丕的又一次挑战,故百官议其罪,或主张免为庶人,或主张论以"大辟"。值得注意的是曹丕能够力排众议,只将曹植由县侯的临淄侯降为乡侯的安乡侯,且大度地说:"植,朕之同母弟。朕于天下无所不容,而况植乎。"⑤ 尽管有人说这是曹植生母卞太后从中干预的结果,但毕竟还有曹丕不忍心下毒手的因素存在。这使得曹植也感激涕零,在他所写的《封鄄城王谢表》里说:"过受陛下日月之恩,不能摧身碎首,以答陛下厚德。"如果不是曹植在这之后又做出了许多言而无信的事情,恐怕骨肉相残还不会发展到这般惨烈的程度。

三 曹植是曹丕名誉的诋毁者

黄初三年(公元 222 年)四月,曹丕封曹植为鄄城王,同年,又

---

① 陈寿:《三国志·魏书·任苏杜郑仓传》裴松之注引《魏略》,中华书局 1959 年版,第493 页。

② 陈寿:《三国志·魏书·武帝纪》裴松之注引《魏氏春秋》,中华书局 1959 年版,第 53 页。

③ 赵幼文:《曹植集校注·离思赋》,人民文学出版社 1984 年版,第 40 页。

④ 陈寿:《三国志·魏书·任城陈萧王传》,中华书局 1959 年版,第 561 页。

⑤ 陈寿:《三国志·魏书·任城陈萧王传》引《魏书》,中华书局 1959 年版,第 562 页。

封曹植的两个儿子为乡公。时隔仅一年有余, 到黄初四年 (公元 223 年) 的五六月间, 便发生了曹彰暴卒和曹植被逼作七步诗事件, 骨肉间的矛盾激化得如此之迅速。除了有往日的积怨, 更重要的是曹丕忌恨曹植变本加厉, 不思悔改。

1. 曹丕成了听信谗言的昏君: 曹植任鄄城王不久, 就被东郡太守王机和防辅吏仓辑告了御状。所告何罪难以考证, 而他又经过朝廷"百师之典议"①, 被迁到鄄城旧居, 闭门思过。事后, 他在所作《当墙欲高行》里说: "谗言三至, 慈母不亲", 在所作《乐府歌》里说: "君不我弃, 谗人所为。"这些诗句显然有责怪曹丕听信谗言之意。故此, 他十分心虚, 生怕会遭到曹丕的惩治, 于黄初四年 (公元 223 年) 五月朝京师之时, 不敢直接拜见曹丕, 而采取了"单将两三人微行"②, 欲通过清河长公主谢罪的办法。他的神秘失踪, 引出了卞太后误认为曹植已经自杀的一场虚惊。其后, 他作《上责躬应诏诗表》、《责躬诗》等, 再三地自责过错, 然而, 虽有"帝嘉其辞义, 优诏答勉之"③ 的暂时开恩, 也难以免除日后的"人为刀俎, 我为鱼肉"的灾祸了。

2. 曹丕成了鲜仁寡义的暴君: 任城王曹彰的暴卒与曹植被逼作七步诗, 使骨肉间的矛盾进一步恶化。黄初四年 (公元 223 年) 七月, 曹植与白马王曹彪一起离京返国, 途中, 因对监国使者"以二王归藩, 道路宜异宿止"的奉旨行事甚为不满, 而作《赠白马王彪》。该诗纪行感物、恨离伤别, 暗藏着许多谴责曹丕鲜仁寡义之内容。例如将遭受虐待的理由归结到"鸱枭鸣衡轭, 豺狼当路衢。苍蝇间黑白, 谗巧令亲疏", 无疑在公然指责曹丕与恶禽猛兽为伍, 颠倒是非, 自断手足。更值得注意的是他的悼念曹彰之辞, 其辞曰: "奈何念同生, 一往形不归。孤魂翔故域, 灵柩寄京师。"从字面上看, 似乎在倾吐应有的悲伤, 但实质上含有对曹丕的无情指责。细分析曹彰暴卒的原因, 虽在《三国志》和《世说新语》中有因病及被曹丕毒死的

----

① 赵幼文:《曹植集校注·自诫令》, 人民文学出版社 1984 年版, 第 338 页。
② 陈寿:《三国志·魏书·任城陈萧王传》裴松之注引《魏略》中华书局 1959 年版, 第564 页。
③ 陈寿:《三国志·魏书·任城陈萧王传》, 中华书局 1959 年版, 第 564 页。

两种不同记载，但探究其实质，乃是曹彰"有异志"①，而这"异志"具体表现在要拥立曹植为魏王。加之曹彰屡立战功，骁勇异常，拥有兵权，颇具威望，自然成为曹丕的心头大患、曹植的左臂右膀，如果不除，定将危及时局，祸起萧墙。如今曹彰暴卒，曹植要痛彻肺腑地招魂哭丧，并指桑骂槐地将曹丕描绘成了暴虐乖戾者，这足以使曹丕恨之入骨了。

3. 曹丕成了劣迹昭著的独夫：自黄初四年（公元 223 年）七月到黄初七年（公元 226 年）五月，尽管期间曹丕有过"东征，还过雍丘，幸植宫，增户五百"② 这种明确表示消释前嫌的举动，但曹植诋毁曹丕名誉的笔还是不肯停息。首先是在黄初四年（公元 223 年）七月，曹植归鄄城后作《杂诗·高台多悲风》，借抒发"之子在万里，江河迥且深"这种思念曹彪之情，含蓄地指责曹丕禁止藩国兄弟通问是残酷无情。其次是在《黄初五年令》中大谈"使臣有三品：有可以仁义化者，有可以恩惠驱者，此二者不足以导之，则当以刑罚使之"的所谓用人之术，实则指责曹丕用人不明，所派监国使者忘恩弃惠理当该诛。最后是在《黄初六年令》中自言"吾昔以信人之心无忌于左右，深为东郡太守王机、防辅吏仓辑等任所诬白，获罪圣朝，身轻于鸿毛，而谤重于泰山"的所谓获罪原因，这无疑是在否认过错的同时指责曹丕偏听偏信。更有甚者，他在《鹞雀赋》中巧妙地将曹丕比作凶残的鹞，将自己比作善良的雀，并描写了雀与鹞生死搏斗的过程。在《种葛篇》中隐晦地将曹丕定性为使他"独困于今"的施虐者；在《浮萍篇》中婉转地将曹丕确指为使他"无端获罪尤"的施暴者。诸如此类，毋庸赘述，在曹植的笔下曹丕竟然成了一位劣迹昭著的独夫，而反过来读读曹丕仅存下来的与曹植直接有关的两篇文章，却极少有谴责曹植之词，多的却是宽厚与仁慈。如黄初元年（公元 220 年）所作《止临淄侯植求祭先王诏》中说读曹植《求祭先王表》后"览省上下，悲伤感切，将欲遣礼以纾侯敬恭之意"。又如

---

① 陈寿：《三国志·魏书·任城陈萧王传》注引《魏氏春秋》，中华书局 1959 年版，第 557 页。

② 陈寿：《三国志·魏书·任城陈萧王传》，中华书局 1959 年版，第 565 页。

黄初二年（公元221年）所作《改封曹植为安乡侯诏》中说"骨肉之亲，舍而不诛，其改封植"。若作比较，就可分辨出人品的高下和是非曲直。于是，不难发现曹植是彻彻底底地失败了。既输掉了政治，又输掉了人品。此后，无论他再写多少篇《责躬诗》、《谢恩表》之类的边谴责自身、边赞美其兄的诗文，便再也得不到曹丕的赦宥了，因为曹丕绝不会相信那些虚妄之词而减轻对曹植的惩治。

　　手足之间的骨肉相残以曹丕的辞世而告结束。施虐者是曹丕，受害者是曹植，但是，必须正视曹植是曹丕地位的争夺者、政治的反对者和名誉的诋毁者这个事实。假设曹植不曾求宠争位，并支持曹丕以魏代汉，也就不会造成历史上的这场悲剧。假设曹植的确"心甘田野，性乐稼穑"①，去过那种蜗居封国、闲云野鹤、诗酒唱和的恬静生活，也就不会遭到曹丕的猜忌与煎熬。假设毕竟不是史实，历史上的曹植以他政治上的失败换取了文学上的成功，其业绩依旧辉煌。然而，仅就骨肉相残之事而言，曹植负有不可推卸的责任，是他引发了矛盾，扩大了矛盾，激化了矛盾，因此，错在曹植，非在曹植，而曹植又用他那支"其音宛，其情危，其言愤切而有余悲"②的笔瞒天过海，使曹丕蒙受了千古罪责。这是需要辨清析明的。

---

① 赵幼文：《曹植集校注·乞田表》，人民文学出版社1984年版，第414页。
② 宋长白：《柳亭诗话》，光绪壬午年十月刊本，第489页。

第十五章　曹植诗歌之骨气析

钟嵘在《诗品》里盛赞曹植的诗歌"骨气奇高"。其中的"骨气"二字，颇多歧义。或曰指他的诗歌"充满追求和反抗，富有气势和力量"[1]，或曰指他"为实现雄心壮志而奋斗不息的精神"[2]。然而，不难发现，前者仅着眼于他宣之于外的作品特色，后者也局限于他蓄之于内的心理状态。或者换句话说，前者探讨的是诗歌的一种风格，后者探讨的是作家的一种人格，而人格自然决定风格，即曹植自我的"骨气"自然决定他所创作的诗歌的"骨气"。因此，只有将这两种解释相互参照，兼容并包，才能全面地研究曹植诗歌的"骨气"究竟在何处"奇高"。

一　顺从与抗争——骨气的两重性

历代推崇曹植诗歌"骨气奇高"的理由有三点：一是他在失宠于父、构怨于兄、见疑于侄的情况下，始终叙写"戮力上国，流惠下民"[3] 的政治理想；二是他生动反映骨肉相残的过程，倾吐对魏文帝曹丕和魏明帝曹叡以及奸佞之徒的不满与怨愤；三是他面对"萁豆相煎"和"连遇瘠土"的虐待，颇多忧生之嗟，而这种嗟叹，无疑是对残酷现实的揭露与批判。这三点理由，可谓无懈可击，因为"生乎乱，长乎军"[4] 的曹植，除了在《白马篇》里直陈"捐躯赴国难，视

---

① 游国恩等：《中国文学史》，人民文学出版社 1963 年版，第 256 页。
② 于非等：《中国古代文学》，高等教育出版社 1994 年版，第 251 页。
③ 赵幼文：《曹植集校注·与杨德祖书》，人民文学出版社 1984 年版，第 154 页。
④ 赵幼文：《曹植集校注·陈审举表》，人民文学出版社 1984 年版，第 445 页。

死忽如归"的豪情壮志，也在《种葛篇》里倾吐"往古皆欢娱，我独困于今"的痛苦失意，还在《薤露行》里诉说"人生居一世，忽若风吹尘"的忧愁苦闷。总之，对理想的追求与理想破灭的痛苦，乃至于将壮志难酬的原因归结到"谗巧令亲疏"①的悲愤，贯穿了曹植的一生，并成为了他所创作诗歌的主题，而这个主题，恰好体现出曹植自我的"骨气"中所具有的坚韧不拔地同一系列灾难抗争，并矢志不渝的可贵精神，这自然是值得首肯的。

遗憾的是，曹植"骨气"里还有顺从权势特别是顺从其兄曹丕的一面，这却很少有人提及。

建安二十二年（公元217年）十月，曹操确立曹丕为魏国太子，历时多年的兄弟间的明争暗斗宣告结束，胜利者是曹丕，失败者是曹植。这以后的曹植可谓动辄得咎、祸不单行，先是自己接二连三地酿成"私开司马门"和"醉不能受命"的大错，致使其父曹操或"异目视此儿"②，或勃然大怒；后是其妻因穿衣违反礼制，被曹操赐死，其友杨修因乱发议论，被曹操收杀。这个时期的曹植应该感觉到灾难的降临，心情趋于紧张，故《三国志·魏书·任城陈萧王传》言其"益内不自安"。可是，在如此情况下，他还创作了《侍太子坐》和《当欲游南山行》，或赞美曹丕的聪明才智，或企盼曹丕能博爱贤才，笔墨间不乏"翩翩我公子，机巧忽如神"之类的谄谀之词，这势必令人对曹植的"骨气"产生疑问。

黄初元年（公元220年）十月，曹丕以魏代汉，而贵为魏文帝曹丕一母同胞的临淄侯曹植闻之，一面与苏则等人"发服悲哭"③，以哀悼汉室的灭亡，致使事隔很久还要让曹丕恼怒地说："人心不同，当我登大位时，天下有哭者"④；一面又作《大魏篇》和《圣皇篇》，或称颂以魏代汉是奉天承运，或对魏文帝的所谓种种恩宠感激涕零，

①　赵幼文：《曹植集校注·赠白马王彪》，人民文学出版社1984年版，第297页。

②　陈寿：《三国志·魏书·任城陈萧王传》裴松之注引《魏武故事》，中华书局1959年版，第558页。

③　陈寿：《三国志·魏书·任苏杜郑仓传》裴松之注引《魏略》，中华书局1959年版，第492页。

④　陈寿：《三国志·魏书·任苏杜郑仓传》裴松之注引《魏略》，中华书局1959年版，第493页。

柔翰下多的是"大魏应灵符，天禄方甫始"之类的溢美之词，这又会使人对曹植的"骨气"生疑。

黄初四年（公元223年）五月，曹植已经历友人丁仪等被杀，求祭先王被阻，悖慢劫胁监国使者被贬爵，受东郡太守王机和防辅吏仓辑的诬告被典议等祸事，自言落到了"身轻于鸿毛，而谤重于泰山"①的境地，而他却写出了《责躬》和《应诏》，或颂扬曹丕的文才武略，或倾吐对曹丕的思念，诗行里颇多"傲我皇使，犯我朝仪"之类的自悔自责之词，这更会使人加重对曹植"骨气"的怀疑。

以上几例，说明曹植及其诗歌的"骨气"存在顺从和抗争的两重性。该如何理解这个问题？答案是："骨气"属性格范畴，从心理学的角度解释，性格是一种追求体系，它不可能是静止的，而是存在动态过程的。具体到曹植，利用短暂的人生实现最大的人生价值与残酷的现实发生了矛盾对立，他要去适应，就得不断地调整，特别是在曹丕为帝并猜忌和虐待曹植的情况下，仅凭单一的抗争难以保全蜗居封国的现状及生命，于是，他不得不压抑心志，去做某些顺从于权势，奉迎于朝廷，甚至阿谀曹丕的事情，这自然会形成其性格的复杂组合，从而使所作诗歌或慷慨激昂，或抑郁忧愁，或倔强刚烈，或凄婉柔顺，呈现忽清高忽鄙俚的不同风格，这便是曹植诗歌"骨气奇高"的现象之一。

二　沉溺与超脱——骨气的体现法

由于复杂组合的性格所致，使曹植面对一系列灾难，有时抑郁苦闷得不能自拔，有时飘逸潇洒得难以自持。

曹植的一生是不断追求理想并沉溺于理想破灭的痛苦的一生。首先，他始终以政治家甚至是大政治家自期，总以为自己武能领兵横扫吴蜀，轻而易举地"虏其雄率，歼其丑类"②，文能辅佐君王治理天

---

① 赵幼文：《曹植集校注·自诫令》，人民文学出版社1984年版，第338页。
② 赵幼文：《曹植集校注·求自试表》，人民文学出版社1984年版，第369页。

下，肯定会"上同契于稷卨，降合颖于伊望"①。为了实现理想，他曾不懈地努力。在建安年间，如果说与曹丕争当魏国太子的过程还不能算是他为了实现理想而采取的第一个行动，那么，也最起码能算是他想做未来的魏王，想效仿其父曹操干一番"皇佐扬天惠，四海无交兵"②般的伟业。于是，他在《白马篇》里以幽并游侠儿自况，在《赠丁仪》里以延陵季子自妍，即便见到王粲、徐干在仕途上的暂时失意，也要作诗相赠，加以劝勉。甚至看到友人因战乱而离乡背井，还要写首《送应氏》来寄寓深切的同情和企盼天下太平的襟怀。这些都凸显他对政治的热衷与关注，也可谓是曹植能成为政治家或可能成为政治家的最基本条件。其次，他长期为壮志难酬而抑郁苦闷，并不断寻求其中的原因和走出困境的途径。在黄初、太和年间，尽管曹植经历了一系列的灾难，而最重的或者说最令他痛苦的灾难莫过于"辅君匡济，策功垂名"③的理想难以实现，至于其他的灾难，那不过是雪上加霜，只会增多痛苦而已。应该说，曹植描写痛苦的手法是多种多样的，在《七哀》里，他用孤妾自喻，以寄托希望曹丕醒悟的情怀。在《杂诗·转蓬离本根》里，他用转蓬自况，以告知曹叡不要让其流离播迁。更有甚者，《杂诗·仆夫早严驾》直陈"闲居非吾志，甘心赴国忧"的心愿；《豫章行》敢献"他人虽同盟，骨肉天性然"的忠谏。所写的这些诗句，率直也好，委婉也罢，其目的显然是要请曹丕和曹叡理解他的赤诚，举用他这位"与国分形同气，忧患共之者"④。为了达到这个目的，他在《赠白马王彪》等诗中，一再地将骨肉相残的原因归结到奸佞之徒的谗间，企图以此来化解往日的仇怨；又在《责躬诗》里声色俱厉地谴责自己的种种错误，希望以此来得到赦宥与怜悯。但是，这一切全然失效，他只好放弃平素"君子通大道，无愿为世儒"⑤的宏愿，转向"骋我径寸翰，流藻垂华芬"⑥的道路，其动

① 赵幼文：《曹植集校注·玄畅赋》，人民文学出版社1984年版，第242页。
② 赵幼文：《曹植集校注·赠丁仪王粲》，人民文学出版社1984年版，第133页。
③ 黄节：《曹子建诗注》引刘履《选诗补注》，人民文学出版社1957年版，第78页。
④ 赵幼文：《曹植集校注·求自试表》，人民文学出版社1984年版，第371页。
⑤ 赵幼文：《曹植集校注·赠丁廙》，人民文学出版社1984年版，第141页。
⑥ 赵幼文：《曹植集校注·薤露行》，人民文学出版社1984年版，第433页。

机显然是想通过"立言"来实现人生的不朽，在困境中求得一些慰藉。曹植的一生又是不断排解痛苦并极力想超脱痛苦而始终被痛苦困扰的一生。首先，他面对一系列灾难，力求保持平和的心态。除上文所说要用"立言"来自我慰藉外，即使遭遇任城王曹彰的暴卒和白马王曹彪的生离死别，也只将笔墨停留在"人生处一世，去若朝露晞……恩爱苟不亏，在远分日亲"① 般的劝勉与伤感，偶尔有些愤激之词，那也只是对谗间者的斥责，何况还写得如"鸱枭鸣衡轭，豺狼当路衢"② 般的婉转。更难得的是，为了摆脱痛苦，他常常顺从命运，任凭沉浮，所谓"弃置委天命"③，所谓"知命复何忧"④，这些凄楚与旷达并存的诗句，其实质依旧坚守的是他在《赠丁仪王粲》中提出的"欢怨非贞则，中和诚可经"的立身处世准则。其次，他极力在虚幻的世界里寻求欢乐和愉悦。由于他深深感受到"九州不足步"⑤ 和"中州非我家"⑥ 的悲哀，便想象着要远离尘嚣，到仙界去壮游一番。那万顷碧波中的蓬莱有鸟兽相戏，兰桂参天；那天帝居住的紫微有双阙高耸，阊阖巍然；至于拊琴的湘娥，吹笙的秦女，对弈的仙子，一切令人心驰神往，流连忘返。更有甚者，神童授予的仙药和"淡泊、无为、自然"⑦ 的六字真言，如醍醐灌顶，神情爽然。总之，在曹植的笔下，神仙的世界较之尘世没有仇恨，没有死亡，更没有抑郁忧愁，有的却是美好的生活和永恒的生命，试想，在这样绝佳的境界，曹植应该是暂时淡忘了所遭遇的一切不幸，而获得片刻的心灵快慰了。

值得注意的是，沉溺于痛苦也好，超脱于痛苦也罢，这只是曹植诗歌所具有的"骨气"的两种不同的体现法。前者不言而喻，他对理想的追求愈强烈而失败的痛苦就愈难平息，故用笔如何写亦不为过。后者却颇费思量，按弗洛伊德的观点："（性格是）以行动为基础的追求体系"，而曹植在追求理想并屡遭失败的行动过程中，或者

① 赵幼文:《曹植集校注·赠白马王彪》，人民文学出版社 1984 年版，第 298 页。
② 赵幼文:《曹植集校注·赠白马王彪》，人民文学出版社 1984 年版，第 297 页。
③ 赵幼文:《曹植集校注·种葛篇》，人民文学出版社 1984 年版，第 315 页。
④ 赵幼文:《曹植集校注·箜篌引》，人民文学出版社 1984 年版，第 460 页。
⑤ 赵幼文:《曹植集校注·五游咏》，人民文学出版社 1984 年版，第 401 页。
⑥ 赵幼文:《曹植集校注·远游篇》，人民文学出版社 1984 年版，第 402 页。
⑦ 赵幼文:《曹植集校注·桂之树行》，人民文学出版社 1984 年版，第 399 页。

说在采用诗歌这种形式来体现追求理想的内心活动过程里，自然会因时适变，不断调整自己的思维触角和行动方式，这可谓是曹植之所以有时沉溺于痛苦而有时超脱于痛苦的真正原因，而这种超脱实质上是一种无奈，一种更大的更深层次的痛苦，浸透他所创作的诗歌，便形成了"骨气奇高"的现象之二。

三　任性与持性——骨气的人格化

在曹植的性格中，有一个显著的特点是"任性"[①]。任性的结果，是建安年间的"私开司马门"和"醉不能受命"，黄初年间的求祭先王和劫胁使者，太和年间的请求自试和谏取士息。这些事件，均构成了他失宠于父、构怨于兄、见疑于侄的原因。折射到诗歌创作，他可以将曹丕的猜忌与虐待弃之脑后，挥笔叙写内心的不满。名作《野田黄雀行》自比"拔剑捎罗网"的少年，公然谴责曹丕诛杀其友人丁氏兄弟的暴行。《赠白马王彪》哭诉骨肉兄弟的一死一别，明显指斥曹丕及监国使者的残酷。即使在"每欲求别见独谈，论及时政，幸冀试用，终不能得"[②] 的魏明帝曹叡时代，他还要置"朝士所笑"[③] 而不顾，作《鰕䱇篇》高呼已无望实现的"鳠高念皇家，远怀柔九州"的志向，可谓任性到极端的程度。至于那些记述贵公子生活的诗篇，如《斗鸡》、《公宴》、《名都篇》，或叙写"斗鸡观闲房"的快乐，或陈说"终宴不知疲"的愉悦，或盛赞"走马长楸间"的欢快，更显得任性不拘，放浪狂狷。

然而，曹植毕竟是深谙"诗者，持也，持人情性"[④] 之旨的真正诗人，虽然他在政治上由于任性而屡遭失败，也在生活上由于任性而留下了"陈王昔时宴平乐，斗酒十千恣欢谑"[⑤] 的酒徒形象，但他所作的绝大部分诗，还是得到了作诗必须自我约束性情的真谛，而收到

---

①　陈寿：《三国志·魏书·任城陈萧王传》，中华书局1959年版，第557页。
②　陈寿：《三国志·魏书·任城陈萧王传》，中华书局1959年版，第576页。
③　赵幼文：《曹植集校注·求自试表》，人民文学出版社1984年版，第371页。
④　郭晋稀：《文心雕龙注译·明诗》，甘肃人民出版社1982年版，第56页。
⑤　王琦：《李太白全集·将进酒》，中华书局1977年版，第180页。

了"情兼雅怨"① 的艺术效果。如同《公宴》的《元会诗》无疑写的也是宴饮，但少了份青年时的轻狂，多了份壮年时的成熟，除了描绘酒席的文字颇有些循规蹈矩的味道，更明显的是将《公宴》里"飘飘放志意，千秋长若斯"的放浪改为了《元会诗》所具有的"皇室荣贵，寿若东王"的主题。而前诗写宴饮是为了个人的尽情享乐，后诗写宴饮是为了曹氏伟业的久长，这个主题的转变，说明曹植性情自控能力的增强。

类似汉乐府民歌的《美女篇》，洋溢着曹植"怀才不遇之感"②，笔下所刻画的那位美丽的女子，其实是自身的写照，而"求贤良独难"的遭遇，显然是他"志在辅君匡济，策功垂名，乃不克遂"③ 的悲哀。这种悲哀运用屈原所创"香草美人，寄情言志"的方法写出，将太和年间屡次请求自试而终不被曹叡所用"归咎于媒荐之人"④，可谓怨而不怒，较之曹植在黄初年间所写《情诗》，更显得善于控制自己的情绪。

自况"转蓬"的《吁嗟篇》虽与《杂诗·转蓬离本根》的内容大同小异，但颇能反映曹植在"十一年中而三徙都"⑤ 的困窘里仍然眷恋魏室的性情。"愿为中林草，秋随野火燔。糜灭岂不痛，愿与株荄连"，这些读起来令人痛彻心扉的诗句，既陈说着他居无恒处的怨愤，又倾诉着他与魏室分形同气、血脉相连的赤诚，故深得古人"陈思之怨独得其正"⑥ 的赞誉。

曹植诗歌所具有的任性与持性的特征，实际上是他的人格的体现。因为人格由弗洛伊德所说的本我、自我、超我三部分组成，当曹植的本我或者说他的与生俱来的本能冲动占据上风的时候，他必然会任性而行，于是失去了理性的控制，不顾一切地去享受、去发泄，人生悲剧便由此而生。反之，当超我即人格中最富有良知、道德、理想

---

① 陈延傑：《诗品注》，人民文学出版社1980年版，第20页。
② 赵幼文：《曹植集校注·美女篇》，人民文学出版社1984年版，第386页。
③ 黄节：《曹子建诗注》引刘履语，人民文学出版社1957年版，第78页。
④ 黄节：《曹子建诗注》引刘履语，人民文学出版社1957年版，第78页。
⑤ 陈寿：《三国志·魏书·任城陈萧王传》，中华书局1959年版，第576页。
⑥ 沈德潜：《古诗源》，中华书局1963年版，第118页。

等精神需求占据上风的时候，他也会不顾一切地去追求理想并为理想的破灭而深感痛苦。遗憾的是，坚持本我或者超我，他都无法获得心境的平和，那么，他只好回到现实中来，直面骨肉相残，不断寻求和完善自我这个最被中国古代文人所接受的人格形态，因而持性便成了调整心态的有效方式，成了顺从与抗争、沉溺与超脱的一种补充，并形成了曹植诗歌"骨气奇高"的现象之三。

四　广纳与融会——骨气的成因说

曹植所生活的时代是诸侯纷争、民不聊生的时代。这个时代在思想文化方面最明显的特点，应该是摒弃两汉经学，回归原始儒学，推崇老庄思想，发扬风骚精神。而曹植正是在这种社会风尚的影响下，形成其儒道互补的人格并继承风骚传统进行诗歌创作的典型。

原始儒学的核心是以仁礼治天下。这无疑要求所有孔孟的后学积极入世，既要关注和同情民间的疾苦，又要辅佐明君建功立业，并恪守礼教，修身养性，安贫乐道。具体到曹植，无论是处于逆境还是顺境，他都在坚守"戮力上国，流惠下民"[①]的政治理想，所作《白马篇》和《鰕䱇篇》洋溢着辅君匡济的豪情，而《泰山梁甫行》和《门有万里客行》又流露着目睹百姓受难的伤感。至于那些描写骨肉相残而且数量最多的诗，如《浮萍篇》、《七哀》、《苦思行》，也总是将笔墨停留在委天知命、安身守默之类的情绪上面。究其原因，应该是曹植深受原始儒学的影响，而在创作中恪守"温柔敦厚"的诗教说所致。

老庄思想的实质是天人合一。这就要求所有的信奉者要顺应自然，等量齐观尘世间的生死荣辱与是非祸福，逍遥于天地之间，摒圣弃智，清静无为。影响到曹植，每当理想破灭的痛苦接踵而至，而在原始儒学中又难以寻求到解脱方法之时，他便会虔诚地用心灵去拜谒老庄。于是，那位骑着青牛的老子和梦中化蝶的庄子便会引导他"排

---

① 赵幼文：《曹植集校注·与杨德祖书》，人民文学出版社1984年版，第154页。

雾陵紫虚"①，请他与松乔为友，请他与真人为伴，吸朝霞、采灵芝、服仙药、游天界。可以说曹植在道家那里得到了意外的快乐，得到了虚幻的永生，更得到了一种原始儒学根本没有的置身名利之外的精神。而这种精神，实实在在地给了他暂时的或者是瞬间的潇洒飘逸，使他能抚平一点儿心灵的创伤，获得一些再度追求理想的力量。

毋庸置疑，这种儒道互补的人格是曹植进行诗歌创作的基础，并使之具有"骨气奇高"特征的首要原因，而另一个重要的原因应该是他所继承的风骚传统。

风骚，则是中国古代文学现实主义和浪漫主义这两条长河的源头。所谓风，《毛诗序》说："风也，教也。"按今天的话解释，风就是讽谏和教化的意思。而在运用诗进行讽谏的过程中，历代文人所要恪守的创作原则是"乐而不淫，哀而不伤"，即保持情感的中和之美，曹植自然也不例外。略而言之，曹植的诗可分为三类：一是言志诗，二是游仙诗，三是宴饮诗。从总体看这三类诗，虽然都有情感的波澜起伏，但可谓适当地把握了或喜或悲，或颂或怨的尺度。或者说，无论曹植在何种情感的主导下进行创作，他都不被该种情感所迷惑、所屈服，始终在执着地追求理想，使诗歌充盈着"坚忍不拔之力，超旷逍遥之气"②。涉及具体作品，言志类的《鰕鮰篇》披心陈说"鷰高念皇家，远怀柔九州"的心愿，《杂诗·仆夫早严驾》含悲倾吐"闲居非吾志，甘心赴国忧"的襟怀，这两首诗均创作于曹植无望实现理想的太和时期，故抛开他前期所作慷慨言志的诗歌不论，也可见出他不因屡遭挫折而消沉的苦苦追求。游仙类的《升天行》，疾首感伤"人世不永，俗情险艰"的苦难，《远游篇》挥泪悲呼"昆仑本吾宅，中州非我家"的失意，推测其创作心态，亦是想在虚幻的世界里寻找到现实中无法寻找到的美好与自由，是不满现实的委婉表白。宴饮类的《元会诗》倾情诉说"皇室荣贵，寿若东王"的祝愿，《箜篌引》据实吐露"盛时不可再，百年忽我遒"的悲哀，均面对玉液佳肴浮想联翩，极尽欢乐之时，仍难忘曹氏伟业与人生苦短。诸多

---

① 赵幼文：《曹植集校注·游仙》，人民文学出版社1984年版，第265页。

② 孙明君：《三曹与中国诗史》，清华大学出版社1999年版，第201页。

范例，足以说明曹植的诗歌和《诗经》所具有的"兴、观、群、怨"特点一脉相承，真正做到了汉儒所提倡的"温柔敦厚"。

　　所谓骚，班固《离骚赞序》说："忧也，明己遭忧作辞也。"若作解释，骚就是忧愁，就是遭遇忧愁而作诗。历代风骚并称，而创立骚这种诗体和风格的是生活在战国后期楚国的屈原。且不论曹植的一生与屈原的一生有多么的相似，仅就他所作的那些颇多忧生之嗟的诗歌而言，便可见"词意多仿屈原"① 的特点。那些描写自身居无恒处的苦况的诗，如《吁嗟篇》和《杂诗·转蓬离本根》吟唱的便是屈原般念君去国的忠贞。那些指责奸佞屡进谗言、诬陷忠良的凄楚的诗，如《赠白马王彪》和《当墙欲高行》，抒发的便是屈原般忠而见黜的悲愤。那些同情百姓蒙难，感伤社会凋敝的诗，如《泰山梁甫行》和《门有万里客行》采用的便是屈原般"哀民生之多艰"的情怀。至于更多的叙写理想破灭后痛苦的诗，如《美女篇》、《浮萍篇》、《弃妇诗》等，无不是屈原"香草美人，寄情言志"的再现。甚至于诸多的游仙诗，亦与屈原驾龙乘风、上天入地的追求异曲同工，达到了一种"神高驰之邈邈"的境界。应该说，曹植与屈原有着太多的相似，但最相似的莫过于在追求理想过程中的矢志不渝，这便是他俩共有的亦是共同体现在诗歌中的"骨气"。

　　作为诗人，曹植是完美的。他的完美除了谢灵运所说"独得八斗"之才外，还在于一生追求理想并为理想破灭而痛苦悲泣，这种坚韧不拔的精神给予后世以启迪。更在于创作了大量"藏之于名山，传之于同好"② 的诗歌，并使之具有独特的"骨气奇高"的特征，成为继屈原开创个体创作新纪元后的又一座丰碑。然而，更完美的是他的人格，那种儒道互补、相斥相济的人格，使后世透过他的遗墨看到了一位时而慷慨、时而忧伤、时而狂放、时而抑郁的曹植，这样一位曹植，是中国封建社会里"士"的人格的典型，也是他之所以成为"气吞七子建安中"③ 的大诗人的最根本原因。

---

① 黄节：《曹子建诗注》，人民文学出版社 1957 年版，第 82 页。
② 赵幼文：《曹植集校注·与杨德祖书》，人民文学出版社 1984 年版，第 154 页。
③ 张玉毂：《古诗赏析》，上海古籍出版社 2000 年版，第 2 页。

第十六章　曹植章表"独冠群才"的精彩与悲哀

　　章表这种文体起源于"尧咨四岳，舜命八元"①，其后，夏商周三代的公卿向天子陈政，谋士向诸侯献策，均有助于它的形成和发展。到汉朝，将章表列为四类公牍文的前两类，并确立了用它来考察臣僚和推荐贤良的制度，于是，有左雄、胡广等人的章表彪炳于世。随后的三国，孔融所作《荐祢衡表》得到"气扬采飞"的称颂，诸葛亮所作《出师表》享有"志尽文畅"的赞誉，而陈琳和阮瑀又以"章表书记，今之隽也"②扬名文坛。然而，较之曹植的"独冠群才"③又难免存在缺憾，或是在数量方面远不及曹植有35篇章表传世，或是在质量方面赶不上曹植的章表"体赡而律调，辞清而志显"④。总之，曹植是中国文学史上第一位大量写作章表的作家。他的章表记录着一生的追求与失望，洋溢着一生的才华与情感，独树一帜，气象蔚然。

一　立意高远——理想的幻灭曲

　　曹植的章表均作于他屡遭曹丕虐待和曹叡冷遇的黄初、太和年间。探究原因，一是他曾在建安时期有过与曹丕争当魏国太子的仇

---

① 郭晋稀：《文心雕龙注译·章表》，甘肃人民出版社1982年版，第261页。
② 严可均：《全上古三代秦汉三国六朝文》录曹丕《典论·论文》，中华书局1958年版，第1097页。
③ 郭晋稀：《文心雕龙注译·章表》，甘肃人民出版社1982年版，第263页。
④ 郭晋稀：《文心雕龙注译·章表》，甘肃人民出版社1982年版，第263页。

隙，且不论用章表这种形式谢恩陈情是否能化解以往的矛盾，而这种文体特有的"对扬王庭，昭明心曲"①的功能，起码能起到相互沟通的作用，何况他在曹丕称帝的黄初时期，曾蒙受一系列的罪责，惊恐之余屡呈章表，亦不失为一种自艾自悔以求保全的方式。二是在曹叡即位的太和时期，魏明帝略施"明贵贱，崇亲亲，礼贤良，顺少长"②的恩惠，便再次激发曹植关注军国大事的热情，于是，用章表抒怀明志，议论朝政，亦在情理之中。

1. 违心的自责：曹植章表颇多自责之词，如蒙受灌均所告"醉酒悖慢，劫胁使者"之罪后写的《责躬表》和《谢初封安乡侯表》。首先表明"追思罪戾"与"悲于不慎"的忏悔之心，其次叙述"忧惶恐怖"，"刻肌刻骨"的痛伤之情，最后吐露"精魄飞散，忘躯殒命"的感恩之意，显得忍尤攘垢，凄婉悲切。又如《求出猎表》和《封鄄城王谢表》，或指责自身因防辅吏仓辑等人的告状而遭归鄄城旧居去闭门思过是咎由自取，或称颂曹丕封他这个触犯国法的骨肉兄弟为王是日月之恩，笔墨间迁善改过，泣血捶膺。然而，研阅曹植的诗赋，便会觉察这些章表的自责之词甚是违心。其一，曹植对监国使者灌均深恶痛绝，在《九愁赋》和《赠白马王彪》中斥责他所告之状是"奸枉之虚辞"，是"谗巧令亲疏"。其二，曹植视防辅吏仓辑等人的告状是"诬白"，在《黄初六年令》中说他为此而落到"身轻于鸿毛，谤重于泰山"的境地。个中原因，应该和这两种文体的功能不同有关。诗赋等是用来抒发作者的情志的，而章表是用来"造阙、致禁"③的，属于文学类的诗赋要挥洒自如地状物言志，属于公牍类的章表要诚惶诚恐地谢恩陈情，何况，在曹植一生中的确还存在着对曹丕或抗争或顺从的两重性，因而，出现这种情况也实属自然。

2. 凄凉的谢恩：曹植有 15 篇章表用来谢恩，其内容之一是魏国两代帝王对他及妻儿的徙封，之二是魏国两代帝王召他朝觐，之三是魏国两代帝王赏赐他器具和食物等。关于第一点，见诸他所作《迁都

① 郭晋稀：《文心雕龙注译·章表》，甘肃人民出版社 1982 年版，第 268 页。
② 严可均：《全上古三代秦汉三国六朝文》录曹叡《诏报东阿王植》，中华书局 1958 年版，第 1103 页。
③ 郭晋稀：《文心雕龙注译·章表》，甘肃人民出版社 1982 年版，第 268 页。

赋》，其序曰："余初封平原，转出临淄，中命鄄城，遂徙雍丘，改邑浚仪，而末将适于东阿。号则六易，居实三迁，连遇瘠土，衣食不继"，据此可知他在政治上屡遭排挤，在生活上极其困窘的情况。然而，他还要一次次诚惶诚恐地谢恩，所作《谢初封安乡侯表》明显存在由县级侯降为乡级侯的不满，却不得不说"受恩无量"；所作《封鄄城王谢表》明显存在较其他兄弟迟封一月的委屈，却不得不说"过受陛下日月之恩"。关于第二点，见诸两篇《谢入觐表》，前表称颂黄初四年（公元223年）五月曹丕诏令诸侯进京举行迎节气的典礼是"不世之命"，推测他欣喜之缘由，无疑是曹植自黄初元年（公元220年）二月就国临淄，除因灌均和王机等人的告状而有过短期的待罪京邑外，以诸侯之身份奉诏进京实属首次，所以要以笑代泣，感激涕零。后表叙写太和六年（公元232年）正月奉曹叡诏令进京与宗室公族团聚的四喜，所谓"观百官之美，登阊阖之闳，见穆穆之颜，受崇圣之训"，均是他阔别京都十二年后又一次以诸侯身份朝觐而受到的隆遇，所以要强忍凄楚，故作欢颜。关于第三点，见诸《谢鼓吹表》、《谢赐谷表》、《谢明帝赐食表》等，顾名思义，魏国两代帝王所赐微薄，却使曹植感恩得涕泣横流，特别是还得到曹叡御笔所写"王颜色瘦弱，宜当节水加餐"的手诏，这对于长期受到虐待和冷遇的曹植无疑是久旱逢甘霖，故在章表中多有言过其实之词，更能凸显其凄凉的心境。

3. 无望的求试：曹植一生都在追求"建永世之业，流金石之功"[1]的理想，却由于失宠于父、构怨于兄、见疑于侄的原因，一生游离于军国大事之外，因而所作的许多章表不乏言志与献策的内容，可惜极少被理解和采纳。黄初年间，他一方面献《庆文帝受禅表》和《龙见贺表》，极力称颂曹丕以魏代汉是"顺天受命"，开创了"绍先周之旧迹，袭文武之懿德"的伟业，致使"嘉瑞"纷呈。另一方面作《上先帝赐铠表》、《献文帝马表》、《上银鞍表》，陈说当今"天下升平，兵革无事"，并恳请朝廷收藏原该属于他的军中用具。这种做法，明显和

---

[1]　赵幼文：《曹植集校注·与杨德祖书》，人民文学出版社1984年出版，第154页。

他"闻魏氏代汉，发服悲哭"① 以及诸多诗歌中所抒发的"鸱鸮鸣横轭，豺狼当路衢"等愤世疾俗的情志不同，其目的无非是为了消释往昔的矛盾，减少曹丕的疑忌。太和年间，所作《求自试表》和《陈审举表》，反复强调他"生乎乱，长乎军，又数承教于武皇帝"的特殊阅历和军事才能，并公然提出参与军国大事的要求。所作《谏伐辽东表》和《谏取诸国士息表》，反复重申他一系列的政治和军事主张，佐证其才略非凡，可降大任于斯。而这些章表较之黄初时期所作，又显得披肝沥胆，坦诚率直。究其原因，一是曹植的身份由皇弟变为了皇叔；二是曹植的际遇由曹丕的"日夜欲杀其弟"② 变为了曹叡的"辄优文答报"③，于是，他有了大胆求试与献计献策的基本条件，可惜这样做的结果仍然是《美女篇》所言的"佳人慕高义，求贤良独难"，依旧是《转蓬离本根》所言的"高高上无极，天路安可穷"，还是未能得到帝王的赏识与任用，这就不难见出曹植执着的追求理想并为之而失意而痛苦的过程了。

二　陈情恳切——忧生的掩涕篇

曹植的章表也颇多忧生之嗟。值得注意的是章表所具有的"谢恩、陈情"④ 的特性，制约着他不能像运用诗体那样恣情倾诉内心的哀伤、恐惧、愤懑，而只能采用取悦帝王的方式，堂而皇之的言辞，委婉地叙写或者说曲折的表露甚至于隐晦的寄寓内心的抑郁苦闷，这可谓是一种更难驾驭的艺术，一种更深层次的痛苦。

1. 严守的君臣大义：曹植的人格是儒道互补、相斥相济的人格，因而，孔子在《论语·八佾》中提出的"君使臣以礼，臣事君以忠"的所谓君臣大义，自然被他继承与恪守。所作《庆文帝受禅表》、《责躬表》等，除极力称颂曹丕的文经武纬外，还屡屡倾诉他的"不胜犬

---

① 陈寿：《三国志·魏书·任苏杜郑仓传》，中华书局 1959 年版，第 492 页。

② 河北师范学院中文系古典文学教研组：《三曹资料汇编》录潘德舆《养一斋诗话》，中华书局 1980 年版，第 218 页。

③ 陈寿：《三国志·魏书·任城陈萧王传》，中华书局 1959 年版，第 574 页。

④ 郭晋稀：《文心雕龙注译·章表》，甘肃人民出版社 1982 年版，第 262 页。

恋主之情"和"不能摧身碎首,以报陛下厚德"的忠诚。至于《上先帝赐铠表》和《献文帝马表》等,那更能反映曹植在黄初年间主动向朝廷缴纳战具以求得曹丕释疑的情况,亦属效忠之列。于是,这才出现了黄初六年(公元225年)十二月"帝东征,还过雍丘,幸植宫,增户五百"①的事情,可惜五个月后曹丕驾崩,再无时间与精力来善待曹植了。曹叡即位后,曹植更注重恪守为臣之道,所作《求自试表》,围绕"士之生世,入则事父,出则事君,事父尚于荣亲,事君贵于兴国"的观点,尽情倾诉"敢冒其丑而献其忠"的衷肠;而《求通亲亲表》和《陈审举表》,言志也好,逞才也罢,实质上披露的都是他不甘愿做"圈牢之养物"而要求"蹈锋履刃,以殉国难"的赤胆忠心。遗憾的是,这些章表得到的仅仅是曹叡在太和六年(公元232年)二月"以陈四县封植为陈王"的回报,以及赏赐、朝觐与关怀之言,然而这些对于胸怀大志的曹植,无疑又是望梅止渴。究其原因,恐怕是曹叡始终处于太和二年(公元228年)四月"是时讹言,云帝已崩,从驾群臣迎立雍丘王植"②的阴影之中,曹植笔墨下的忠言,难以解除曹叡内在的猜忌。

2. 难弃的骨肉亲情:曹植的章表亦善用亲情以求化解矛盾。黄初年间,他一方面为汉室丧鼎"发服悲哭",另一方面作《庆文帝受禅表》说"亲体至戚,怀欢踊跃",可谓言与行相判云泥。其目的,显然是要曹丕理解他既要尽汉臣之节又要尽骨肉之情的用意。其后,他因"醉酒悖慢,劫胁使者"被贬为安乡侯,所作《谢初封安乡侯表》在自责过错之时陈述"上增陛下垂念,下遗太后见忧"的痛苦,似乎他的遭贬最难过的是仁兄慈母。再后,他的两个儿子赐爵为公,所作《封二子为公谢恩章》言"天时运幸,得生贵门。遇以亲戚,少荷光宠",借此机会,又将曹丕略施恩惠的原因归结到了骨肉亲情。太和年间,所作《求自试表》公然说自己是"与国分形同气,忧患共之者",《求通亲亲表》明确要求"叙骨肉之欢恩,全怡怡之笃

① 陈寿:《三国志·魏书·任城陈萧王传》,中华书局1959年版,第565页。
② 陈寿:《三国志·魏书·明帝纪》裴松之注引《魏略》,中华书局1959年版,第95页。

义"，更有甚者，他在《陈审举表》里执意反对曹叡"公族疏而异姓亲"的做法，建议组成以皇族成员为中心的统治集团，以防止春秋战国时期田氏篡齐和三家分晋之类的事情发生。毋庸置疑，与魏国两代帝王的骨肉亲情成了曹植前期自我保全而后期干预朝政的基础，也是他难以忘怀并无法和魏国两代帝王彻底决裂的重要因素。值得悲哀的是，这种骨肉亲情仅仅换来了曹丕的"植，朕之同母弟。朕于天下无所不容，而况植乎"① 的所谓宽容，以及曹叡"辄优文答报"的所谓善待，并终于使他在"怅然绝望"② 中结束了理想破灭的一生。

3. 不绝的哀怨之声：这是曹植章表的主基调。黄初年间，他所作的《求祭先王表》深切缅怀先王，使曹丕读后也为之"悲伤感切"③，而《谢初封安乡侯表》则叙写"抱罪即道，忧惶恐怖"的情况，其中所言之罪与东郡太守王机等人状告曹植并让他遭"百师之典议"④ 有关，亦属"悲喜参至"之作。更有《责躬有表》极言"天网不可重罹，圣恩难可再恃"的哀伤，取得了让曹丕下诏恢复他的王位的效果。于是，颇多的哀声，勾勒出受尽虐待的曹植憔悴枯槁的形象，也引发着后世的怜惜与同情。太和年间，曹植的章表由哀转怨。《转封东阿王表》怨衣食之不继，那种"食才糊口，形有裸露"的极端困窘的生活，似乎让这位名为雍丘王整整五年的皇叔竟连一般庶民的所需都匮乏。《求自试表》怨怀才之不遇，那种"圈牢之养物"般的尸位素餐的冷遇，无疑使这位胸怀大志的才子想统领数百人随军征战也实属无望。《求通亲亲表》怨骨肉之永绝，那种"块然独处，左右唯仆隶，所对唯妻子"的离群索居的孤独，的确给这位降生王室并有诸多兄弟的性情中人造成了形影相吊的凄凉。至于《望恩表》、《乞田表》、《陈审举表》等，亦颇多以上所言三种怨气的生发，或言"公族疏而异姓亲"，或言"心甘田野，心乐稼穑"，交织着不满与无

---

①　严可均：《全上古三代秦汉三国六朝文》录曹丕《改封曹植为安乡侯诏》，中华书局 1958 年版，第 1078 页。

②　陈寿：《三国志·魏书·任城陈萧王传》，中华书局 1959 年版，第 576 页。

③　严可均：《全上古三代秦汉三国六朝文》录曹丕《止临淄侯植求祭王诏》，中华书局 1958 年版，第 1076 页。

④　赵幼文：《曹植集校注·自戒令》，人民文学出版社 1984 年版，第 338 页。

奈，值得咀嚼品味。然而，曹植不绝的哀怨之声，虽使他的章表显得情辞恳切，符采相胜，但还是被魏国的两代帝王视作了一纸空文，依旧改变不了他"十一年中而三徙都，常汲汲无欢"① 的悲惨命运。

三　理深文赡——才华的凝聚章

曹植素有"绣虎"② 之美称，这除了说明他在文学创作中取得"三、四、五、六、七言、乐府、文、赋俱工"③ 的成就外，也不排除他在章表这类公牍文写作方面所表现的"应物制巧，随变生趣"④ 的卓越才能。这自然得利于他自幼能"诵读诗论及辞赋数十万言"的坚实基础，也得利于他"雅爱诗章"的家风和邺下文人诗酒唱和的环境，更得利于他一生所遭遇的不幸以及由此而产生的抑郁悲愤。

1. 广征博引，以古讽今：最具代表性的章表有 3 篇。《求自试表》在提出"志在授命，庶立毛发之功"的请求之前，首先引用《论语》、《孝经》、《墨子》等典籍中的名言，阐述自古以来明君不授禄于无用之臣的道理。然后引用《左传》、《史记》、《说苑》等所载历史人物与事迹，佐证德高功大的臣子不辞君主的封赏的观点以及捐躯济难是君子之志的胸怀。其间穿插《诗经》中的名句，言明自己不愿蒙受"彼己之子，不称其服"般的讽刺。这些圣哲之言、前贤事迹、诗人名句的信手拈来，无疑为曹植提出自试请求奠定了理论基础，并对曹叡让他"虚荷上位"的做法进行了指斥。《求通亲亲表》在提出要曹叡垂诏亲近皇族的主张之前，首先引用《礼记》、《墨子》中关于天地、日月、江海之所以称高、称广、称明、称大的论述，又引用《论语》、《尚书》中对唐尧"先亲后疏，自近及远"的美德的颂扬，来说服曹叡应当效法天地造化和前代圣君。然后引用《诗经·思齐》和《左传》中有关周文王、周公旦等"广封懿亲，以藩屏王

---

① 陈寿：《三国志·魏书·任城陈萧王传》，中华书局 1959 年版，第 576 页。
② 张溥著，殷孟伦注：《汉魏六朝百三家集题辞注·陈思王集》，人民文学出版社 1981 年版，第 71 页。
③ 胡应麟：《诗薮》，上海古籍出版社 1958 年版，第 137 页。
④ 郭晋稀：《文心雕龙注译·章表》，甘肃人民出版社 1982 年版，第 263 页。

室"的事迹的记载，来告知曹叡亲近皇族的诸多有利。最终倾吐他"婚媾不通，兄弟永绝"的痛苦并点明请曹叡垂诏"叙骨肉之欢恩，全怡怡之笃义"的主题。《陈审举表》在辨析朝廷用人须明的重要性之前，首先列举稷、契、夔、龙佐舜治国，以及汤武、周文举用贫贱的伊尹和吕尚等史实，来论证"有不世之君，必能用不世之臣、用不世之臣，必能立不世之功"的道理。然后针对魏国太和年间烽火连绵而生灵涂炭的现状，引用汉文帝准备离开代国却"疑朝有变"而宋昌为之解惑的典故，来劝谏曹叡不必对皇族成员心存猜忌。其间穿插屈原"国有骥而不知乘，焉皇皇而更索"等名句，以增添其辨析事理的文采和气势。总之，这种广征博引，以古讽今的特色，既显示曹植惊人的才华，又使他所作的章表"风矩应明，骨采宜耀"①，虽未能助他实现"戮力上国，流惠下民"的理想，却也取得与他诗赋一样的"足以自通后叶"②的成就。

2. 引譬设喻，贴切精当：在曹植笔下，有许多难言之事及难言之情经常采用这种手法倾诉。黄初年间，所作《封鄄城王谢表》将该次受封比作"枯木生叶，白骨更肉"，所用喻体之骇目，不难见出他屡遭友人被诛和奸佞谗间等一系列灾难后的惊惧，以及封而又贬和贬而又封的忧喜。《封二子为公谢恩章》将该次隆遇比作"既荣本干，枝叶并蒙"，所用喻体之精当，明显看出他叹息父子命运相连而一荣俱荣和一损俱损的感伤，以及生于皇室却久被弃置的凄楚。至于《谢入觐表》和《责躬表》这两篇前后内容紧密关联的章表，其比喻更为独到，前表将有幸朝觐比作"有若披浮云而睹白日，出幽谷而登乔木"，后表将曹丕的赦宥比作"德象天地，恩隆父母，施畅春风，泽如时雨"，这就惟妙惟肖地反映出他"自念有过，宜当谢帝"并神秘失踪，令卞太后等虚惊一场而曹丕"严颜色，不与语"③之时的复杂心情。喻体之夸张，出自曹植既忧惧又暗喜之内心。太和年间，他在《陈审举表》中将吴蜀尚存比作"蚌蛤浮翔于淮泗，鼍鳣灌哗于

---

① 郭晋稀：《文心雕龙注译·章表》，甘肃人民出版社1982年版，第268页。
② 陈寿：《三国志·魏书·任城陈萧王传》，中华书局1959年版，第577页。
③ 陈寿：《三国志·魏书·任城陈萧王传》裴松之注引《魏略》，中华书局1959年版，第564页。

林木"，含有鄙视敌国和分析形势的双重寓意。《求自试表》中将敌国未灭比作"高鸟未挂于轻缴，渊鱼未悬于钩饵者，恐钓射之术或未尽也"，含有担忧国祚和提倡举贤的两种用心。更值得赞赏的是，他在诸多章表中常用"尘雾之微，补益山海；萤烛末光，增辉日月"①这样的或微小或宏大的喻体，来刻画襟怀之志，并在理想破灭的情况下以"柏成欣耕于野，子仲乐于灌园，蓬户茅牖，原宪之宅也；陋巷箪瓢，颜子之居也"等前贤事迹自况，一正一反，相映成趣，勾勒出他的既矢志不渝又安贫乐道的高洁人格。无疑，这亦是形成曹植章表"应物制巧，随变生趣"②的因素之一，尽管未能使魏国的两代帝王龙颜"见察"③，却也被李充《翰林论》称颂为"可谓成文矣"。

3. 言简义丰，理畅辞达：曹植章表的篇幅一般较短，《上九尾狐表》仅用 67 个字，先描述猎狐的时间、地点以及所猎之狐的奇特，后庆贺"斯诚圣王德政和气所应也"，可谓惜墨如金之范例。而篇幅最长的《求自试表》亦只有 1254 个字，内容却极为丰富，摆明"君无虚授，臣无虚受"的观点，陈说尸位素餐的惭愧，辨析吴蜀尚存的形势，倾诉弃置不用的痛苦，抒发壮志难酬的忧愤，夸耀运筹帷幄的才能，提出领兵征战的请求，诸如此类，顾及所需顾及的各个方面，显得文辞简约、说理畅达，并且"不敢废恭顺之义"④，堪称诸葛亮《出师表》的伯仲。《谏伐辽东表》有 318 个字，是一篇长短适中的劝谏性章表，其劝谏曹叡不要征伐辽东的理由有三：一是辽东地势险要，所谓"负阻之国，势便形固，带以辽海"，精确地描绘出辽东之地山环水绕且易守难攻的特点，其中"阻"、"便"、"固"、"带"几字，传神之至。二是我方长途奔袭而敌方以逸待劳，直言"轻车远攻，师疲力屈，所谓以逸待劳，以饱待饥者也"，明确指出所犯的兵家大忌，其中"远攻"、"力屈"、"待劳"、"待饥"几字，鞭辟入里。三是攻克与否都是弊多利少，若克之，则"得其地不足以偿中国之费，虏其民不足以补三军之失"，仅用两句话揭示出问题的关键，

---

① 赵幼文：《曹植集校注·求自试表》，人民文学出版社 1984 年版，第 371 页。
② 郭晋稀：《文心雕龙注译·章表》，甘肃人民出版社 1982 年版，第 263 页。
③ 刘克庄：《后村诗话》，中华书局 1983 年版，第 2 页。
④ 刘克庄：《后村诗话》，中华书局 1983 年版，第 2 页。

且极富气势。若不克，则远征之师将落到"进则有高城深池，无所施其力；退则有归途不通道路濊泇"的两难境地，加之气候的变幻莫测，抑或"吴起东南，则荆扬骚动；蜀应西境，则雍凉三分"的战乱兴起，更显得魏国危如累卵了。由于这篇章表言简意赅、说理透彻，故被丁晏《曹集诠评》誉为"老谋深算"，惜其所言被魏军"大破之，传渊首于京都，海东诸郡平"[1]的事实攻破，但这只能说明曹植在军事才能方面的言过其实，而无法否认他在"为情造文"方面的恣意挥洒和风流自赏了。

或许，曹植并不知晓他所作的章表会成为一生的写照，因为写作的初衷乃在于"谢恩"、"陈情"，但就是在这种因一事而上一表的公式化的君臣或者说骨肉的交往中，让后世窥视了他的精彩与悲哀，更理解了他的追求和失望。如果说，曹植的诗赋已经跳动着那颗忧愁愤懑的心灵，那么，曹植的章表又为其注入了殷红的血液，两者相得益彰，构成了中国文学史上这位不朽的魂魄，诱导着万年的苦思和追寻。

---

① 　陈寿：《三国志·魏书·明帝纪》，中华书局 1959 年版，第 113 页。

第十七章　曹植的赋

赋，是中国古代文学创作中的重要文体之一。从周末到汉代，被统称为古赋体制的骚体赋、散体大赋、咏物抒情小赋不仅日益成熟，而且开始向骈赋或谓之为俳赋的新体制演变。南北朝时期的传世之作，有的"金声玉润"①，有的"绣错绮交"②，追求赋文音节的协调与文辞的整饬俨然成风。在这种新旧赋体交替的过程中，诸多文人皆付出了努力，而生活在汉末魏初的各类文体"俱工者"③ 曹植更是苦心孤诣，功不可没。

一　承楚汉之遗韵

曹植的赋，除 8 篇仅存数句而无法详其内容外，现存 44 篇。这些赋，若按创作年代划分，创作于建安时期的有 31 篇，黄初时期的有 7 篇，太和时期的有 5 篇，难以确定时期的 1 篇。若按体制类别划分，咏物小赋有 16 篇，抒情小赋有 25 篇，骚体赋 2 篇，散体大赋 1 篇。从笔者根据赵幼文《曹植集校注》所作的统计看，曹植的创作有三个突出的特点：一是在汉末魏初的所有文人中，曹植是作赋最多的作家；二是曹植的赋以咏物抒情小赋为主，亦有数量不多的骚体赋和散体赋；三是曹植的赋占其遗墨的比例很大，说明他是位刻意作赋的文人。下面就将其赋所起到的承上启下的作用以及所产生的巨大的

---

① 孙梅：《四六丛话》，人民文学出版社 2010 年版，第 69 页。
② 孙梅：《四六丛话》，人民文学出版社 2010 年版，第 69 页。
③ 胡应麟：《诗数》，上海古籍出版社 1958 年版，第 137 页。

艺术魅力做一具体的论述。

二 承楚汉之遗韵

1. 溯源诗之六义：自赋这种文体"受命于诗人"① 以来，铺采摛文，体物写志，成了历代赋家遵循的一个通则，曹植亦不例外。曹植的赋尤其是那些咏物小赋，或用笔墨巧绘花木，或用慧心镂形禽族，或用辞藻勾勒品物，均能见出他受"诗六义"影响的痕迹。首先是铺陈直叙。如《鹦鹉赋》先写鹦鹉的不幸被捉，次写君子的精心养护，再写良禽的感恩戴德。这种写法与《诗经·卫风·氓》按顺序记写女子的被弃过程一脉相承。其次是穷形尽相，如《蝙蝠赋》极力描绘蝙蝠"形殊性诡，每变常式"的丑态，亦和《诗经·魏风·硕鼠》反复斥责领主贪得无厌异曲同工。最后是托物言志，如作于黄初年间的《鹞雀赋》通过展示雀与鹞生死搏斗的过程，婉转暗喻着他在骨肉相残的现实中所产生的忧惧，也和《诗经·小雅·正月》里恳切陈词的哀痛如出一辙。值得注意的是，曹植的这些赋都显得才气横溢，文采飞扬，较之《诗经》的质朴又多了些华丽的辞藻和个性特征，这自然与他自幼就能"诵读诗论及辞赋数十万言"② 有关，也和他一生的特殊经历有关。

2. 深谙屈骚之旨：曹植的一生与屈原颇多相似。生于显赫之家，先是特见宠爱，后又遭受冷遇，见疑于两代君王，累迁瘠土，形似流放，长期抑郁苦闷，始终壮志难酬，故他所作的许多篇赋，也和屈骚的抒忧愤、讽君王、斥奸佞、明节操的主旨相似。如《洛神赋》写他在洛水滨邂逅美丽的洛水女神，两情相悦，却因"人神道殊"而无望结合，终于含恨分离。这显然同屈原《离骚》中所写的求宓妃、寻简狄、访二姚均遭失败一样，抒发的都是君门九重、怀才被黜的彷徨苦闷，也意在讽谏君王要明察忠贞。又如《白鹤赋》以"含奇气之淑祥"的白鹤喻自身的纯正；《蝙蝠赋》以"不容毛群，斥逐羽

---

① 郭晋稀：《文心雕龙注译·诠赋》，甘肃人民出版社 1982 年版，第 86 页。
② 陈寿：《三国志·魏书·任城陈萧王传》，中华书局 1959 年版，第 557 页。

族”的蝙蝠比况邪恶之徒，这无疑也借鉴了屈原常用的“善良香草以配忠贞，恶禽臭物以比谗佞”①般引类譬喻的手法。其余如《蝉赋》中“苦黄雀之作害兮，患螳螂之劲斧”的忧惧，《九愁赋》中“恨时王之谬听，受奸枉之虚辞”的伤痛，诸如此类，均能使人想起屈原作品中那色彩斑斓的文辞和寄托幽远的比兴。无疑，曹植对屈骚的继承有三点：其一，多用香草美人，寄情言志的艺术手法；其二，善于驰骋想象，形成耐人寻味的意境；其三，语言瑰丽，且巧用楚地方言“兮”，虚词“之”等，以增强抒情性。

3. 颇得荀宋之术：继诗骚之后，首先以赋名篇的是荀况和宋玉。故刘勰在《文心雕龙·诠赋》里说：“荀况《礼》、《智》，宋玉《风》、《钓》，爰锡名号，与诗画境，六义附庸，蔚成大国。”②荀况的赋运用了遁词隐意、谲譬指事的艺术手法，即将要表述的内容用种种巧妙的譬喻代替说出，而宋玉又把这种巧言状物的手法发展得更为夸张铺排，穷形尽相，两者均给曹植以启迪。曹植所作《橘赋》通过写嘉树迁徙于铜雀园而“朱实不卸，焉得素荣”的现象，抒发失宠于父后的伤感；《离缴雁赋》通过写中箭之雁“挂微躯之轻翼，忽颓落而离群”的惨状，倾诉屡遭谗间的悲哀。其余如《神龟赋》、《槐赋》、《车渠碗赋》等诸多的咏物小赋，无不都是通过草木品物惟妙惟肖的描写，寄寓复杂而又深沉的心志。即使那些抒情小赋，如《节游赋》赞美景物而感叹人生不永，《临观赋》欣喜所见而痛伤壮志长违，透过笔墨，就能窥视曹植的所指所怨。显然，曹植继承荀宋的有两点：一是对物体物貌加以浓墨重彩的描绘，极力避免使用直露的语言；二是含蓄地抒发心态，力求物我合一，情景交融。这样写作的目的乃在于既要避免世人特别是父兄的猜忌，又要淋漓尽致地倾吐情怀。这可谓是曹植在政治上屡遭失败后选择的最佳的创作方式。

4. 博采赋家之长：荀宋创立的赋，到汉代极为盛行，且骚体、散体、咏物抒情凡三类赋的体制，也得以发展与成熟。而曹植对各类

① 郭绍虞主编：《中国历代文论选》引王逸《离骚经序》，上海古籍出版社1979年版，第155页。
② 郭晋稀：《文心雕龙注译·诠赋》，甘肃人民出版社1982年版，第86页。

赋都有所继承。首先是骚体赋。曹植作有《九愁》、《九咏》。以"九"名篇，足见他是在模仿屈原的《九歌》和《九章》。前篇赋铺叙自己所经历的困窘以及由此而生的复杂心理，后篇赋描绘求汉、湘神女而不得以及由此而欲保持的高洁，均侧重于抒情，在形式上和《楚辞》没有多大的差别。更重要的是这两篇赋通篇押韵，且多用楚地方言"兮"，明显具有摹拟《楚辞》的痕迹，故被誉为"屈灵均之嗣声"①。其次是散体大赋。曹植作《七启》。其自序言"昔枚乘作《七发》，傅毅作《七激》，张衡作《七辩》，崔骃作《七依》，辞各美丽，余有慕之焉，遂作《七启》"。这就点明该赋是模仿汉代赋家所写的作品。在形式上采用的是散体大赋固有的主客问答的形式，即假设玄微子隐居大荒之庭，镜机子往说之，举用肴馔、容饰、羽猎、宫馆、声色、交友、治国凡七件妙事，说得玄微子返归尘世。其结构有序、正文、结尾三部分组成，亦和散体大赋的结构一致。基本特点是体物写志，在用夸张的手法和富丽的辞藻描写壮丽的事物的同时，指出逃避现实的错误，称颂求贤纳士的措施，且篇幅较长、规模宏阔，用韵散结合以韵文为主的语言写成，完全与散体大赋的基本特点相同。最后是咏物抒情小赋。曹植写该类赋数量极多。如《酒赋》应和魏国初建"科禁断酒"之事重述酗酒之危害，《宝刀赋》盛赞其父所赐之刀而倾吐魏王永享天禄之愿望，体现出自扬雄和张衡作咏物抒情小赋以来便形成的内容特色。另外，曹植的该类赋均篇幅短小，文辞清丽，通篇用韵，而且摆脱了散体大赋固有的问答形式，以四六句式为主构成篇章，这也明显体现了咏物抒情小赋在形式和语言方面的特点。

三　望长路而争驱

历代研究曹植的赋较少，究其原因，一是建安时期"五言腾

---

　　① 河北师范学院中文系古典文学教研组：《三曹资料汇编》，中华书局1980年版，第224页。

跃"①，而曹植创作的许多"骨气奇高，词采华茂"②的诗歌，其成就无疑掩翳了赋的光泽；二是赋这种文体，在汉代盛行数百年之后，逐渐地式微，其主导文坛的地位被诗文所取代，难以再度引起重视。然而，这些赋毕竟是曹植一生创作的重要组成部分，亦是一生经历的生动反映，更是曹植之所以成为"建安之冠"的重要因素，其价值不言而喻。

1. 关注军国大事：曹植自言"生乎乱，长乎军"③，这种非凡的家世和经历，自然置他于汉末魏初的政治舞台，亦促使他创作了许多有关军国大事的赋。建安十六年（公元211年）七月，曹植随父西征马超，所作《离思赋》，既有自身"扶衡轸而不怡"的与兄离别之哀，又有"愿我君之自爱"的赠兄珍重之言，写得情辞恳切。建安十八年（公元213年）四月，曹植随父东征孙权后返邺，所作《愁霖赋》，描绘"迎朔风而爱迈兮，雨微微而逮行"的艰难，反映回师途中之苦辛。而同年所作《归思赋》，写他的故乡因豪强混战造成"城邑寂以空虚，草木秽而荆榛"的残破景象，充满伤感。建安十九年（公元214年）七月，曹植留守邺城，所作《东征赋》，企盼其父东征孙权能"禽元帅于中舟兮，振灵威于东野"。总之，曹植的这类赋写汉末魏初的战争以及由此而造成的社会凋敝，抒发的是离愁别恨，期望的是天下一统。这与他所作《送应氏》、《赠丁仪王粲》等诗如出一辙，也和曹操所作《蒿里行》、《苦寒行》等诗异曲同工，同样生动地反映了社会现实，曹植比前代赋家略高一筹。

2. 痛伤骨肉相残：且不论曹植与曹丕那段不堪回首的往事孰是孰非，但不能否认的是除采用诗文外，曹植还用赋这种形式，对骨肉相残的过程以及由此而生的忧愁苦闷做了详尽的描述。首先是在建安年间，曹植作《离缴雁赋》、《节游赋》。前一篇赋名为哀伤中箭之雁，实为哀伤自己因"私开司马门"和"醉不能受命"之后的失宠于父。后一篇赋名为悲叹"人生之不永"和"天命之无常"，实为悲

① 郭晋稀：《文心雕龙注译·明诗》，甘肃人民出版社1982年版，第58页。
② 陈延傑：《诗品注》，人民文学出版社1980年版，第20页。
③ 赵幼文：《曹植集校注·陈审举表》，人民文学出版社1984年版，第445页。

叹差点到手的魏国太子的冠冕却落到了曹丕之手。其次是在黄初年间，所作《九愁赋》，倾吐"恨时王之谬听，受奸枉之虚辞"的怨愤。《洛神赋》陈述"恨人神之道殊兮，怨盛年之莫当"的悲伤；《鹞雀赋》描绘黄雀遇鹞后"我当死矣，略无可避"的惨状。最后是在太和年间所作《迁都赋》记写他"号则六易，居实三迁。连遇瘠土，衣食不继"的凄凉。《感节赋》倾诉他"亮吾志之不从，乃拊心以叹息"的痛苦。《临观赋》铺陈他"进无路以效公，退无隐以营私"的窘况。可见，曹植在这三个时期所作的赋生动地反映了他争取太子地位，受尽曹丕虐待，请求自试而终不被曹叡所用的整个过程。同时，也倾吐了他郁积在内心的哀伤、忧惧、愤怨等曲折复杂的情感，故得到古人"文辞凄咽深婉，何减灵均"①的极高评价。

3. 叙写人间真情：曹植是位"登山则情满于山，观海则意溢于海"②的极富情感的文人。因此，他遇到生活中的种种琐事，总能迸发出创作的灵感，并且采用赋这种形式，恣情挥洒。其一是记写亲情。除《离思赋》、《东征赋》倾吐与父兄的离愁别恨外，尚有《释思赋》感伤其弟曹整被族叔的领养；《叙愁赋》感伤其妹被汉帝聘为贵人；《怀亲赋》感伤其父所营故垒尚存等。其二是记写爱情。著名的《洛神赋》是否写爱情颇多争议，可搁置不论。而《感婚赋》写曹植年轻时有所爱慕，但未能遂愿的悲哀；《静思赋》写对某位"性通畅以聪慧，行媚密而妍详"的美女的思恋，均缠绵悱恻，感人至深。又有《愍志赋》替旁人爱邻女而"无良媒，礼不成"所诉的悲凄；《出妇赋》是为弃妇所发的叹惋，都表现了曹植对不幸婚姻和封建礼教的同情与愤慨。其三是记写友情。所作《娱宾赋》描述高朋欢宴时"办中厨之丰膳兮，作齐郑之妍倡。文人骋其妙说兮，飞轻翰而成章"的情景，从一个侧面生动地反映了邺下文人"行则同舆，止则接席，何尝须臾相失！每至觞酌流行，丝竹并奏，酒酣耳热，仰而赋诗"③的盛况。不难断言，曹植的这类赋写的是人类社会永恒的

---

① 丁晏：《曹集铨评》，文学古籍刊行社 1957 年版，第 10 页。

② 郭晋稀：《文心雕龙注译·神思》，甘肃人民出版社 1982 年版，第 318 页。

③ 严可均：《全上古三代秦汉三国六朝文》录曹丕《又与吴质书》，中华书局 1958 年版，第 1089 页。

主题，敞开的是坦诚的怀抱，因此，亦是"足以自通后叶"① 的佳作。

4. 着墨世间万物：曹植也写过许多咏物小赋，这类赋在题材上的第一个特点是专写"草区禽族，庶品杂类"②。据此曹植写了《芙蓉赋》、《槐赋》、《白鹤赋》、《九华扇赋》等。咏物小赋的第二个特点是"拟诸形容，则言务纤密"③，即费心地用精雕细琢的语言描摹各种形象。品味《蝉赋》描绘蝉既苦黄雀又患螳螂，前畏蛛网后惧草虫的笔墨；研阅《酒赋》刻画饮酒时前代君王的豪爽，当世之人的醉态的字行，都能见出曹植的文采富艳，穷形尽相。其第三个特点是"象其物宜，则理贵侧附"④，即描绘各种物体的本性，就要用比附寄托来说理。探究《神龟赋》嗟叹龟的死亡则寓含着对松乔和黄帝成仙的怀疑；斟酌《白鹤赋》哀伤白鹤的戢羽则寄托着自身能获得自由的希望，笔下所写与曹植内心所思相互关联，艺术效果颇佳。另外，诸多的赋中还写到台观之嵯峨，景色之秀丽，山川之壮美等，以此说明曹植的赋涉及面极广，而模山范水、寻声逐貌的目的乃在于寄情言志、托物抒怀，这无疑是作赋的一大要领。

四　启魏晋之新声

曹植的赋在建安时期就颇有影响。据说那位"颇有才策"⑤ 的杨修因曹植作《鹖赋》而不敢再写同一题材的赋，即使拟就了《暑赋》，也因与曹植所作《大暑赋》同题，竟胆怯得"弥日而不献"⑥。其余如陈琳读曹植所作《龟赋》后发出的"此乃天然异禀，非赞仰

---

①　陈寿：《三国志·魏书·任城陈萧王传》，中华书局1959年版，第577页。
②　郭晋稀：《文心雕龙注译·诠赋》，甘肃人民出版社1982年版，第89页。
③　郭晋稀：《文心雕龙注译·诠赋》，甘肃人民出版社1982年版，第89页。
④　郭晋稀：《文心雕龙注译·诠赋》，甘肃人民出版社1982年版，第89页。
⑤　陈寿：《三国志·魏书·任城陈萧王传》，中华书局1959年版，第558页。
⑥　陈寿：《三国志·魏书·任城陈萧王传》裴松之注引《典略》，中华书局1959年版，第560页注。

者所庶几也"① 的赞叹，王粲等人与他唱和，都能说明他的赋广为流
传并得到世人的喜爱。其后，尊崇者尤多，刘勰、谢榛、胡应麟等理
论大家或多或少都有称颂之词，可见曹植真不愧为"赋颂之宗，作者
之师"②。

1. 扩大赋的领域：曹植之前，赋家的笔墨基本停留在"京殿苑
猎，述行叙志"③ 和"草区禽族，庶品杂类"④ 之上。自然，曹植也
尽力选取这类题材来进行赋的创作，但更重要的是曹植将男女情爱、
家庭琐事、民间疮痍、骨肉矛盾等都纳入了赋的苑囿，这是前代赋家
所欠缺的。或许有人会说，屈原的《离骚》和《九歌》，宋玉的《神
女赋》和《高唐赋》都写过爱情，但笔者认为屈宋所写的爱情是幻
想中的爱情，曹植所写的爱情是真实的爱情，两者有着根本区别。览
阅曹植的《感婚赋》、《静思赋》，无不令人感受到青年时期的曹植对
爱情的渴望，研读屈宋的辞赋无不使人觉得人神恋爱的虚无缥缈，这
是毋庸讳言的。至于写家庭琐事，也可推断是曹植的首创，所作《释
思赋》记其弟出养族叔，《叙愁赋》记其妹聘为贵人，均载录着这个
特殊的家庭在特殊的时代所发生的特殊的事情，其事他人难遇，其情
他人难有，唯曹植能得之而挥毫。或许有人会说，写民间疮痍不足为
奇，自《诗经》至《古诗十九首》这类作品俯拾即是。然而，这里
谈的是赋，不是谈诗。纵观赋的发展史，前代多的是"体国经野，义
尚光大"⑤ 的作品，缺的是叙写哀鸿遍野的文字，而曹植的《归思
赋》写军阀混战后城邑的空虚、草木的芜秽、百姓的死亡等惨状；
《述行赋》写西夏的作乱、黔首的罹毒等悲凉，不能不说是对赋史的
补漏与增华。至于写骨肉矛盾，那更是前代赋家所未染指的。一是任
何人都无缘经历曹植所经历，二是任何人都无法创作曹植所创作。曹
植的《九愁赋》、《玄畅赋》、《鹖雀赋》等，都是他亲身的体验以及

---

① 严可均：《全上古三代秦汉三国六朝文》录陈琳《答东阿王笺》，中华书局1958年
版，第968页。
② 严可均：《全上古三代秦汉三国六朝文》录吴质《答东阿王书》，中华书局1958年
版，第1222页。
③ 郭晋稀：《文心雕龙注译·诠赋》，甘肃人民出版社1982年版，第88页。
④ 郭晋稀：《文心雕龙注译·诠赋》，甘肃人民出版社1982年版，第89页。
⑤ 郭晋稀：《文心雕龙注译·诠赋》，甘肃人民出版社1982年版，第88页。

由此而滋生的忧生之嗟，交织着苦闷、愤恨、疑惧种种复杂的情感，这是其他人只能作壁上观而望尘莫及的。

2. 贴近现实生活：曹植的一生除幼年外曾经历建安、黄初、太和三个时期。建安时期的生活内容主要有随军征战、宴饮游乐、立太子之争，于是，年轻的曹植写下了《愁霖赋》、《娱宾赋》、《节游赋》等，赋中所描述的征战之艰辛，畅饮之欢乐，失位之痛苦，与现实紧密相连，透过笔墨，让读者看到一位既"风流自赏"[①] 又"情兼雅怨"[②] 的真实才子。黄初时期的生活内容主要有亲朋遇害、蜗居封邑、屡遭罪责。中年的曹植写下了《玄畅赋》、《洛神赋》、《鹞雀赋》等，赋中所陈说的乐天委命之悲哀、君门九重之凄凉、善不敌恶之怨愤，均源于骨肉相残的过程，称得上"为情而造文，要约而写真"[③]。太和时期的生活内容主要有请求自试、抱憾终身。晚年的曹植写下了《感节赋》、《临观赋》等。赋中"亮吾志之不从"及"悲予志之长违"等许多绝望的言辞，都是他一生理想彻底破灭后发自肺腑的长叹。这与前代赋家，或似司马相如位居侍臣却去铺排帝王的游猎，或似张衡仍在仕途却去畅想归隐田园都有所不同，差异在于前人靠的是虚构和想象，曹植靠的是体验和感受。因此，可以说曹植的赋同他的诗文相同，都是以其亲身的经历和耳闻目睹的现实作为创作素材，并融入由此而生的真实的情感凝聚而成，具有很强的针对性和现实性。

3. 推动骈俪风尚：骈俪原指拉车的两匹并驾齐驱的马，故段玉裁《说文解字注》曰："并马谓之俪驾，亦谓之骈。"后来，就把讲究字句的工整对仗和音节的轻重协调的赋称作骈赋。骈赋始于魏晋之后，盛行于南北朝，而曹植对骈赋的形成起到了重要的推动作用。曹植之前，在赋中运用对仗句式屡见不鲜，如枚乘《七发》曰："前似飞鸟，后类距虚"；班固《两都赋》曰："周以龙兴，秦以虎视"；张衡《东京赋》曰："声与风游，泽从云翔。"但这种句式在整篇赋中所用不多，还不能形成一种风尚。曹植的赋则长篇累牍地使用这种句

①　敖陶孙：《诗评》，中华书局 1985 年版，第 1 页。
②　陈延傑：《诗品注》，人民文学出版社 1980 年版，第 20 页。
③　郭晋稀：《文心雕龙注译·情采》，甘肃人民出版社 1982 年版，第 402 页。

式甚至使这种句式成为赋的主体。如《洛神赋》写洛神之美曰："翩若惊鸿，婉若游龙；荣曜秋菊，华茂春松；仿佛兮若轻云之蔽月，飘摇兮若流风之回雪……"，《大暑赋》写夏日之炎热曰："温风赫曦，草木垂干。山坼海沸，沙融砾烂。飞鱼跃渚，潜鼋浮岸。鸟张翼而近栖，兽交游而云散……"，句句对仗，音节抑扬，似鱼贯而来，令人目不暇接，这足以证明曹植较之前代赋家更注重赋的语言美和音律美，无疑给魏晋之后的赋家特别是鲍照、江淹、庾信等人以启迪，并有助于骈体赋的产生与成熟。

4. 增强抒情性：在汉代，用赋来"颂百讽一"的赋家很多，被奉为汉赋正宗的散体大赋，基本都是用夸张的手法，富丽的辞藻，来铺叙描写宫殿、苑囿、京都、山川等宏大事物以及帝王贵族的生活，其目的在于既美且刺，故显得模山范水的笔墨琳琅满目，而作者的情感藏而不露。司马相如的《子虚》、《上林》巧绘楚王和天子游猎之盛况，扬雄的《甘泉》仿效之而又增多了伦理说教，班固的《两都》盛赞长安旧制和洛邑之美，在体制和表现手法上未脱俗套，张衡的《二京》步其后尘，有过之而无不及的是铺叙夸张。显见这四位极负盛名的大家，重在描摹物体物貌，即便曾发出"太奢侈"般的感叹，也显得用情太薄、抒情太少。此后，有张衡《归田赋》写对隐居生活的向往，赵壹《刺世疾邪赋》写对黑暗社会的痛恨，或抑郁或愤激，始开抒情小赋之先河。遗憾的是这类赋在汉代属凤毛麟角，数量不多。至曹植，身处汉末魏初这多事之秋，创作了大量的抒情小赋。如《静思赋》倾吐对某女的爱慕，《娱宾赋》陈述与友人宴饮的欢乐，《离思赋》诉说和兄长远隔的离愁，《洛神赋》吐露"人神道殊"的悲哀，《感节赋》长嗟"吾志不从"的痛苦，所谓人间七情均可入赋，赋于是成为曹植写尽"喜怒哀惧爱恶欲"的最佳形式，陪伴了曹植多愁善感的一生。另外，曹植即使是写咏物小赋，也主要为的是抒情。透过《橘赋》的笔墨，可看到他如橘被迁徙后"焉得素荣"的悲哀；研阅《鹞雀赋》的字行，可看到他如雀遇鹞般的恐惧。至于那些描写征战、台观、景物的赋，都明显地表露着豪情、赞美、忧伤。显然与汉代四大赋家总是循声逐貌、穷形尽相地描摹事物不同，多了份妍巧，多了份情味，故被誉为"屈灵均之嗣声"①。

　　综上所述，不难断言曹植的赋上承楚汉，下启魏晋南北朝，在古赋向骈赋演变的过程中仗策争驱，独具特色。同时，曹植的赋是他一生及生活时代的真实写照，现实性很强，并不比其诗文逊色。因此，研究曹植，也要重视他的赋，这样我们对曹植的评价才能更为中肯全面而恰当。

---

　　① 河北师范学院中文系古典文学教研组：《三曹资料汇编》，录丁晏《陈思王诗钞原序》，中华书局 1980 年版，第 224 页。

参考文献

1. 班固：《汉书》，中华书局 1983 年版。
2. 范晔：《后汉书》，中华书局 1965 年版。
3. 陈寿：《三国志》，中华书局 1959 年版。
4. 黄节：《魏武帝魏文帝诗注》，人民文学出版社 1958 年版。
5. 黄节：《曹子建诗注》，人民文学出版社 1957 年版。
6. 曹操：《曹操集》，中华书局 1959 年版。
7. 安徽亳县译注：《曹操集译注》，中华书局 1979 年版。
8. 赵幼文：《曹植集校注》，人民文学出版社 1984 年版。
9. 张溥：《汉魏六朝百三名家集·魏武帝集》，清光绪十八年经济堂刊本。
10. 张溥：《汉魏六朝百三名家集·魏文帝集》，清光绪十八年经济堂刊本。
11. 张溥：《汉魏六朝百三名家集·阮元瑜集》，清光绪十八年经济堂刊本。
12. 张溥：《汉魏六朝百三名家集·孔少府集》，清光绪十八年经济堂刊本。
13. 张溥：《汉魏六朝百三名家集·刘公幹集》，清光绪十八年经济堂刊本。
14. 张溥：《汉魏六朝百三名家集·应德琏集》，清光绪十八年经济堂刊本。
15. 张溥：《汉魏六朝百三名家集·王粲集》，清光绪十八年经济堂刊本。
16. 吴云、唐绍忠：《王粲集注》，中州出版社 1984 年版。

17. 余冠英：《汉魏六朝诗选》，人民文学出版社 1958 年版。

18. 王守华等：《汉魏六朝诗一百首》，上海古籍出版社 1981 年版。

19. 瞿蜕园：《汉魏六朝赋选》，上海古籍出版社 1964 年版。

20. 逯钦立：《先秦汉魏晋南北朝诗》，中华书局 1983 年版。

21. 严可均：《全上古三代秦汉三国六朝文》，中华书局 1958 年版。

22. 聂文郁：《曹植诗解译》，青海人民出版社 1985 年版。

23. 董家平：《建安七子诗译注》，青海人民出版社 1986 年版。

24. 王鹏廷：《建安七子研究》，北京大学出版社 2004 年版。

25. 《诸葛亮集》，中华书局 1960 年版。

26. 许慎著，段玉裁注：《说文解字注》，上海古籍出版社 1981 年版。

27. 司马迁：《史记》，中华书局 1959 年版。

28. 郭茂倩：《乐府诗集》，中华书局 1979 年版。

29. 《十三经注疏》，中华书局 1979 年版。

30. 《续修四库全书》，上海古籍出版社 2006 年版。

31. 郭化若：《今译新编孙子兵法》，人民文学出版社 1957 年版。

32. 杨伯峻：《论语译注》，中华书局 1980 年版。

33. 罗宗强：《魏晋南北朝文学思想史》，中华书局 1996 年版。

34. 萧统：《文选》（李善注），中华书局 1977 年版。

35. 萧统：《文选》（六臣注），中华书局 1987 年版。

36. 范文澜：《文心雕龙注》，人民文学出版社 1958 年版。

37. 周振甫：《文心雕龙译注》，人民文学出版社 1981 年版。

38. 陆侃如、牟世金：《文心雕龙译注》，齐鲁书社 1995 年版。

39. 董家平：《文心雕龙名篇探赜》，青海人民出版社 1997 年版。

40. 郭晋稀：《文心雕龙注译》，甘肃人民出版社 1982 年版。

41. 沈德潜：《古诗源》，中华书局 1963 年版。

42. 钟惺、谭元春：《古诗归》，明闵振业三色套印本。

43. 胡应麟：《诗薮》，上海古籍出版社 1929 年版。

44. 敖陶孙：《诗评》，中华书局 1985 年版。

45. 丁晏：《曹集诠评》，中华书局 1963 年版。

46. 吴淇：《六朝选诗定论》，广陵书社 2009 年版。

47. 刘克庄：《后村诗话》，中华书局 1983 年版。

48. 张可礼：《三曹年谱》，齐鲁书社 1983 年版。

49. 河北师范学院中文系古典文学教研组：《三曹资料汇编》，中华书局 1980 年版。

50. 《鲁迅全集》，人民文学出版社 1981 年版。

后　　记

　　《三曹醇疵》一书，今日终于付梓，时日久矣，其间兴趣转换，职务有变，是其原因。若不是友人和学棣相帮，不知会拖到何日，因此我十分感谢他们，首先，感谢田文编辑、安海民友、方丽萍女士，谢谢他们的审阅，联系出版，并鼓励我完成了书稿。其次，感谢青海师范大学人文学院赖振寅院长给予经费上的支持。最后，感谢徐雪、康艳宁、李刚、毕林林、张慧诸位研究生花费了大量的时间和精力帮我整理及打印书稿。祝他们各有所得，事业辉煌。

董家平

2014 年 4 月 15 日